법무아문으로 압송되는 전봉준

겨울잠, 봄꿈

겨울잠, 봄꿈

지은이 한승원 **1판 1쇄 발행** 2013년 4월 19일 **1판 3쇄 발행** 2013년 8월 11일
발행처 도서출판 비채 **발행인** 박은주 **주소** 서울특별시 종로구 북촌로 63-3
등록 2005년 12월 15일(제300-2005-212호) **주문 및 문의 전화** 031)955-3220 **팩스** 031)955-3111
편집부 전화 02)3668-3292 **팩스** 02)745-4827 **전자우편** viche@viche.co.kr

ⓒ 2013, 한승원, 이 책의 저작권은 저자에게 있습니다.
저자와 출판사의 허락 없이 내용의 일부를 인용하거나 발췌하는 것을 금합니다.
ISBN 979-11-85014-02-9 03810 책값은 뒤표지에 있습니다.

국립중앙도서관 출판시도서목록(CIP)

```
겨울잠, 봄꿈 : 한승원 장편소설 / 지은이 : 한승원. ─ 서울 :
비채, 2013 p.    ;    cm
 ISBN  979-11-85014-02-9  03810 : ₩12800
한국 현대 소설 [韓國現代小說]
813.7-KDC5
895.735-DDC21                    CIP2013003925
```

고향의 봄, 다시

눈 내리는 만경 들 건너가네

해진 짚신에 상투 하나 떠가네

가는 길 그리운 이 아무도 없네

녹두꽃 자지러지게 피면 돌아올거나

울며 울지 않으며 가는

우리 봉준이

풀잎들이 북향하여 일제히 성긴 머리를 푸네

안도현의 '서울로 가는 전봉준'에서

전봉준은 천장의 서까래에 어린 어둠을 쳐다보았다. 어둠이 불안정하게 수런거리고 있었다.
　나는 이토의 말대로, 살아서 일본으로 건너갔다가 전혀 새로운 사람이 되어 조선으로 돌아와야 하는 것일까. 아니면 당장에 혀를 물어 끊고 죽어야 하는 것인가. 한양으로 올라가서 문초를 받으며 하고 싶은 말을 다 한 다음 종로 네거리 한복판에서 목이 잘려 죽어야 하는 것인가. 아니면 이토의 주선으로 말미암아, 문초라는 것도 받지 않고 일본으로 가게 되는 것인가. 일본의 뜻을 받아들여 일본으로 건너가서 영국 유학이나 미국 유학을 다녀오고 새 사람으로 변신하여 조선으로 돌아올 것인가. 아니면 조선 법에 따라 죽을 것인가.

밤

 낮이 밝음의 신(神)이 다스리는 세계라면, 밤은 거대한 검은 어둠의 신이 다스리는 세계다. 밤의 신은 늘 그래 왔듯이, 가능한 한 소리와 몸짓을 삼가면서, 대지의 웅덩이와 산의 계곡과 숲과 빛 속으로 사라져가는 별들 사이에 숨어 있다가, 밝음의 신이 서산 너머로 사라지면 숯가루 같은 땅거미의 너울을 앞세우고 나타나, 새까만 두루마기를 걸친 도깨비들처럼 흑진주 같은 눈망울을 사방팔방으로 번뜩거리면서 느리게, 느리게 활개를 쳤다.

 날카롭게 날을 세운 바람과 더불어 성긴 눈발이 날리고 있었다. 슬픈 시간이 집적된 별들이 가지색 하늘에 총총한 가운데, 검은 구름장 하나가 잠행하는 자처럼 슬그머니 나타나 눈발을 뿌리고 있었다. 날리는 희끗희끗한 눈송이들, 갈 길을 잃은 채 어두운 구만 리 장천을 헤매고 있는 원혼들이 차가운 흰옷을 입고 땅으로 되돌아오고 있었다.

백양산 기슭의 이름 없는 작은 암자에 은신해 있던 전봉준은 부하 최경선, 윤정호, 양해일과 더불어 밤을 도와 길을 나섰다. 성긴 눈발을 얼굴로 맞받으며 그는 차라리 눈이 펑펑 쏟아졌으면 좋겠다고 생각했다. 그리하여 희희호호(熙熙皞皞)한 눈 세상이 되고, 밤길을 가는 자기들의 모습이 그 눈 세상 위로 암연하게 드러나, 그를 뒤쫓는 자들의 눈에 띄었으면 좋겠다고 생각했다.

  새까만 밤길을 걸으면서 전봉준이 생각해낸 희희호호한 세상은 슬픈 역설이었다. 그 역설은 참된 실체를 말 저쪽에 두고 있다. 그것은 다산 정약용이 말한 바 있는, 훤히 밝고 희고 깨끗하여 살기 좋은 세상. 공맹의 뜻에 따라 살던 전봉준이 동학의 한울님을 받들고, 수만 명의 동학군을 이끌고 한양으로 진격한 것은 참혹하고 더러운 세상을 희희호호한 세상으로 바꿔놓으려는, 사실은 미련스러운 몸부림이었다. 미욱한 몸부림이라는 것을 일본군이 냉철하게 증명해주었다. 일본군이 느닷없이 개입하여 기관총을 쏘아댐으로 해서, 조선의 하늘과 땅을 뒤흔들어대던 흰옷 입은 수십만의 죽창 든 무리들은 대부분 죽어가거나 도망을 쳤고, 모두가 꿈꾸었던 그 세상은 물거품이 되었다. 아, 미욱하고 또 미욱하다. 이 땅의 청사(青史)에 민초들의 죽창 봉기가 성공했던 바가 있었던가.

  이제 나는 어디로 가서 몸을 숨기고 살 길을 도모할 것인가. 그 많고 많은 부하들을 죽어나가게 하고 나 혼자 어떤 명목으로 살아갈 것인가. 아니면, 누구에게인가 밀고를 하게 하여 천 냥의 돈과 군수 벼슬을 얻게 하고 죽을 것인가.

 오 척 일 촌(약 155센티미터)의 키와 아흔 근(54킬로그램)의 무게인 작달막한 전봉준의 몸뚱이에는 현상금 천 냥과 군수 벼슬이 걸려 있었다. 그의 얼굴로 날아드는 차가운 어둠 속의 눈발은 차가운 절망의 새까만 가루였다. 그는 광야 한복판에 두 발 뻗고 주저앉아 하늘을 향해 통곡을 해버리고 싶었다.

 진한 수묵으로 그려놓은 듯싶은 산등성이에서 여우가 웩 울었다. 골짜기에 날 선 메아리를 만들고 있는 그 여우의 소리에, 네 사람은 거의 동시에 발을 멈췄다. 네 사람의 눈에는 야행 동물의 그것처럼 형광이 밝혀졌다. 귀가 쫑긋 섰다. 전신의 신경은 켕겨놓은 철사가 되었다. 남정네 하나가 어둠 속에 몸을 숨기고 가성으로 어떤 신호인가를 하고 있는 듯했다. 그들의 암야행을 이미 탐지하고 그들을 포획하기 위해 뒤를 밟고 있는, 한 무리의 현상금을 노린 사람들이 여기저기에 매복해 있는 서로에게 군호를 하는 것일까.

 전봉준은 선뜩선뜩한 눈발을 향해 도리질을 하고 다시 걷기 시작했다. 그것은 군호일 리 없다고, 다만 암컷을 부르는 고독한 수여우의 울음소리일 뿐이라고 생각했다. 성긴 눈발 때문에 별빛이 더욱 총총하게 느껴졌다. 푸른 별 누른 별 붉은 별들, 금가루나 은가루 같은 별들, 안개꽃 같은 별들, 증기처럼 보얀 은하수. 선인들의 눈이 참패한 나의 잠행을 지켜보고 있다. 이제 어찌하라는 것인가. 나는 어찌할 것인가.

전봉준에게 남은 길은 하나뿐이었다. 피로리로 김경천을 찾아가는 것이었다. 잡으려 하는 자들에게 잡혀주는 것이었다. 그는 독한 말씀 하나를 뼛속 깊이 간직하고 있었다. 나를 죽이되, 종로 네거리 한복판에서 참수하고 오가는 사람들의 옷자락에 피가 튀게 하라. 나의 피가 삼천리 방방곡곡으로 번져가게 하라.

전봉준은 심신이 모두 지쳐 있었다. 묵은 감기에 절어 몸이 으스스했고, 한기로 인해 얼어 있는 몸이 천 근이나 되는 듯 무거웠다. 땅으로 처져 내리는 무력감이 영혼을 짓누르고 있었다. 다사로운 온기가 있는 곳이면 거기가 어디든지 몸을 누이고 싶었다. 이렇게 숨어 어디로인가 가서 새로이 수천수만의 장정들을 끌어모아 재기해야 한다는 의지는 진작 멀고먼 신화나 전설처럼 가뭇없이 사라져버렸다.

우금치에서의 패군은 참혹한 것이었다. 일본군의 기관총이 그렇듯 짧은 시간 안에 십만 대군을 싹 쓸어버릴 줄은 몰랐다. 그가 우금치에 투입한 흰옷 입은 동학도들은 쓰러지고 또 쓰러졌고, 달아나던 패들도 대부분 총에 맞아 거꾸러졌다. 살아남은 자들이 몇 천이나 될까, 몇 백이나 될까, 그보다 더 적을까.

전봉준을 뒤따르는 최경선, 양해일, 윤정호도 지쳐 있기는 마찬가지였다. 이제, 다시 일어나 대군을 모아 이끌고 한양을 향해 진격하는 날은 있을 수 없다고 생각했다. 절망이 검은 장막처럼 그들의 눈앞을 가로막았다. 이대로 희망 없는 잠행을 할 바에는 어떤 형태로든지 끝장이 나기를 기대했다.

끝장

 천주학쟁이인 양해일은 어느 누구보다도 동학군 우두머리인 전봉준이 빨리 관군에 붙잡혀야 한다고 생각했다. 그는 예수의 최후를 생각했다.
 민중들에게 구세의 희망이었던 예수의 열두 제자 가운데에는, 스승인 예수를 팔아먹었다고 알려진 유다라는 제자가 있었다. 심신이 지친 데다, 하늘과 연계한 민중운동에 한계를 느낀 예수는 여느 때 자기와 은밀하게 속말을 나누곤 하던 제자 유다에게 밀고를 하라고 명령했다. 유다는 속으로 눈물을 흘리면서 그 명령에 따라 밀고했고, 그 대가로 사제와 원로들에게서 은돈 서른 닢을 받았다. 예수는 자기가 머지않아 빌라도의 공권력 속으로 잡혀 갈 것임을 제자들에게 예언하고 최후의 만찬을 베풀었다. 붉은 포도주를 따라주면서, 이것은 내 피다, 라고 말했다. 그는 베드로를 머리에 떠올리며, 앞으로 나를 배반하는 자가 또 나올 것이다, 라고 예언하기도 했다.

그 결과, 머리에 쓴 가시관 때문에 피를 줄줄 흘리면서, 스스로 어깨에 짊어지고 올라간 그 십자가에 못 박혀 죽은 예수는 청사에 기록된 바 모든 세상 사람들의 죄를 대신 짊어지고 순교한 성자가 되었는데, 유다는 스승을 팔아먹은 만고의 배신자가 되었다. 양해일은 전봉준이 피로리의 김경천에게로 가겠다고 했을 때, 예수의 최후와 유다를 떠올렸다.

전봉준은 이틀 동안 암자에 머물면서 생각하고 또 생각했고, 부하 세 사람과 더불어 숙의하고 또 숙의했다. 최경선이 말했다.

"깊은 산속 어디에다가 산채를 마련하고 일차적으로 기력을 회복한 다음, 김개남 손화중과 연락을 취하여 재기를 도모해야 합니다."

전봉준은 '산채에서 재기를 도모하다니, 산적 노릇밖에 더 하겠는가?' 하고 생각하며 도리질을 했다.

"좌우간 피로리 김경천에게로 가자."

윤정호가 말했다.

"김경천을 믿을 수 있을까라우? 경천이는 바람 같은 데가 있는 사람인데라우? 오래전에 장군 밑에 있다가 별 까닭 없이 사라져 버리지 않았소?"

전봉준은 대꾸하지 않고 걷기만 했다. 산모퉁이를 왼쪽에 끼고 돌았다. 검은 숲의 우듬지 위에 앉은 별들이 근처 다른 숲의 우듬

지로 옮겨 가고 있었다.

마을에 갔다가 온 스님이, 장터의 가게나 주막의 바람벽과 이 고을 저 고을의 담벼락 들에, 전봉준을 산 채로 잡은 자에게는 보상금 천 냥과 군수 벼슬을 주겠다는 방이 내걸려 있다고 했다. 현상금 천 냥과 군수 벼슬이라면 그 얼마나 대단한 것인가. 군수 벼슬을 얻으려면 최소한 삼천 냥을 싸 짊어지고 이조좌랑에게로 가야 한다는 소문이 떠도는 세상이다. 전봉준은 악몽 같은 참담한 현실 속에서, 다른 어느 누구보다 김경천에게 현상금 천 냥과 군수 벼슬 얻을 기회를 주고 싶었다.

전봉준은 성긴 눈발 흘러내리는 밤하늘을 쳐다보았다.

일본군의 기관총 앞에서 짚뭇처럼 나동그라져가는 흰옷 입은 동학도들의 모습이 보였다. 등짝에 '弓弓乙乙(궁궁을을)'이라 쓴 부적을 붙인 채 죽어 넘어진 시신들이 산과 들에 널려 있었다. 까마귀들과 독수리들, 굶주린 미친개들이 얼어 있는 시신을 뜯어 먹었다. 전봉준은 그들에게 사술을 썼었다. 그 부적을 등에 붙이고, '지기금지 원위대강(至氣今至 願爲大降), 시천주조화정 영세불망만사지(侍天主造化定 永世不忘萬事知)'라는 주문을 외면 총탄이 피해 간다는 사술.

이제 그가 할 수 있는 일은 앉아 죽지 않고 서서 죽는 일이었다. 관군들에게 붙잡혀서 할 말을 하고 죽어주는 일이었다. 잘린 그의 목이 종로 네거리에 걸리고, 오가는 사람들에게 피를 보여주는 일

뿐이었다. 명분 있게 잡혀 명분 있게 죽어주어야 하는 것이다.

하필 김경천에게 현상금 천 냥과 군수 벼슬을 안겨주려 하는 데는 이유가 있었다. 김경천은 방술과 점술만 잘하는 것이 아니었다. 세상을 넓게 보고 먼 앞날을 예견하는 눈을 가지고 있었다. 그런 그가 전봉준에게 아픈 충고를 하였다.

"관아에서 맞은 곤장 독으로 돌아가신 아버님의 한을 풀어드리는 일, 억울한 무리의 우두머리가 되어 관아를 부수고 탐관오리를 징치하는 일, 그것은 결국 민란 아니오? 자고로 조선 땅 안에서는 순수한 토종들이 반란을 일으켜서 성공한 예가 없었어라우. 고려 때는 종들이 만적을 우두머리로 해서 일어났다가 모두 귀한 목숨만 잃었고, 서북에서 일어난 홍경래는 결국 부하 손에 살해되고 평정되었어라우. 선생님, 제발 생각을 거두십시오. 동학을 믿으시려면 수신의 방법으로 마음속의 한울님만 받드십시오. 봉기로 발전하면 반드시 실패하고 말 것이오. 나라 안쪽만 보지 말고 나라 바깥쪽을 두루 둘러보아야 혀라우. 만만한, 썩어 문드러진 관군을 쳐부수고 한양으로 올라가 궁궐을 압박하면 쉽게 세상을 뜯어고쳐놓을 것 같지만, 바다를 건너온 나라 군사들이 그렇게 하도록 가만두지 않을 것이오. 썩은 벼슬아치들이 자기들 살려고 불러들인 중국 군사, 일본 군사, 미국 군사, 러시아 군사 때문에 선생님의 거사는 절대로 성공할 수 없을 것이오."

양해일은 전봉준의 속마음을 읽고 있었다. 김경천은 간교하다. 전봉준은 지금 그의 간교함을 이용하려 한다.

김경천은 전봉준을 밀고해서 천 냥을 횡재할 것이고, 그 대신 전봉준은 목이 잘려 죽을 것이다. 그렇지만 그것은 제 간교함에 제가 걸려 죽는 꼴이 된다. 지금 관군에게 잡혀 죽는 전봉준은 청사에 길이길이 의로운 영웅으로 살아남을 것이고, 군수 벼슬과 천 냥 현상금을 받은 김경천은 백성들의 입살에 얹혀 수천만 번 다시 죽게 될 터이다. 양해일의 할아버지는 천주학쟁이였던 까닭으로 곤장을 맞아 죽었고, 그의 아버지는 유복자로 태어났다. 동학도 이제 세가 다한 것이다. 양해일은 틈을 보아 전봉준을 버리고 도망을 가야 한다고 생각했다.

겨울밤은 길었다.

최경선이 앞장서 갔다. 그가 순창 피로리를 잘 알고 있었다. 그의 뒤를 전봉준이 따르고, 윤정호와 양해일이 그 뒤를 따랐다.

양해일은 생각했다. 피로리에서 김경천의 안내를 받아 숙소를 정하고 나면 도망을 치리라. 나에게는 여호와 하느님이 있다. 내 길은 나의 하느님이 인도해줄 것이다.

무너미 고개에 이르렀다. 그 너머가 피로리다. 뜻을 가진 사람이 은신하기 좋은 마을이었다. 양쪽에 수묵으로 물들여놓은 듯싶은 산줄기 둘이 나란히 있고 그 사이가 마을이다. 무너미 고개의 가파른 길을 치올랐다. 숲에서 자던 꿩이 푸르릉 날았다. 검은 나무들의 가지 끝에 앉은 별들이 이 가지에서 저 가지로 건너뛰었다.

고개 위에 올라섰을 때 산 아래에 불빛 하나가 깜박거렸다. 최경선이 말했다.

"장군, 저것이 마을 앞 주막의 주등인 모양이오."

그 불빛이 전봉준의 언 가랑잎 같은 의식에 불을 일궈주었다. 저기엘 가기만 하면 따뜻한 밥도 있고 편히 누워 잘 봉놋방도 있을 것이다. 어둠 속에 뻗어가는 길처럼 기약 없는 암울한 잠행을 끝낼 수 있는 무슨 수인가가 저기에 있을 것이다. 전봉준은 걸음을 빨리했다.

함정

  전봉준 일행은 자드락길을 밟아 재 아래로 내려갔다. 별들이 노란 눈 푸른 눈 붉은 눈을 부릅뜬 채 수런거렸다. 견우성과 직녀성은 물색없이 서로를 그리고 있고, 삼태성이 중천에 올라와 있었다. 한밤중이 지나 있었다.

  전봉준은 까만 솔숲 사이로 까물거리는 주막의 주등을 바라보며 김경천을 떠올렸다. 지필묵 장사를 하고 다니던 김경천은 사주와 점술과 방술과 시 짓기 글씨 쓰기에 능했는데, 한쪽 다리를 거짓말처럼 절뚝거렸다. 조금 빨리 걸으면 숨을 가쁘게 쉬었다. 어린 시절에 홍역을 앓다가 속에 바람이 들었기 때문이라고 했다. 눈알은 불안정하게 파들파들 떨리면서 예리하게 빛났다. 생각이 그만큼 불안정하게 바뀌곤 하는 사람이기 때문일 거라고 전봉준은 생각했다.

  김경천은 전봉준의 서당에서 기식을 했다. 아이들이 돌아가고 나면 서당 윗목에서 자곤 했는데, 먼 앞날을 내다보는 이야기를 했다. 머지않은 장래에, 사람들이 귀신처럼 천 리 밖의 말을 듣고, 수만 리 밖에서 일어나는 일을 단박에 손바닥 들여다보듯이 보는 날이 올 것이라고 예견했다.

전봉준의 곁을 떠나가기 얼마 전에 그가 뚱딴지 소리를 했다.

"선생님, 저는 제가 생각하기로도 바람 같은 사람이오. 제가 어느 때 갑자기 사라지더라도 찾으려고 하지 말고, 기다리지도 마십시오. 얼마 전부터 두 개의 긴 산줄기 사이, 쌍치곡(雙峙谷)에 있는 아늑한 동네에 흉가 하나가 있어서 거기 들어가 살고 있구만이라우. 마을 이름이 피로리요. 옛날부터 가뭄이면 피가 많이 나서 그것으로 연명을 했기 때문에 피로리라고 했답니다. 쌍치 사이에 웅크리고 있는 마을이라 난을 피하기에는 안성맞춤이어라우. 먼 데서 보면 거기에 마을이 있는지 없는지 분간하기 어려워라우. 언젠가는 선생님이 문득 사라진 저를 찾아 그곳으로 올 때가 있을 것이오. 그때 선생님이 안전하게 숨어서 훗날을 도모할 굴법당 하나를 미리 마련해놓을 참이오."

김경천은 전봉준이 김개남 손화중과 함께 세상을 발칵 뒤집어놓을 큰일을 도모하고 있음을 알아채고 도리질을 했다.

"선생님, 김개남이 손화중이를 조심하십시오. 김개남이는 흉악한 건달이오. 그 사람이 교류하는 사람들은 왈자패, 여리꾼, 좀도둑, 초나니패, 야바위꾼, 장돌뱅이들, 사당패, 산적들, 도붓장수 차림을 하고 다니지만 사실은 불한당들, 사기꾼들, 주인집 색시

보듬으려다가 들통이 나서 도망을 다니는 종놈, 중도 속도 아닌 땡땡이들뿐이어라우. 또 손화중이는 동학을 보듬고 다니면서 사람들을 끌어모으는데 장차 무슨 일을 도모할지 알 수 없는 사람이오."

전봉준은 김경천을 노려보며 꾸짖듯이 말했다.

"김공은 무슨 말을 그렇게 함부로 하는가."

김경천은 잘못을 뉘우치지 않고 도리질을 했다.

"한울님은 속여도 제 눈은 못 속여라우. 김개남이 손화중이, 그 두 사람의 야심이 보통 아닙니다. 야심이 지나치면 야심에 치여 죽어라우."

전봉준은 김경천의 두 눈을 깊이 들여다보았다. 김경천, 이 사람의 속에는 어떤 술수, 어떤 귀신이 들어 있을까. 김경천도 지지 않고 전봉준의 눈을 뚫을 듯이 마주 보았다. 김경천의 눈동자들이 파들거리면서 빛났다. 김경천은 전봉준의 눈에서 무엇을 느꼈는지 슬쩍 피하면서 "저는 별점도 칩니다이." 하고 말을 돌렸는데, 그것이 전봉준의 가슴 한복판을 찔렀다.

"요즘 계속해서 밤하늘을 쳐다보고는 하는디라우, 별들의 움직임이 수상혀라우. 붉은 별들이 큰 별 하나를 중심으로 모여드는디, 그 중심에 있는 별이 점차 빛을 더해가고 있어라우. 그것이 그러기 시작한 것은 흥선대원군이 청국으로 끌려갔다가 돌아온 이후여라우. 그런디 그 별이 흥선대원군 별은 아녀요…… 시방 일본의 움직임이 묘해라우. 일본이 멀리 떨어져 있다고 해서, 그 일본을 가벼이 보았다가는 큰코다칩니다이. 그 별이 일본의 움직임하고 관계가 깊어라우. 일본에 키가 쪼그마한 묘한 인물 하나가 있다고 들었구만이라우."

전봉준은 김경천이 요괴라고 생각했다. 저놈이 입을 놀리지 못하도록 막아야 한다. 저놈의 말이 퍼져나간다면 모여들고 있는 동학도들이 흩어질 것이다. 저놈의 입을 어떻게 막을까.

"자네, 김개남이나 손화중이에 대한 말, 그리고 별들에 대한 말을 또 어디서 했는가?"

"그 말이 어떤 말이라고, 어느 누구에게 하고 다니겠소?"

김경천은 도리질을 하면서 고개를 숙였는데, 그 이튿날 새벽 이후 김경천의 모습은 보이지 않았다.

피로리

　최경선이 앞장서 피로리로 들어섰다. 그 뒤를 전봉준이 따라가고, 양해일 윤정호가 전봉준을 호위하듯이 뒤따랐다. 천주학쟁이인 양해일은 수벽치기에 능했고, 윤정호는 칼을 잘 썼다. 양해일은 맨손으로도 장정 네댓을 상대할 수 있을 만큼 몸이 재빨랐고, 윤정호는 막대기 하나만 가지고도 덤벼드는 장정들 열 명쯤은 간단하게 처치했다. 최경선은 발이 빨랐으므로 하루 삼백 리 길을 달렸다. 그들은 전봉준을 호위하고 그의 손발 노릇을 했다.

　그들은 밭두렁을 타고 들판을 건너갔다. 김경천은 앞을 멀리 내다보는 기인이다, 하고 전봉준은 생각했다. 보국안민의 깃발을 드높이 들고 수만 명의 동학군을 이끌고 다니는 동안 문득 김경천의 말이 떠오르곤 했다.

　"……별들의 움직임이 수상허라우. 붉은 별들이 큰 별 하나를 중심으로 모여드는디, 그 중심에 있는 별이 점차 빛을 더해가고 있어라우……. 시방 일본의 움직임이 묘해라우…… 그 별이 일본의 움직임하고 관계가 깊어라우……."

최경선이 걱정스러운 투로 말했다.

"김경천이는 말이 나기를, 바람 같은 데가 있는 사람이라고 혀라우. 그런디 시방 이런 처지가 되어갖고 찾아가도 될는지 모르겄소. 그 사람이 시방 피로리에 그대로 있는지도 모르겄고……"

최경선의 말 속에는 그가 전봉준을 밀고할지도 모른다는 우려가 섞여 있었다. 전봉준은 그 말을 못 들은 체하고, 이를 굳게 물며 생각했다. 김경천은, 김개남 손화중과 연락하여 훗날을 도모하도록 해주기 위해서 은신처를 마련해주려 하지는 않을 것이다. 아마 틀림없이 나를 밀고할 것이다. 전봉준은 김경천이 그래주기를 바라며 찾아가고 있는 스스로가 가증스러웠다.

최경선은 한동안 침묵했다. 먹물이 묻어날 것 같은 눈앞의 어둠처럼, 우려가 쓰라린 현실로 다가설까 걱정하고 있었다. 최경선이 걱정을 뿌리치듯이 문득 말했다.

"장군, 멀리 내다봅시다이. 김경천이 만들어놓은 은신처에서 머무르며 김개남 손화중 흥선대원군과 연락을 취하여 재기를 해야 합니다. 이번에는 일본군과 맞설 수 있는 단총과 기관총을 구해야 혀라우. 흥선대원군의 휘하에 있는 재사들을 통하면 그것을 구할 수 있을 것이오. 그리고 할 수만 있다면, 미국이나 영국이나 러시아와 손을 잡도록 합시다. 좌우간 이번에는 성급하게 굴지 말고 긴 안목으로 세상을 보아야 합니다."

그것은 헛꿈이다, 하고 생각하며 전봉준은 발을 헛디디고 비틀거렸다. 양해일과 윤정호가 부축해주었다.

눈발이 성기게 날렸다. 눈송이들이 얼굴 살갗에 엉기며 녹았다. 별 총총한 하늘 한복판에 잠행하는 그들을 속속들이 살피는 듯싶은 거대한 검은 구름장 하나가 떠 있었다. 전봉준은 다리에 힘이 풀렸다. 배가 고프고 으슬으슬 추웠다. 몸이 땅 밑으로 가라앉았다. 목이 아프고 콧물이 자주 흘렀다.

이제 김경천을 만나면 전혀 새로운 길이 열린다, 하고 양해일은 생각했다. 이제 우리에게는 각자 가야 할 딴 길들이 기다리고 있다. 그의 속에 들어 있는 신이 말했다. 우선은, 김경천이 마련해준 곳에서 은신하면서 허기를 달래고 몸을 누일 수밖에 없다. 양해일은 들고 있는 천보총이 버거웠다. 기회가 닿기만 하면 이 모든 것들을 버리고 맨손으로 도망을 쳐야 한다고, 양해일은 생각했다.

앞장서 가는 최경선이 돌아서서 전봉준의 총을 받아 들었다. 전봉준은 오소소 진저리를 쳤다. 마을에서 개 짖는 소리가 들려왔다. 자지러질 듯한 소리였다. 그것은 사람의 움직임이 있다는 뜻이다. 어떤 사람들이 움직이는 것일까. 최경선이 불안스러워하며 말했다.

"웬 개가 저리 짖을까. 혹시……"

전봉준은 생각했다. 민보군이 매복해 있는 것 아닐까. 민보군은 밥술이나 먹는 자들이 동학군을 잡자고 만든 것이다. 동학군에서 달아난 자들이 민보군이 된 세상이다. 최경선이 말을 이었다.
 "제가 생각하기로는 김경천이 우리를 마중 나오는 것 같구만이라우. 그 사람은 앉아서 천 리를 보고, 서서 만 리를 내다보는 사람이라……"

부시

　김경천은 마을 앞에 나와 전봉준 일행을 기다리고 있었다. 그는 전봉준의 움직임을 손바닥 들여다보듯 파악하고 있었다. 초저녁에 이미 전갈을 받았다. 이토 겐지(伊藤健次)라는 일본 이름으로도 불리고, 천종관이라는 조선 이름으로도 불리는 사람으로부터였다. 오늘 밤에 전봉준이 피로리로 갈지도 모르니 대비하라는 것이었다.

　김경천은 이웃 마을의 한신현에게 연락을 취했다. 한신현은 그의 외종형인데 얼마 전에 민보군을 조직했고, 그 우두머리가 되어 있었다. 민심은 이미 동학군을 떠났다. 민심을 잃은 동학군은 물 잃은 고기와 다를 바 없다. 생각이 재빠른 사람들은 하나같이, 우금치에서부터 연전연패를 하고 흩어져 남쪽으로 밀려가고 있는 동학군이 머지않아 산속으로 스며들어 화적패가 되리라고 생각하고들 있었다. 약삭빠른 사람들은 진작 동학군 대열에서 이탈한 다음, 시치미를 떼고 민보군에 가담하거나, 관아의 포졸 나부랭이와 인연을 맺은 사람들에게 줄을 대고 후탈을 막으려 하였다.

　김경천은 제 분수를 아는 냉철한 사람이었다. 전봉준에게 걸려 있는 천 냥의 현상금과 군수 벼슬을 혼자 독식하려 했다가는 낭패를 당할 수 있다고 생각했다. 장부는 세상의 큰 흐름을 읽고 그 흐름을 탈 줄 알아야 출세할 수 있는 법이다. 나는 이 어지러운 세상에서의 벼슬살이가 싫다. 천 냥은 내가 받고, 군수 벼슬은 한신현에게 넘겨주는 것이다. 나는 군수 살아먹을 그릇이 아니다.

　김경천은 오래전부터 이토 겐지와 마음을 트고 살았다. 원래 남쪽 끝의 섬마을에서 나고 자란 이토 겐지라는 자는 오래전에 일본으로 건너가 일본 사람이 되었다. 천종관이란 이름으로 동학군막을 무시로 드나든 영리한 놈이었다. 필요하면 동학군 행세를 했고, 고무래를 놓고 고무래 정(丁) 자도 못 그리는 까막눈이나 무지렁이 행세도 했고, 벙어리 행세도 했다. 김경천이 전봉준 막하를 떠난 것은 이토 겐지를 만나면서였다. 이토 겐지는 김경천의 예견을 높이 보고, "일본은 이미 조선 천지를 손에 넣고 주무르기 시작했어라우. 일본군은 조선 천지에 대한 정확한 지도를 손에 들고 있소. 은밀한 정보망을 통해, 동학당 지휘부가 움직이는 것을 손바닥 들여다보듯이 다 알고 있소. 우리 뜻을 합쳐서 큰일 한번 해봅시다." 하고 제안했고, 김경천은 기꺼이 동의했다.

　수천수만의 죽은 넋들을 품고 떠도는 검은 안개어둠을 덮어쓴 들판과 그 건너의 나지막한 산기슭을 바라보며 김경천은 심호흡을 했다. 그는 주밀했다. 피로리 앞 주막의 살짝 곰보인 주모에게, 오늘 밤에 중한 손님들 몇이 찾아올 것이니 미리 봉놋방을 따스하게 해놓고, 국밥 거리, 독주 따위를 마련해놓고, 깊은 잠 자지 말고 있으라고 당부해두었다. 잘만 도와주면 엽전 한 꾸러미를 안겨주겠다고 했다.

한신현은 민보군 열 사람을 이끌고 와서 마을 안에 잠복하고 있었다. 그중에는 화승총잡이도 있고, 칼 잘 쓰는 놈도 있었다. 그들은 동학군을 뒤따라 다니다가 수가 틀리자 도망쳐 온 이들이었다. 함정은 깊숙하고 튼실하게 파졌다. 이제 전봉준 일행이 함정에 빠지기만 하면 되는 것이다.

동학군의 괴수인 전봉준을 잡아 관아에 넘기는 것은 나라와 민족과 후손들을 위해 좋은 일이라고, 한신현은 생각했다. 전봉준이 일으킨 동학 난리는, 그렇지 않아도 뛰어 들어오려고 호시탐탐 노리고 있는 중국 군사들과 일본 군사들을 함께 뛰어들게 하였다. 그리하여 그들은 조선 땅에서 한판 야무지게 붙었고, 거기서 이긴 일본 군사가 동학당을 쓸어내고 있는 것이다. 동학군은 늑대를 불러들인 만큼 그 늑대에게 물려 죽어야 마땅한 것이다.

들판 가운데에 인기척이 있었다. 여리게 흐르는 별빛에 사람들의 움직임이 스쳤다. 김경천은 쌈지에서 부시를 꺼내 차돌 조각에다 힘껏 그었다. 번쩍 일어난 붉은 불가루들이 허공으로 우수수 쏟아졌다. 이토 겐지에게서 들은 바 동학군들이 주고받는 밤 신호가 부시로 불을 일으키는 거라고 했다. 들판을 건너오는 것이 잠행 중인 전봉준 일행이라면 신호를 보내고 있는 것이 김경천임을 알아차릴 터였다.

들판을 건너오는 그림자들 쪽에서도 부시를 쳐서 응답을 해왔다. 김경천은 다시 부시를 쳐서 그들을 이끌었다.

마을 어귀의 어둠 속에서 김경천과 전봉준 일행이 맞닥뜨렸다. 김경천은 무릎을 꿇고 전봉준에게 절을 했다. 그는 전에도 그랬듯이 숨을 가쁘게 쉬면서 속삭이듯 말했다.

"장군님, 원행에 얼마나 노고가 크신가라우?"

그는 숨 가빠 하는 병을 과장되게 드러내고 있었다. 전봉준은 함정 같은 새까만 어둠의 장막이 그를 에워싸고 있음을 느꼈다. 치솟아 오르는 치욕을 어찌하지 못한 채 말없이 김경천의 손을 잡아 일으켰다. 김경천의 예언대로 나는 바야흐로 피로리를 찾아들고 있는 것이 아닌가.

최경선과 윤정호와 양해일이 차례로 번갈아 김경천의 손을 잡았다.

양해일은 멀고 먼 앞날을 생각했다. 김경천의 밀고로 인해 붙잡혀 죽은 전봉준은 맥맥이 흘러가는 청사의 휘황한 빛 속으로 날아오를 것이고, 밀고를 하고 돈 천 냥과 군수 벼슬을 받은 김경천은 유다처럼 누천년을 내리 지옥 같은 어둠 속에 떨어질 것이다.

김경천은, "우선 요기부터 하십시다." 하고 앞장서 걸었다. 그는 의식적으로 더욱 심하게 한쪽 발을 절뚝거렸다.

마을 앞 주막의 주모는 주등을 밝혀놓고 방 안에서 자는 체하고 있다가 김경천과 전봉준 일행을 반갑게 맞아들였다. 그들을 봉놋방으로 들이고 국밥을 말아주었다.

"약주 한 잔씩을 반주로 해야 하지 않겠소? 몸이 얼어 있은께로."

김경천의 말에 주모가 호리병 둘을 들여주었다. 김경천이 그것을 받아 들고 사발에 따라 전봉준에게 올렸다. 다른 사발 셋에다가 술을 따라 최경선, 윤정호, 양해일에게 권했다. 최경선이 또 한 개의 사발에 술을 따라 김경천에게 권했다. 김경천이 술잔을 든 채 입을 열었다.

"지기금지 원위대강!"

둘러앉은 네 사람이 술잔을 들어 올렸다.

"시천주조화정 영세불망만사지!"

전봉준은 술을 단숨에 들이켰다. 취해서 푹 자버리는 것이다. 깨어난 다음의 일은 다음의 일이고, 우선 죽음 같은 깊은 잠 속에 떨어져버리는 것이다.

최경선, 양해일, 윤정호도 술을 들이켰다. 김경천은 그냥 술잔을 내려놓았다. 최경선이 한잔 들이켜지 그러느냐는 눈빛으로 건너다보자, 그는 도리질을 하면서 손사래를 치고 가슴과 목을 가리켰다. 숨 가쁨 때문에 마실 수 없다는 것이었다.

양해일은 예수와 그 제자들의 최후의 만찬을 떠올렸다. 그는 초롱불을 반짝 되쏘는 호리병을 들어 전봉준에게 안겨주었다.

"장군께서 한 잔씩 따라주십시오."

전봉준은 말없이 네 사람의 잔에 술을 따라주고 자기 잔에도 따른 연후에 조금 전과 마찬가지로 술잔을 들어 올렸다. 양해일은 가슴이 떨렸다. 이를 악물었다. 뜨거운 눈물을 손등으로 훔쳤다. 전봉준이 말했다.

"울지 말고 들어라."

최경선이 양해일을 향해 꾸짖듯이 말했다.

"이 사람아, 우리에게는 아직 내일이 있어."

김경천이 말했다.

"여기는 안전한께 염려 놓으시고……"

양해일은 심호흡을 하고 술을 들이켰다. 전봉준은 국밥을 달게 먹었다. 술도 거듭 석 잔이나 마셨다. 최경선, 윤정호, 양해일도 배불리 먹고 마셨다. 김경천은 그들에게 술 한 잔씩을 더 돌렸다. 순도 높은 알싸한 약주에 얼어 있던 얼굴들이 불콰해졌다. 눈앞이 어릿어릿해지면서, 곧 졸음이 그들의 의식을 낭떠러지 아래로 떨어뜨렸다. 방이 따끈한 데다 술기운이 오르자 누울 자리만 보였다.

김경천이 말했다.

"시 동모들은 여기 봉놋방에서 그냥 주무시오, 장군은 우리 집으로 모실랍니다. 우리 집 뒤란에 골방이 하나 있는디, 불을 따스하게 지피고 이부자리를 봐놓았은께…… 그리고 내일 꼭두새벽에 뒷산 골짜기에 있는 암자로 장군 일행을 모실랍니다. 그곳을 산채로 써도 좋을 것잉만이라우."

  전봉준은 고개를 숙인 채 머리를 끄덕거렸다. 양해일이 김경천을 향해 말했다.

"참 잘하는 일이오. 장군께서 이 좁은 봉놋방에서 우리들하고 함께 주무시는 것은 안 될 일이오."

윤정호도 고개를 끄덕거렸다. 최경선은 굳은 얼굴로 고개를 깊이 숙이고 있었다. 김경천은 그들 셋의 얼굴을 살피고 나서 몸을 일으켰다. 전봉준이 천보총을 오른손에 든 채 따라 일어났다. 부하 셋이 마찬가지로 천보총을 손에 든 채 몸을 일으켰다. 잠자리에 들 때까지 호위를 하고, 자기네 주군의 잠자리가 어떻게 생겼는지 보아두겠다는 것이었다. 다섯 사람이 주막을 나섰다. 최경선과 윤정호와 양해일은 김경천의 집까지 가는 전봉준을 앞뒤로 호위했다. 눈송이들이 얼굴 살갗에 엉겨 붙었다. 별 총총한 하늘에 뜬 검은 구름장이 눈송이를 뿌리고 있었다. 푸른 별, 노란 별, 붉은 별들이 눈을 깜박거렸다.

마을 골목길로 들어섰다. 개들이 사납게 짖어댔다. 김경천의 집은 골목의 막다른 곳에 똬리를 틀고 있었다. 사간 겹집에 외양간과 측간을 겸한 대문간이 있었다. 대문은 잠겨 있지 않았다. 김경천은 전봉준만 안으로 들이고, 세 사람에게 속삭였다.

"내일 새벽에 내가 깨우러 갈 테니께 동모들은 돌아가시오."

전봉준은 어둠에 묻힌 세 부하의 얼굴을 둘러보았다. 세 부하의 손을 일일이 잡아 흔들어주었다. 우리가 헤어진 다음에 세상이 바뀐다. 김경천이 이미 밀고를 해놓았을 것이다.

세 사람은 전봉준에게 허리 굽혀 하직 인사를 하고 몸을 돌렸다. 전봉준은 돌아서는 그들 가운데 최경선을 불렀고, 귀엣말을 했다.

"잠을 사로자거라. 만일 여차하면 튀어라."

최경선은 고개를 끄덕거리고 나서 몸을 돌렸다. 김경천은 두 사람의 귀엣말의 뜻을 이미 환히 짐작하고 있었다. 그는 먼저 대문간으로 들어서서 기다리다가 전봉준이 안으로 들어오자 대문을 닫고 빗장을 걸었다. 김경천은 전봉준을 뒤란 골방으로 안내했다. 대오리문을 열고 골방으로 들어갔다. 유황곶 끄트머리를 질화로 알불에 대어 불을 일으켰다. 구석의 소태기름 접싯불의 심지에 댔다. 방 안이 밝아졌다. 아랫목에 검은 이불이 깔려 있었다. 베개도 놓여 있었다. 윗목에 자리끼가 있었다. 김경천이 전봉준을 아랫목에 앉히고는 말했다.

"우리 집에 이 골방이 있는 것은 아무도 몰라라우…… 뒷담 너머로는 산이라오…… 절대로 그런 일은 없을 것이지만, 만에 하나, 혹시라도 무슨 일이 있으면 뒷담을 넘어 숲 속에 은신을 해버리면 됩니다. 안심하고 잘 주무십시오."

"그래 고맙네."

전봉준은 김경천의 두 손을 끌어다가 한데 모아 잡았다. 김경천이 전봉준의 손을 마주 잡았다. 김경천의 손은 떨리고 있었다. 전봉준은 그 떨림의 뜻을 알고 있었다. 김경천은 붉은 혀를 내밀어 마른 입술에 침을 바르며 생각했다.

'오늘 밤 저의 밀고로 말미암아 잡혀 죽는 것이, 장군님을 따라

준동했다가 죽어간 원혼들에 보답하는 길일 것이오.'

전봉준은 방 안을 둘러 살피며 생각했다. 그래 준비는 다 잘되어 있구나.

"피곤하실 것인께 이만……"

김경천은 손을 짚고 머리를 조아려 하직 인사를 한 다음, 숨을 가쁘게 쉬면서 대오리문을 향해 몸을 돌렸다. 김경천의 약간 굽은 등과 뒤통수를 보며 전봉준은 생각했다. 그래, 천 냥과 군수 벼슬. 그것들을 왜 하필 너에게 안겨주려 여기까지 왔는지 알 수 없다. 나와 너의 인연은 하늘이 만들어준 것이다.

재갈

  전봉준은 천보총을 머리맡에 두고 옷을 입은 채 이불을 덮고 누웠다. 골방은 다스했고, 요와 이불은 푹신했다. 추운 날씨에 먼 길을 오느라 지친 터에, 고뿔기 있는 데다 약주 석 잔을 들이켜 몸이 혼곤해졌고, 의식은 천길 아래로 가라앉았다.

  편히 잠들기로 했다. 이제 죽고 사는 모든 것을 김경천에게 맡겼으니 나는 그 어떠한 일도 도모할 필요가 없다. 내일 일은 내일 생각하자. 내일은 관군의 포승에 묶여 한양으로 끌려 올라갈 것이다.

  까무룩 잠 속으로 빠져들었는가 싶었다. 너무 오래 잠을 자고 있는 것 아닌가 싶어 번득 눈을 떴다. 누군가가 그를 잡으러 오고 있다는 예감이 정수리에 침처럼 박혔다. 박힌 그것이 온몸에 새파란 번갯불처럼 퍼졌다. 동시에 김경천이 흘려준 말이 떠올랐다. '뒷담 너머로는 산이라오…… 절대로 그런 일은 없을 것이지만,

만에 하나, 혹시라도 무슨 일이 있으면 뒷담을 넘어 숲 속에 은신을 해버리면 됩니다.' 전봉준은 김경천이 왜 그 말을 흘려주었는지 알고 있었다. 잡히되 가만히 앉아서 잡히지 말라는 것이었다.

천보총을 손에 들고 몸을 일으켰다. 대문이 삐거덕거렸다. 발소리가 들려왔다. 아, 민보군들이 나를 포획하기 위해 오고 있다. 방문을 열면 뒤란이고, 뒤란 저쪽에 담이 있고, 그 너머는 산이라 했다. 내가 산을 타고 도망치기 위해 담을 넘을 거라 생각한 이들이 미리 담 밑에서 매복하고 있을 것이다. 전봉준은 대오리문을 열치고 한 발 내디뎠다. 담으로 다가섰다.

한신현은 자기가 얻게 될 군수 벼슬로 인해 가슴이 설레었다. 함정에 빠진 맹수 한 마리를 때려잡아야 하는 그것은 크나큰 모험이요, 아기자기한 사냥 잔치였다. 이제 임금을 위해 충성다운 충성을 하게 되었고, 조상님들에게 효도다운 효도를 하게 되었다.

얼마나 얻고 싶은 벼슬이던가. 그는 퇴직한 장교였다. 집안이 한빈한 까닭으로 글공부를 글공부답게 하지 못했으므로 애초에 과거 시험을 볼 엄두를 내지 못했고, 내내 포졸 노릇을 하다가 장교가 되었다. 그것도 나이가 들면서 그만두고 물러났다. 그렇지만, 어떤 횡재로 인해 돈이 생긴다면 벼슬을 사서 떵떵거리며 원님 노릇을 하고 싶었다. 공명첩이라도 사고 싶었다.

돈이면 안 되는 것이 없는 세상이었다. 이천 냥만 싸 들고 가면 현감이나 군수 자리를 얻을 수가 있었다. 그렇지만 이천 냥이 누구네 아기 이름이든가. 그는 칼자루를 단단히 잡고 이를 물었다. 동학도의 괴수 전봉준을 사냥하는 거사, 그것은 그에게 벼슬살이에 대한 한풀이였다.

이번 거사가 성공하면, 그는 민보군에 참여한 김영철 정창욱에게 푸짐한 떡고물이 돌아가게 할 참이었다. 자기네 종 석돌이와 장쇠에게는 동학군에 나갔다 돌아온 것을 용서해주고 또한 면천을 해주겠다고 약속했다. 부잣집 드난살이를 하거나 머슴살이를 하고 사는 삼돌이와 부칠이와 마당쇠와 갑돌이와 송바구니와 박정래와 오점식에게는 오십 냥씩을 주고, 동학군에 가담한 사실을 물시해달라고 관원들에게 부탁을 해주겠노라 했다. 그에게 소작을 부치고 사는 김철식과 오종달에게는 오십 냥씩을 주겠다고 약속했다.

김경천은 김경천대로 자기가 끌어들인 뚝심 좋고 강단진 마을 장정 넷을 설득했다.

"철동이, 을식이, 바우, 뒷방이, 잘 들어보소. 내가 어째서 저 전봉준이 밑에 있다가 그 사람을 등지고 나왔는지 아는가. 전봉준이가 총탄이 날아와도 죽지 않는 귀신 같은 사람이라는 것은 새빨간 거짓말이여. 사람들을 속이려고, 미리 총탄 두 개를 옷 속에 넣어놓은 다음에, 군중들을 모아놓고, 부하 한 사람한테 자기를 향해 빈 총 두 방을 쏘게 하고는 그 총탄들을 꺼내 보인 것이여. 전봉준이, 그 사람, 사실은 키 쪼그마한 서당 훈장에 지나지 않아. 순전히 종이호랑이일 뿐인께 걱정 말고 내가 시키는 대로만 하소. 이

쪽 바깥 담 밑에 숨어 있다가 전봉준이가 뛰어넘어 오면은 몽둥이로 사정없이 다리통이나 발목을 두들겨 패버리소. 절대로 머리통이나 배나 가슴팍은 때리지 말고, 걸음을 걷지 못하게만 하소. 저 호랑이는 산 채로 잡아야 값이 나가네. 전봉준이를 산 채로 잡기만 하면은, 자네들이 동학군에 나간 것을 물시하게 하고, 내가 천 냥을 받으면 백 냥씩을 떼어줌세."

한신현은 민보군을 두 패로 나눴다. 한 패는 주막집 봉놋방에서 자고 있는 최경선, 윤정호, 양해일을 잡고, 다른 한 패는 김경천이 부리는 장정들과 더불어 전봉준을 잡기로 했다. 그 작전의 시작은 김경천이 닭 울음소리를 내는 때로 정했다. 김경천은 미리 주모에게 통기를 해두었다.

김경천은 전봉준 일행이 피로리에 당도했다는 것을 이미 이토 겐지에게 통기했고, 이토 겐지는 일본군을 이끌고 동구 밖에 매복하고 있었다. 이토 겐지는 담양에 주둔하는 일본군 제19대대장 미나미의 끄나풀이었다.

전봉준이 담 위에 두 손을 얹었을 때 "꼬끼요오" 하고 닭이 울었다. 전봉준은 그 닭소리가 사람이 내는 가성이라고 직감했다. 천보총을 한 손에 들고 담을 뛰어넘었다. 두 발이 땅에 닿는 순간 눈에서 번개 같은 불이 번쩍하면서 한쪽 다리가 꺾였다. 몽둥이들이 그의 정강이로 날아들었다. 절뚝거리며 몸을 일으키는데 누군가가 발등을 내리쳤다.

 전봉준은 두 다리를 쓰지 못하고 엎어졌다. 그때 한 장정이 그를 덮어 눌렀다. 다른 장정이 총을 빼앗고 또 다른 장정이 포승으로 그의 팔과 상체를 동여 묶었다.

 동구 밖에 매복해 있던 이토 겐지와 일본 군인들이 달려와 포박한 전봉준을 둘러싸고 경계를 했다. 미리 훈련을 받은 군인들은 전봉준의 입을 강제로 벌리고 재갈을 물렸다. 혀를 물어 끊고 자결하는 사태를 방지하려는 것이었다.

 한신현이 미리 마련해둔 가마를 민보군들이 메고 왔고, 이토 겐지는 군인들에게 명령했다.

 "장군을 가마 안으로 정중하게 모셔라."

 군인들이 전봉준을 가마 안으로 밀어 넣었다. 재갈을 물고 포승을 찬 전봉준의 몸뚱이는 짐짝처럼 모로 넘어진 채 가마에 실렸다. 김경천이 전봉준에게 말했다.

 "내가 장군을 위해서 해줄 수 있는 것은 이것뿐이오. 죽지 않고 살게 된다면 부디 마음 굳게 먹고 새 사람이 되어가지고 다시 만납시다. 이토의 말을 들으니께 기막히게 좋은 수 하나가 장군을 기다리고 있다고 합니다."

 전봉준의 넋은 산산이 흩어지고 있었다. 으깨져버린 듯한 발등과 정강이의 통증을 견딜 수 없었다. 붙잡혀주겠다는 생각을 하기는 했지만, 큰 상처를 입은 데다 포승에 두 팔이 묶이고 재갈을 물 것은 전혀 예상하지 못했다.

김경천은 철동이, 바우, 을식이, 뒷방이로 하여금 가마를 메게 하고 그들에게 말했다.

"가마 삯은 삯대로 따로 줄 것이네."

일본군을 이끌고 온 이토 겐지가 명령했다.

"가자. 담양 관아로."

가마는 피로리 옆의 산모퉁이를 돌아 담양을 향해 달렸다. 이토는 일단 순창을 피해야 한다고 생각했다. 순창은 동학도들이 우글거리는 고을이었다. 일본군의 기총소사에 혼겁하여 도망을 치거나 숨어버렸다고는 하지만, 자기들의 우두머리인 전봉준이 붙잡혀 가마에 실려 간다는 것을 알면, 그들이 화승총을 쏘면서 구하려고 몰려들지 모를 일이다.

가마의 앞쪽 왼편에서 가마채를 멘 철동이는 마을 옆의 한갓진 언덕 밑에 있는 자기네 움막집을 흘긋 바라보았다. 움막 앞에서 희끗한 그림자 하나가 얼씬거렸다.

철동이 아내는 전봉준을 태운 가마와 그것을 호송하는 검은 그림자들이 담양 쪽으로 빠른 속도로 흘러가는 것을 지켜보다 방으로 뛰어 들어갔다. 두 살 터울인 아이들 셋이 이불 속에 나란히 누워 새근새근 자고 있었다. 그녀는 아이들 셋을 두 팔로 모두 끌어안으면서 밭은 목에 침을 삼켰다. 이제 우리는 살아났다, 하고 생각했다. 호리호리하지만 젖가슴과 엉덩이가 실팍한 그녀는 초저녁에 김경천과 남편 철동이가 속닥거리는 소리를 들었던 것이다.

"그 일이 성공만 하면, 동학군에 나갔다 온 것을 다 물시하게 하고, 백 냥을 주께."

가마꾼

 철동이, 을식이, 바우, 뒷방이는 전봉준을 태운 가마를 메고 밤길을 달렸다. 그들은 동학군으로 나갔다가 도망쳐 온 사실을 물시해준다는 것과, 백 냥씩의 돈이 생기게 된다는 즐거움으로 발을 땅에 딛지 않은 듯싶었다.

 백 냥이면 흉년 밥그릇이라는 마을 앞 옥답 서 마지기 값이었다. 동학군에 나갔다가 온 것을 물시해준다는 것은 저승 문턱에 다가서 있는 목숨을 살려준다는 것이었다.

 철동이는 양심의 가책에 가슴이 조였다. 그는 동학군이 전주성 안으로 입성할 때 전봉준 장군을 태운 거대한 남여를 멨다. 그 남여는 팔뚝 굵기의 맹종죽 여덟 개를 '囲(위)'자 모양으로 얽고, 손목 굵기의 밧줄로 사방의 테를 두른 다음, 그 위에 남여 하나를 얹어 단단히 고정시킨 것이었다. 그 남여를 흰 무명베로 감았다. 그 남여 위에 상복을 입은 채 한 손에 칼을 든 전봉준을 앉혔다.

열두 사람이 남여를 멨다.

전봉준 장군의 남여를 멘 사람들은, "가보세, 가보세, 갑오년에 가보세, 을미적 을미적 하다가는 병신 되어 못 가네." 하고 소리쳐 노래하면서 의기양양하게 나아갔다. 갑오년에 당장 세상을 바꾸어야지, 을미년이 되고 병신년이 되면 바꾸지 못한다는 것이었다. 성문은 활짝 열렸고, 전봉준 장군을 태운 남여는 거침없이 나아갔다. 남여가 빠른 속도로 나아갈 때는 "척양척왜, 보국안민! 척양척왜, 보국안민!" 하고 거듭 외쳐댔다. 삼례를 거쳐 한양 쪽으로 나아갈 때도 철동이가 전봉준 장군의 남여를 멨다.

이 무슨 얄궂은 운명인가. 철동이가 멘 가마 속에는 포승에 묶이고 입에 재갈을 찬 전봉준이 타고 있다. 철동이의 머릿속에 주마등처럼 스쳐 지나가는 어지러운 그림들이 있었다. 우금치 밑에 이르러 산 위에서 일본군의 기관총탄이 날아오자 전봉준 장군의 남여를 메고 가던 사람들은 발을 멈추었다. 피잉, 피잉, 총탄 날아오는 소리가 들려왔고, 남여꾼들은 남여를 버리고 달아났다. 전봉준 장군도 측근의 부하들과 함께 몸을 피했다. 죽창을 꼬나들고 우금치로 달려 올라가던 동학도들은 쓰러지고 또 쓰러졌다. 전봉준 장군이 퇴각 명령을 내리자 동학도들은 우르르 들판으로 도망쳤다. 철동이는 그 무리 속에 끼어, 오금아 날 살려라 하고 도망쳤다. 새까만 먹물을 칠해놓은 듯싶은 밤을 도와 고향 마을 피로리로 돌아왔다.

그랬는데, 이제 철동이는 백 냥에 팔려, 을식이 바우 뒷방이와 더불어 전봉준을 때려잡았고, 담양까지 가마 메어주는 삯을 따로 받기로 하고 이렇게 동원되었다. 철동이, 을식이, 바우, 뒷방이. 그들은 누가 먼저 말한 것도 아닌데 서로 발을 맞추며 달려갔다. 오른발을 먼저 앞으로 떼고 다음에 왼발을 떼었다. 오른발 왼발, 오른발 왼발…… 그러면서 발에 맞추어 숨을 쉬었다. 네 사람의 발이 틀리면 철동이가, "앞에 둘이, 발 틀렸어! 자, 오른바알…… 오른바알!" 하고 낮게 맞춤소리를 해주었다.

네 사람이 다 똑같이 발을 맞추어야 힘이 덜 들고, 가마채를 멘 어깨살도 덜 아팠다. 또한 가마도 덜 기우뚱거리고, 안에 타고 있는 사람도 어지럽지 않은 것이었다. 그들은 피로리로 시집오는 새색시를 맞아들일 때에 가마를 멨고, 상여도 여러 번 메어봤다.

가마의 양옆에는 일본군 세 사람씩이 두 손으로 총을 든 채 가마를 호위했다. 여차하면 총을 쏠 태세였다. 척후병 둘이 가마를 이백여 보쯤 앞서서 달리고, 가마 뒤쪽에도 군인 둘이 이백여 보쯤 떨어져서 뒤쪽을 경계하며 따랐다.

이십 리쯤 달렸을 때 산줄기가 앞을 가렸다. 고개를 넘으면 담양이었다. 가마꾼들은 숨을 헐떡거렸다. 그들은 진작부터 비지땀을 흘리고 있었다. 뒤에서 가마채를 멘 뒷방이가 헐떡거리면서 말했다.

"아이고 조깐 쉬어 갑시다이!"

이토 겐지가 꾸짖었다.

"쉿! 입 다물어!"

뒷방이가 엄살을 부렸다.

"아이고, 금방 두 다리가 뻐드러질 것 같소. 조끔만 쉬어 갑시다이."

바우도 덩달아 말했다.

"아이고 숨이 차서 죽겠소."

철동이도 말했다.

"어깨가 떨어져 나갈라고 하요."

이토가 가마 뒤를 따르는 장교 다나카에게 귀엣말을 하고 나서, "그래 잠깐 쉬어 가자. 멈추어라." 하고 말했다.

가마꾼들이 가마를 마른 풀밭에 내려놓았다. 군인들은 재빨리 사방을 향해 총을 겨누면서 경계를 했다. 가마를 에워싼 어둠 너울이 천천히 맴을 돌았다.

가마꾼들은 풀밭에 주저앉은 채 아픈 어깨를 이리저리 휘돌려 보기도 하고, 굳어진 고개를 양옆으로 저어보기도 했다. 맨 먼저 쉬어 가자고 말한 뒷방이는 아주 쓰러져 누워버렸다. 그는 밤마다 방사를 즐기려 하는 아내에게 들볶이며 살고 있었으므로 허리와 다리가 부실했다. 숨을 헐떡거리면서 엄살을 부렸다.

"아이고, 나는 더 못 가겠네이!"

을식이가 말했다.

"먼 소리를 하는가? 죽으나 사나 담양 관아까지는 가야 허네."

뒷방이가 고개를 저었다.

"가마가 무거운 것이란가, 사람이 무거운 것이란가. 내가 가마를 많이 메보기는 했지만 오늘 같이 힘든 것은 처음이네이."

바우도 덩달아 엄살을 부렸다.

"추운 데서 밤잠 못 자고 떨면서 숨은 채 용을 쓴 때문인지 무지하게 힘이 드네야."

뒷방이가 말했다.

"기왕에 받기로 한 백 냥은 백 냥이고, 가마 메고 간 삯은 또 따로 준다고 한께."

을식이가 사방을 둘러 살피며 말했다.

"그라고저라고 목이 받아 죽겄는디 어디서 물이나 한 모금 마셨으면 좋겄구만."

물은 어디에도 보이지 않았고, 물 흐르는 소리도 들리지 않았다. 철동이가 이토 겐지를 흘긋 보고서 을식이에게 말했다.

"담양 넘어가면 물 많이 있을 것이네."

바우가 말했다.

"아따 담배 한 대통 빨았으면 좋겄네."

이토 겐지가 그들의 말을 아랑곳하지 않고 무뚝뚝하게 말했다.

"이제 그만 가보드라고!"

을식이, 바우, 철동이, 뒷방이가 어슬렁어슬렁 일어나서 가마채를 멨다. 이토 겐지가 신경질적으로 외쳤다.

"번개같이 펀덕펀덕 움직이드라고!"

허우대 큰 바우가 불평스럽게 대꾸했다.

"너무 그렇게 매몰차게 말하지 말드라고이. 우리도 이 사람을 잡는디에 한몫을 단단히 한 사람들이여. 그라고 삯을 받고 하는 일이기는 하지만, 가마를 메고 가는 것은 순전히 당신들한테 부조를 하고 있는 것이여."

그 말인즉슨, 만일 더 부아가 나면 가마를 메주지 않을 수도 있다는 뜻이었다. 이토 겐지가 냉엄하게 말했다.

"자네들, 콩알을 한 개씩 잡숫고 싶어서 까부는가?"

콩알은 총알을 말하는 것이었다. 바우가 대들었다.

"멋이여?"

뒷방이가 살벌한 낌새를 알아차리고 바우에게 말했다.

"어이! 기왕 부조하기로 한 것, 조용히 하드라고."

가마꾼들은 숨을 헐떡거리면서 가파른 고갯길을 올라갔다. 총을 든 군인들이 그들의 양옆을 따랐다. 군인들은 가마 속에 타고 있는 전봉준을 지킨다기보다 가마꾼들을 지키고 있었다.

가마꾼들은 이토 겐지가 뱉은 "자네들, 콩알을 한 개씩 잡숫고 싶어서 까부는가?"라는 말을 떠올리며 두려워하기 시작했다. 자기들이 볼모 잡힌 채 종처럼 부려지고 있다는 것을 깨닫기 시작한 것이었다. 그들은 일본군이 들고 있는 총을 흘긋거리면서 사력을 다해 가마채를 어깨에 멘 채 가파른 산길을 올라갔다.

희생

 골짜기의 가파른 자드락길을 내려가던 가마가 갑자기 오른쪽으로 기우뚱했다가 모로 처박했다. 앞쪽 왼편의 가마채를 멘 바우가 "어!" 하고 소리를 지르더니 쪼그려 앉으면서 간신히 가마가 구르지 않도록 버티었다. 뒤쪽의 가마꾼들은 비틀거리면서 "조심해!" 하고 외쳤다. 앞쪽 오른편의 가마채를 멘 뒷방이가 "아이고 내 발목!" 하고 비명을 질렀다. 접질린 발목 때문에 무릎을 꿇으면서 주저앉아버린 것이었다. 안에 탄 전봉준은 포승에 묶인 까닭에 나무토막처럼 모로 뒹굴면서 머리를 가마문에 짓찧었다. 이토와 다나카 중위와 군인들이 모로 처박힌 가마를 바르게 일으켜놓았다. 이토가 가마문을 열고 모로 쓰러져 나뒹구는 전봉준을 일으켜 앉혔다.

 "아이고, 내 발목!"

 뒷방이는 가마채를 뿌리쳐버리고 주저앉은 채 오른쪽 발목을 부여잡고 신음을 뱉었다. 군인들은 가마가 거꾸러진 순간부터 사방을 향해 총을 겨눴다. 지휘자인 다나카 중위는 가마 사고가 누군가의 공격에 의해서 일어난 것이 아닌가 하면서 주변 사방을 주밀하게 살폈다.

이토는 발목을 붙안고 신음하는 뒷방이에게 다가갔다.

"발목이 부러진 것이여? 일어서서 가마를 메고 가지 못하겠어?"

뒷방이는 눈물을 줄줄 흘리면서 울음 섞인 소리로 말했다.

"가마를 메고 못 메는 것이 문제 아니요. 아이고! 내 발목! 나는 병신 되고 말게 생겼네."

이토가 날카롭게 물었다.

"가마를 메겠어, 못 메겠어?"

뒷방이가 울음 섞인 목소리로 퉁명스럽게 말했다.

"발목이 한쪽으로 팩 돌아가뿌렀어라우."

이토는 신경질적으로 "어찌할 수 없다." 하고 나서 다나카와 더불어 뒷방이를 가마채 바깥쪽으로 힘껏 내다꽂았다. 뒷방이가 모로 넘어졌다. 유도 유단자인 다나카 중위가 뒷방이의 앞에 쪼그리고 앉아, 접질린 발목을 반대로 외틀어놓았다. 뒷방이가 "아이고 나 죽네!" 하고 비명을 질렀다. 이토가 뒷방이에게 물었다.

"다시 걸을 수 있는지 발을 땅에 디뎌봐!"

허나 뒷방이는 다시 모로 누웠다.

"아이고오! 나, 발목 부러져서 일어서지도 못하겠어라우."

이토는 다나카에게 알 수 없는 일본말을 지껄이고 나서, 뒷방이를 가마 저쪽으로 멀리 밀어젖혔다. 이토는 자기가 직접 가마채를 메려고 윗몸을 구부렸다.

"내가 대신 멜 텐께, 자, 가자. 각자 발은 각자가 조심하고!"

이토는 익숙한 솜씨로 가마를 멨다. 다른 가마꾼들 셋도 가마채를 멨다. 가마가 움직였다. 네댓 걸음 내디뎠을 때 뒤에 처진 뒷방이가 이토를 향해, "나는 어쩔 것이오?" 하고 소리쳤다.

이토가 다나카를 향해 일본말로 지껄였다. 다나카가 뒤를 경계하며 따라오는 후발대 군인들을 향해 무슨 말인가를 지껄였다. 가마가 백여 걸음쯤 내려갔을 때 뒷방이가 "아이고! 제발 살려주시오!" 하고 소리쳤다. 후발대 군인 한 사람이 칼로 뒷방이의 배를 찔렀고, 뒷방이는 "욱!" 하는 외마디의 비명을 지르며 거꾸러졌다. 가마꾼 셋은 몸을 부르르 떨었다.

담양 들녘에 들어섰을 때는 동녘 하늘에 번하게 동이 텄고, 푸른 새벽빛이 마을을 덮고 있었다. 길은 마을 앞을 지나 들판으로 뻗어 있었다. 이토가 숨을 가쁘게 쉬면서 가마꾼들에게 "멈추어라." 하고 말했다. 가마가 멈추었고, 군인들은 사방을 경계했다. 이토가 다나카에게 일본말을 지껄였다. 다나카는 하사에게 일본말로 명령했고, 하사는 군인 한 사람을 데리고 마을의 가장자리에 있는 초가로 들어갔다.

잠시 뒤에 하사 일행이 튼실한 알상투 바람인 남자 한 사람을 이끌고 왔다. 알상투는 끌려오지 않으려고 발을 뻗대었다. 하사가 칼을 빼들고 위협했고, 호리호리한 군인이 알상투의 등을 떠밀었다. 그들의 등 뒤에서 흰 속치마 바람인 아낙이 따라오며 소리를 질렀다.

"뭔 일이오? 우리는 동학이 뭣인지도 모르는 사람이오. 여보! 삼숙이 아배! 아이고 어쩔까잉! 여보오!"

이토가 끌려온 알상투에게 말했다.

"가마를 메라. 관아까지만 가면 보내주겠다."

다나카가 알상투의 목에 칼을 들이댔다. 이마에 검정 사마귀가 있는 알상투는 부들부들 떨면서 가마를 멨다. 가마가 움직였다. 울부짖으며 따라오는 속치마 바람 아낙을 남겨놓은 채 가마는 담양 관아를 향해 달려갔다. 아낙은 땅바닥에 퍼질러 앉아 울음을 터뜨렸다.

치옥

 전봉준을 태운 가마는 푸르스름한 아침빛이 홍수처럼 범람했을 때 담양 관아에 도착했다. 군인들은 옥방 안으로 전봉준을 내던지듯이 밀어 넣었다. 가마꾼 넷은 옆의 다른 옥방 안에 밀어 넣었다.
 가마꾼 바우가 기둥같이 굵은 옥문 창살을 잡아 흔들어대었다. 그는 겁에 질린 목소리로, 그러나 하소연하듯 말했다.
 "아니, 우리를 왜 이렇게 가두는 것이오?"
 을식이가 떨리는 목소리로 말했다.
 "우리는 저 녹두장군을 잡아 바친 사람들이 아니오? 싸게 돌려보내주시오. 가마 메고 온 삯은 안 받을란께 얼른 보내주기나 하시오."
 철동이가 가라앉은 목소리로 항의했다.
 "담양 관아까지만 메다주면 돌려보내준다고 안 했소?" 중간에 잡혀 온 검정 사마귀의 알상투가 울먹거리며 말했다.

"나리들, 여기까지 힘들게 가마를 메고 왔으니께 이제는 돌려보내주셔야지라우. 나는 아무런 죄 없소. 동학이 멋인지도 몰라라우."

이토는 그들의 항의와 요구에 아랑곳하지 않고, 형방 쪽을 향해 말했다.

"저 가마꾼들한테 국밥 한 그릇씩 넣어주시오."

이토는 전봉준의 옥방으로 의료 가방을 들고 들어갔다. 포승에 묶인 채 재갈을 찬 전봉준 앞에 엎드려 절을 했다. 이토는 전봉준의 부릅뜬 두 눈을 향해 한사코 부드러운 표정을 지어 보였다.

"저는 일본제국 의무관 이토 겐지인데, 제가 장군을 한양까지 책임지고 모시고 갈 것입니다. 우선 장군의 다친 발등하고 정강이하고를 치료해드리겠습니다. 저를 믿고 맘을 편히 가라앉히십시오. 앞으로 어떤 일이든지 불편한 것이 있으면 제게 말씀해주십시오."

전봉준은 다친 발등을 턱으로 가리키며 벙어리처럼 "어, 어" 소리를 냈다. 이토는 부어오른 발등과 정강이와 전봉준의 두 눈을 번갈아 보았다. 그러고는 밖으로 나가더니 다나카 중위를 데리고 들어왔다. 그들은 전봉준의 발등과 정강이를 손으로 가리키면서 일본말을 주고받았다. 다나카가 전봉준의 발 앞에 쪼그려 앉았다. 다나카가 이토에게 일본말로 지껄였고, 이토가 나가서 군인 둘을 데리고 들어왔다. 다나카는 전봉준을 모로 넘어뜨리고, 군인 둘에게 그의 윗몸을 움직이지 못하게 잡아 누르라고 명령했다. 군인 둘이 전봉준의 두 다리를 눌렀다. 전봉준이 "아! 아!" 하고 비명을 질렀으나 다나카는 아랑곳하지 않고, 그의 발등을 먼저 주무른 다음 골절된 정강뼈를 주물러 맞추었다.

밖으로 나간 이토가 한참 뒤에, 좁다랗고 얇게 깎은 나무쪽 몇 개와 하얀 무명베 한 가래를 손에 들고 들어왔다. 나무쪽을 한 개는 발바닥에 대고, 발목 양쪽에 한 개씩 붙이고 베를 반으로 찢어서 친친 감아 묶었다. 정강이에도 나무쪽을 붙이고 베로 동여 묶었다. 다나카가 전봉준에게 일본말로 말을 했고, 이토가 통변을 했다.

"장군, 발을 사용하면 절대로 안 됩니다."

다나카가 나간 다음 이토가 말했다.

"만일에 발을 써야 할 일이 있으면 저를 부르십시오. 제가 늘 옆에서 지키고 있을 것이니까. 소피 보는 것, 측간 가는 것, 다 부축을 받아 가야 혀라우. 어려워 말고 저를 부르십시오. 제가 가마꾼들을 시켜 부축하도록 해드리께라우. 좌우간 발바닥을 땅에 디디고 서면, 기껏 맞춰놓은 발등뼈 정강뼈들이 다시 물러나버려라우."

형리가 전봉준의 옥방에 국밥을 한 그릇 들여주었다.

이토는 포승으로 결박된 채 재갈을 차고 있는 전봉준과 국밥을 번갈아 보았다. 난감했다. 이것을 어떻게 전봉준에게 먹일까. 한양에 도착할 때까지 전봉준을 굶길 수는 없는 일이다. 건강하게 오롯이 살려 데려가야 한다. 그런데 밥을 먹이려고 재갈을 풀어주었다가 혀를 물어 끊고 자결을 해버리면, 어찌할 것인가. 이토는 좋은 수 하나를 생각해냈다. 형방에게 가느다란 대롱 하나를 구해달라고 했다.

형방이 물었다.

"어디다가 쓸라는디, 얼마나 가늘어야 쓰겄소?"

이토는 형방을 밖으로 데리고 나가 말했다.

"재갈 사이로 쑤셔 넣고 그것을 통해 미음을 불어 넣어주게 말이여. 중간쯤 되는 붓 대롱 같은 것이면 좋겠소."

형방이 굵은 새 붓에서 털을 뽑아낸 대롱 하나를 가져다주었다. 이토는 옆의 옥방에서 피로리에서 온 가마꾼 셋을 나오게 하여 전봉준의 옥방으로 데려갔다. 이토는 얼굴이 세모꼴이고 눈썹밭이 넓고 입술이 두툼한 철동이와 눈을 맞췄다. 국밥 한 그릇을 게 눈 감추듯이 먹고 난 철동이는 트림을 끌끌했다. 이토가 철동이에게 명령했다.

"국밥 한 숟가락씩을 꼭꼭 씹은 다음 미음같이 되면, 그것을 삼키지 말고, 이 대롱을 재갈 물린 장군의 입안 깊숙이 쑤셔 넣고 그 속으로 불어 넣어드리는 거여, 알겄어?"

전봉준은 이토의 말을 듣자마자 이토를 향해 눈을 부라렸다. 고개를 저으면서 "으으! 아아!" 하고 소리쳤다. 그런 치욕스러운 방법으로 음식을 먹이려 하지 말고, 포승과 재갈을 풀어달라는 것이었다.

이토가 전봉준의 눈을 들여다보았다. 전봉준은 다시 세차게 도리질을 하면서 "아아! 으으!" 하고 소리를 냈다. 반항을 하지도 않고, 이빨로 혀를 물어 끊고 죽지도 않을 것이라는 뜻이었다. 이토는 전봉준의 말을 아랑곳하지 않고, 옆방에 있는 검정 사마귀의 알상투까지 데리고 왔다. 옥사쟁이도 이끌고 왔다. 이토는 그들에게 전봉준이 반항하지 못하도록 그의 머리와 두 다리를 힘껏 잡아 누르라고 명령했다. 그리고 다시 철동이에게 대롱을 이용하여 씹은 음식물을 전봉준의 입속에 불어 넣으라고 말했다.

전봉준은 반항을 해보아야 허사임을 알아차렸다. 힘껏 다물고 있던 입술을 열어주었다. 철동이는 대롱 한끝을 자기의 입속으로 넣고, 다른 한끝을 전봉준의 입속으로 밀어 넣고 꼭꼭 씹은 미음을 뿜어 넣었다. 전봉준은 몇 차례 도리질을 하면서 구역질을 하다가 꿀꺽꿀꺽 삼켰다. 그러면서 분노하고 절망했다.

'아, 이렇게 살아 있어야 하다니. 이 무슨 참담한 치욕인가.'

철동이는 거의 서른 차례도 넘게 미음을 전봉준의 목구멍 속으로 불어 넣었다. 한 뚝배기의 국밥이 다 없어질 때까지.

전봉준의 배 속이 포만해졌다. 음식이 배 속으로 들어가자 대변을 하고 싶어졌다. 이토를 향해 눈짓과 턱짓으로 대변이 나오려 한다는 뜻을 말했다. 이토는 그 뜻을 알아듣고 철동이와 을식이와 바우에게 명령했다.

"장군을 측간으로 모시고 가서 뒤를 보게 하소. 절대로 조심조심! 장군이 두 발을 땅에 디디지 않고 뒤를 볼 수 있도록! 두 사람은 양쪽에서 가랑이 한 개씩을 들어 올려드리고, 다른 한 사람은 뒤쪽에서 엉덩이를 떠받쳐주는 것이여. 그리고 뒤를 다 본 다음에는 밑구멍까지 닦아드리고. 알겠어?"

바우와 을식이는 전봉준의 양쪽에서 가랑이 한 개씩을 안아 들고 측간으로 갔다. 철동이가 뒤따랐다. 옥방에 딸린 측간은 지붕이 날아가고 없었다. 둘러막은 거적도 너덜너덜했고, 바람에 출렁거렸다. 아래에서 흉측한 냄새가 올라왔다. 철동이가 전봉준의 바지를 끌어 내리고 엉덩이를 까주었다.

바우는 전봉준의 오른쪽 가랑이를 들고 쪼그려 앉고, 을식이는 전봉준의 왼쪽 가랑이를 들고 쪼그려 앉았다. 철동이가 측간 밑바닥을 향하고 있는 전봉준의 엉덩이를 떠받치면서 말했다.

"아이고, 장군, 이것이 뭔 짓거리요? ……우리한테 몸을 싣고 뒤를 봐보시오."

전봉준은 스스로의 처지가 한심스러웠다. 아, 내 이렇게 살아 어찌하겠다는 것인가. 숨을 쉬지 않고 질식해 죽어버릴까. 아니다. 무슨 소리냐, 살아야 한다. 종로 네거리에서 목이 잘려 장대 꼭대기에 걸려야 한다. 한양 사람들이 내 목에서 흘러 떨어지는 피를 보아야 한다. 전봉준은 어금니로 재갈을 힘껏 깨물면서 안간힘을 써서 대변을 했다.

대변을 하고 난 다음에는 이토를 설득해야 한다. 포승과 재갈을 풀어줄지라도 자결하지 않는다는 신뢰를 가지게 해야 한다. 지금이 상황에서의 자결은 의미가 없다. 내가 하고 싶은 말을 사람들에게 다 하고 죽어야 한다. 우리는 왜 봉기했으며 우리의 주장과 꿈은 무엇인가. 이 세상에 존재하는 모든 사람들은 각자가 다 한 울님이므로, 박해받거나 착취당하지 않고 평등하게 살아야 한다는 것이 우리의 꿈이다. 우리의 그 꿈은 십 년 뒤에든지, 이십 년 뒤에든지, 오십 년 뒤에든지 백 년 뒤에든지 반드시 이루어질 것이다.

대변을 하고 나자 철동이가 밑구멍을 닦아주고 바지를 올려 입혀주었다. 전봉준이 옥방으로 들어가니 얼굴 하얗고 키 헌칠한 담양 군수가 육방관속들을 앞장세우고 왔다. 그는 옥방 안에서 재갈을 물고 포승을 찬 전봉준을 들여다보면서 거연하게,

"역시, 소문처럼 일본군은 사냥 솜씨가 대단하외다!" 하고 찬탄했다. 붙잡힌 맹수를 구경하듯 전봉준의 푸른 불이 켜진 눈과 알상투와 강단진 몸통 여기저기를 살피다가 이토에게 말했다.

"이토 대인, 오늘 당장에 한양으로 압송하지 않을 바에는 나주로 옮기도록 해주시오. 추월산과 가막골로 들어간 동학군들이 천여 명 이상인데, 그들 일부가 금성산성을 접수했다는 전갈이 왔소. 그들이 만일 우리 관아에 전봉준이 들어 있는 것을 알면 예측할 수 없는 일이 일어날 수도 있소."

이송

 일본군 제19대대 미나미 대장과 다나카와 이토가 더불어 논의했다. 동학군이 여기저기에서 출몰하고 있는 이때에 위험을 무릅쓰고 전봉준을 한양으로 호송할 것인가. 아니면 며칠을 더 기다렸다가, 이곳저곳의 동학군이 일본군에 의해 깡그리 소탕되고 난 다음에 갈 것인가.

 이토가 미나미 대장을 향해 말했다.

 "호남에서 유일하게 동학군이 무너뜨리지 못한 곳이 나주성이오." 다나카는 지도를 펼쳐놓고 미나미 대장에게 말했다.

 "지금 나서서 광주를 거쳐 빠른 걸음으로 간다면 늦은 저녁쯤에는 나주에 당도할 수 있습니다."

 미나미 대장이 부관과 잠깐 말을 주고받더니 다나카를 향해,

 "그래, 나주로 이송하도록 하라." 하고 명령하고, 이토의 손을 잡아 흔들어주며 말했다.

"이미 이토 각하께 보고를 드렸다. 각하께서 전봉준을 반드시 안전하게 모시라는 분부를 내리셨다. 한양 영사관까지 이송하는 임무가 끝나면, 그대에게는 후한 표창이 내려질 것이다."

이토는 옥방으로 가서 전봉준에게 말했다.

"장군을 나주로 모시기로 했구만이라우."

포승을 차고 재갈을 문 채로, 전봉준은 눈빛과 턱짓과 어깻짓과 "아아, 으아, 으아!" 하는 소리로써 그의 뜻을 이토에게 전했다. '나는 절대로 혀를 물어 끊어 자결하지 않는다. 그토록 약한 사람이 아니다. 재갈을 풀어달라. 발등이 퉁퉁 부어 있고 한쪽 다리의 정강이가 부러져 있다. 저항할 수도 도망갈 수도 없으니 포승도 풀어달라.'

이토는 머리와 허리를 굽실거리며 양해를 구했다.

"장군, 송구합니다. 장군을 이렇게 모시는 것은 제 뜻이 아니고, 일본에 계시는 제 아버지 이토 히로부미 각하의 뜻입니다. 용서하십시오."

이토는 순창 피로리에서부터 가마를 메고 가마꾼 셋과 중간에서 잡아 온 검정 사마귀의 알상투 남자를 그대로 나주까지 데리고 가기로 했다. 가마에 전봉준을 태우고 가는 비밀을 알고 있는 그들을 산 채로는 돌려보낼 수 없다. 전봉준과 운명을 함께하게 해야 한다.

담양에서 나주까지 강행군을 하려면, 가다가 교대해줄 튼실한 가마꾼이 네 사람 더 필요했다. 이토가 이방에게 그 뜻을 전하자,

이방이 튼실한 관노 넷을 뽑아주었다.

전봉준을 태운 가마는 치자색의 아침빛이 세상을 덮을 때 나주를 향해 길을 서둘렀다. 영산강 서북편의 관방제길을 따라 달렸다.

담양은 드넓은 분지였다. 남으로 무등산이 있고, 동북으로 추월산이 있었다. 들판에는 못(潭)이 많았다. 못들은 번들번들하게 얼어 있었다. 봄과 여름과 가을이면 못들이 거울처럼 맑아 이름 지은 담양이다. 무등산 서북편의 밑뿌리를 보듬고 돌면 광주이고, 광주는 서남쪽으로 남평 나주평야와 접해 있다.

아, 나주로 간다. 전봉준은 가마문 틈으로 흘러가는 산과 들을 내다보면서 심호흡을 했다. 나주, 그곳은 내가 목사 민종렬과 단둘이서 담판을 벌인 곳이다. 쓰라린 감회가 가슴을 옥죄었다.

담판

 가마가 광주로 들어섰다. 광주에는 밤사이 눈이 얇게 내려 있었다. 전봉준은 흔들리는 가마에 몸을 맡긴 채 눈을 감고 있었다. 지금도 민종렬은 나주에서 목사 자리를 지키고 있을 터이다. 민종렬이 관장으로 있는 나주로, 나 전봉준은 포승을 차고 재갈을 문 채 호송되어 가고 있다. 처참한 치욕이다.
 전주에서 정부와 동학군 사이에 화약(和約)이 이루어지고, 전라도 일대의 모든 고을에 집강소가 설치되었을 때에도, 나주만은 그리되지 않았다.
 집강소는 동학군 접주들이 각 고을의 관아를 장악하고, 관아의 업무를 그 고을의 사또와 의논하여 처결하는 간이 행정사업소였다. 부자들의 종들을 면천시켜 내보내고, 과부들을 자유로이 개가하게 하고, 세금이 지나치다고 탄원하는 자에게는 감해주고, 지주들이 땅의 세를 무리하게 물린다고 하면 지주를 불러다가 소작하는 자들과 대면케 하여, 소작인이 유리하도록 사 대 육으로 조정해주고, 권세 있는 자가 자기 아버지 무덤 위에 묘를 이장하려 한다고 하소연하면, 그자를 불러다가 그리하지 말라고 권했다. 또한 일본 세력을 배격하고, 일본으로 쌀이 비밀리에 팔려나가는 것을 막았다. 이때껏 관아의 벼슬아치들이 해결하지 못한 일들을 집강소가 처결해주는 것이었다.

나주에 집강소가 설치되지 못했다는 사실은, 호남지방을 장악한 동학군의 자존심에 큰 타격을 입혔다. 나주의 접주 오권선이 새삼스럽게 나주 출신 동학군 이천 명을 거느리고 공격했지만, 나주성은 허물어지지 않았다. 최경선의 부대까지 합세했지만 허사였다.

나주목사 민종렬은 성안의 아전들과 포졸들과 주민들을 이끌고 사력을 다해 성을 지켰다. 나주성은 난공불락이었다.

동학군은 전주로 진격하기 직전에도 나주를 접수하기 위해, 가장 사납고 용맹하다고 이름난 김개남의 부대를 투입했다. 김개남 부대가 닷새 동안이나 싸움을 걸었지만 나주성은 끄떡도 하지 않았던 것이다.

민종렬 목사는 미리감치부터 수성군을 잘 훈련시켰고, 마실 물과 먹을 곡식들을 넉넉하게 준비해두었으므로 수성군은 사기가 드높았다. 또한 성안의 백성들이 민종렬의 명령을 따라 일사불란하게 행동해주었다. 민종렬은 백성들의 원성을 없애주는 보기 드문 명관이었던 것이다.

전주 전라감영에서 김학진 감사와 대좌한 채 전라도의 모든 행정을 이럭저럭하고 있던 전봉준은 김학진에게, 집강소 설치를 허락하지 않는 나주목사 민종렬을 파직하고 다른 목사를 부임할 수 있게 해달라고 청했다. 김학진은 전봉준의 청을 받아 정부에 계청을 했다. 정부는 그 계청을 받아 박세병을 나주목사로 임명했다. 한데 나주성을 지키는 영장 이원우와 나주 백성들이 민종렬을 떠나지 못하게 붙잡고, 박세병의 부임을 막았다. 박세병은 부임조차 하지를 못하고 돌아갔다. 정부는 나주 사람들의 완강한 요구에 굴복하고 말았다.

 마침내 전봉준은 그 나주성 안으로 혼자서 말을 타고 달려 들어가서 목사 민종렬과 독대를 하여 집강소를 설치하게 하도록 설득하기로 작심했다.

 그는 아무런 무기도 손에 들지 않은 채 말을 타고 나주성 문 앞에 이르러 수문별장에게 말했다.

 "나는 녹두장군이라고 불리는 동학군대장 전봉준이다. 너의 목사에게로 안내하여라. 긴히 의논할 일이 있어 왔느니라."

 창과 칼을 든 수성군들이 전봉준을 에워쌌다. 날쌘 자 둘이 전봉준의 두 팔을 붙잡았다. 수문별장은 영장 이원우에게 보고했고, 이원우는 목사 민종렬에게 달려가서, 전봉준이란 자가 목사를 만나러 왔으며 그자를 붙잡아두고 왔는데 이때에 목을 쳐버리는 것이 어떻소, 하고 물었다.

 민종렬은 가슴이 우둔거렸다. 동학군 괴수가 제 발로 걸어 들어

오다니, 이놈을 잡아 포박하여 한양으로 보내야겠다. 그러나 정부와 동학군 사이에 화약이 이루어진 마당에, 그것은 의미 없는 일이 아닌가.

민종렬은 일단 그 오만방자한 전봉준을 안으로 들이라고 했다. 제 발로 걸어온 동학군 괴수의 이야기를 들어보기나 하고 나서, 그때 날쌘 부하들을 시켜 포박을 하고 목을 쳐버려도 늦지 않을 터였다.

민종렬은 말했다.

"무기를 손에 들지 않고 나를 만나 담판을 지으러 오는 적장을 사살하는 것은 무사로서 비굴한 일이다. 안으로 들이도록 해라."

동원의 어느 방 한가운데서 민종렬과 전봉준이 마주 앉았다.

"그대가 세상을 시끄럽게 발칵 뒤집어놓은 동도대장 전봉준이오?"

"나는 세상을 시끄럽게 뒤집어놓은 것이 아니고, 탐관오리들을 척결하고, 더럽고 불합리한 세상을 깨끗하고 이치에 맞는 새 세상으로 바꾸어놓으려 나선 것이오."

민종렬은 전봉준을 노려보았다.

"그대는 적진에 뛰어든 적의 괴수란 것을 알고 있소?"

전봉준이 대답했다.

"동학군과 정부는 전주에서 화약을 했고, 전라감사 김학진과 동학군의 두령인 나 전봉준은 서로 뜻을 맞추어 바야흐로 전라도를 화평하게 다스리고 있소. 나는 전라감사 김학진이 나주목사 민종렬에게 보낸 특사입니다. 민종렬 목사는 임금님을 대신한 김학진 도백의 명을 거역할 참이오?"

민종렬이 말했다.

"나 민종렬은 전라감사 김학진이 동학군의 위세에 눌려 허약을 했다고 믿고, 거부하고 있던 차요. 그런 만큼 나는 우리 영 안으로 뛰어든 적의 괴수 전봉준을 포박하여 목을 자를 수도 있소."

전봉준이 말했다.

"나는 민종렬 목사가 그런 졸렬한 장부가 아니라고 믿고 있소."

"혈혈단신으로 적진에 뛰어든 그대는 지금 아주 오만하고 당당한데, 대관절 무엇을 믿고 그러는 것이오?"

"나는 내 속의 한울님을 믿고, 어짊(仁)과 정심(正心)을 가르친 성인과 천명을 따라 엄정하게 사업(事業)을 하려 하오. 한데 무엇이 두렵겠소?"

"그대는 임금이 다스리는 나라의 법을 어기고, 혹세무민하여 난을 일으켜 강토와 수없이 많은 관아들을 유린하고 있는 오만한 무리의 우두머리라는 것을 알고 있소?"

"나는 성인의 뜻에 따라 사업을 하고 있는 것이오. 사업은 주역에서 말하기를, 성인의 가르침에 따라 백성들에게 이익이 가도록 알맞게 실천하는 것이라고 했소. 우리 동학군은 마음속에 한울님을 모신 무리로서, 이 땅의 임금님과 벼슬아치들의 힘이 미치지 못하여 정화되지 못한 일을 정화시키려고 나선 것이오."

"그대들 동학도들이 일어남으로 인하여 청나라와 일본이 군사를 보냈고, 그들은 우리 땅에서 일촉즉발 싸움을 일으키려 하고 있소."

"우리 동학군이 일어남으로 인해서 그 싸움이 벌어지려 한다고 말하지 마시오. 청나라 군사를 불러들인 것이 중앙정부 안에 있는 민씨 일족이라고 들었소."

"우리 민씨 가문을 욕되게 하지 마시오. 위로는 왕후가 계시오."

"어쨌든 우리 동학군이 일어선 것은 나라 밖에서 들어온 세력을 몰아내자는 것이고, 우리 민족이 독자적으로 살아가자는 것입니다. 우리는 첫째로 이 나라를 넘보고 있는 일본을 징치하고, 둘째로 중앙정부의 요직에 앉아 벼슬을 팔아 배를 불리는 탐관오리들을 척결하고, 셋째로 몽매하고 순박하고 가난한 백성들에게 고액의 세금을 받는 부자들을 꾸짖고, 종들을 해방시키려는 것이오. 지금 우리 동학군과 조선 정부를 대표한 김학진 감사와 홍계훈 장군은 전라감영에서 화약을 맺었소. 동학군들이 각 고을에 집강소를 설치하여, 관아의 구실아치들이 하지 못한 고을의 폐정을 개혁하기로 한 것이오. 우리들이 하는 일에는 민종렬 태수 같은 명관의 협조와 도움이 필요합니다. 나주에 집강소가 설치되도록 허락해주십시오."

민종렬이 전봉준을 노려보았다.

"집강소를 설치 운영하도록 내가 허락한다면 진실로 깨끗하고 올바르게 잘 운영할 자신이 있소? 나라의 기강을 문란하게 하고,

이때껏 미워하던 부자들에게 한풀이만 하려는 것 아니오? 소작인들은 지주들의 땅세를 물지 않으려 하고, 지주 양반들의 부녀자들을 희롱하고 불량배들로 하여금 세상을 휘젓고 다니게 하려는 것 아니오?"

전봉준은 자신만만하게 말했다.

"우리 동학도들은 가슴에 한울님을 모시고 살아갑니다. 공자 맹자 님이 가르치신 어짊과 천명에 따라 살아가는 접주들이 냉철한 눈으로 감시감독을 할 터입니다. 율을 어기는 자는 태형을 가하거나 목을 치기도 합니다."

민종렬이 잠시 뜸을 들이다가 말했다.

"좋소. 집강소를 설치하고 폐정개혁을 시행해보도록 하시오."

아, 하고 전봉준은 탄식했다. 그 민종렬이 관장으로 있는 나주로, 나는 지금 포승을 차고 재갈을 문 채 압송되어 가고 있다.

무등산

　전봉준을 태운 가마는 흰 눈을 덮어쓴 무등산을 왼쪽에 끼고 나주를 향해 달리다가 경양방죽 가장자리에서 잠시 멈추었다. 방죽은 얼어 있었다. 방죽 주변의 들판과 마을의 집집들도 흰 눈을 뒤집어쓰고 있었다. 해는 무등산 위에 떠 있고, 눈 세상은 은빛으로 번쩍거렸다.

　가마가 멈추자마자 군인들은 재빨리 눈 덮인 마른 풀숲에 몸을 숨기고 사방을 경계했다. 방죽의 둑 위로는 나목이 된 늙은 수양버드나무들이 줄지어 서 있었다. 정자 하나가 그 수양버드나무들을 거느린 채 하늘로 날아올라갈 듯 추녀를 가볍게 치켜들고 있었다. 늘어진 가는 가지들 사이로 마을이 보였다. 마을 앞에 흰옷 입은 사람들 몇이 모습을 나타냈다. 무슨 가마가 가고 있는가 하고 바라보고 있었다. 다나카가 그들을 향해 손가락질을 하며 소리쳤고, 일본군 한 명이 그들을 향해 총 한 방을 쏘았다. 팡, 소리가 나자 마을 앞의 사람들이 흩어져 달아났다.

가마를 메고 달려온 관노 넷이 가마채를 벗고 뒤를 따르던 가마꾼 넷이 대신 가마채를 받아 멨다. 가마채를 벗은 가마꾼들이 이마에 흐른 땀을 훔쳤다.

전봉준은 벙어리처럼 비명을 질렀다. 이토가 가마문을 열어젖힌 채 전봉준을 들여다보았다. 전봉준은 고개를 떨어뜨리면서 턱으로 샅아구니를 가리키고 "아, 아아." 하고 의사 표시를 했다. 이토가 알아듣고 가마채를 메려 하는 철동이에게 말했다.

"장군을 안아다가 소피를 보게 하소."

철동이는 전봉준을 안아 들고 가마 뒤로 갔다. 을식이가 따라가서 전봉준을 뒤에서 부축했고, 철동이는 바지 허리띠를 풀고 괴춤을 내리고 전봉준의 양물을 밖으로 꺼냈다. 양물은 자줏빛을 띤 채 거무스레했고, 조그맣게 움츠러들어 있었다.

"소피를 보시오."

전봉준은 안간힘을 썼다. 한참만에 오줌이 요도를 통해 흘러갔다. 요도와 전립선에 시큰한 전율이 일어났다. 이 치욕 속에서 오줌은 왜 이렇게 자주 마려운가. 오줌이 빠져나가자 추운기가 들었다. 전봉준은 오소소 진저리를 치며 고개를 양옆으로 저었다.

철동이가 괴춤을 올리고 허리띠를 묶었다. 전봉준을 안아 가마 안으로 들여주었다. 전봉준은 가마 안으로 들어앉으며 생각했다. 이렇게 살아 어찌하겠다는 것이냐. 그래도 살아야 한다. 죽더라도 종로 네거리 한복판에서 죽어야 한다.

다른 가마꾼들도 오줌을 누었다. 군인들도 누었다. 이토도 누고 다나카도 누었다. 모두들 꺼낸 양물들을 옷 속으로 집어넣고 돌아서는데 키 작달막하고 얼굴이 세모꼴인 하사가 "하야쿠(빨리)!" 하고 말했다.

 전봉준은 가마문 틈으로 지나가는 보랏빛 무등산을 보면서 생각했다. 무등산에는 하얗게 눈이 덮여 있었다.

 '여기가 광주다. 광주 접주는 강대열, 박모 김모가 강대열을 따랐다. 강대열은 저 무등산처럼 허우대가 크고 목소리가 큰 독을 울려 나오는 듯 우렁우렁했다. 그들은 지금 어디에 있을까.'

극락강

 전봉준을 태운 가마는 광주 고을을 왼쪽에 두고 강변으로 난 소로를 따라 나주 쪽으로 달렸다. 피로리에서 온 가마꾼 셋과 담양의 한 마을에서 잡혀 온 검정 사마귀의 알상투가 가마를 멨고, 담양의 관노들 넷이 뒤따르고 있었다. 가마 양옆과 앞뒤에선 군인들이 종종걸음을 치고 있었다.

 가마 안의 전봉준은 어지러웠다. 재갈을 물고 포승을 찬 전봉준은 출렁거리는 가마를 따라 나무둥치처럼 흔들렸다. 소로 양옆에는 갈대들이 무성했다. 바람이 갈대들을 휘저어 헤치면서 달려갔다. 강의 가장자리는 얇게 얼어 있었고, 강 한가운데만 녹아 있었다. 가마꾼들은 숨을 헐떡거렸다. 지친 듯 비틀거렸다.

 이토는 가마를 멈추게 하고 "빨리 교대해!" 하고 명령했다.

 담양에서 온 관노들이 가마를 멨고, 피로리에서 온 가마꾼 셋과 검정 사마귀의 알상투는 뒤를 따랐다. 이토가 명령했다.

"달려라!"

가마는 다시 달리기 시작했다. 가마의 뒤를 따르던 을식이가 이토 옆으로 가더니 낮은 소리로 말했다.

"나리, 인제 순창 피로리에서 온 우리 세 사람은 돌려보내주시오. 우리 대신 여기 어디서 가마꾼을 구하고…… 우리는 녹두장군을 붙잡아준 공적이 있는 사람들 아니오?"

바우도 이토 옆으로 다가가서 말했다.

"나한테는 올해 여든 살인 노모가 계시구만이라우."

철동이는 고개를 떨어뜨린 채 따라가기만 했다. 자기는 포승과 재갈을 차고 압송되고 있는 전봉준과 같은 운명줄 위에 놓여 있는 듯싶었다. 뒷방이가 일본군에게 무참하게 희생당하는 것을 보는 순간부터 그는 운명에 대한 생각을 했다. 전봉준을 한양까지 압송할 때까지 이토가 자기들을 보내주지 않을 것이라 생각했다. 도망을 치다가는 총에 맞아 죽을 것이므로, 노예처럼 부려질 수밖에 없다고 생각했다. 그는 후회하고 있었다. 전봉준이 그때 남여를 멘 내 얼굴을 기억할지 모른다. 가슴에 아픈 금이 그어지고 싸한 바람이 밀려들었다. 아, 돈 백 냥에 눈이 어두워서, 장군님으로 모셨던 전봉준을 두들겨 패서 붙잡아 일본군에게 넘겨주다니, 나나 뒷방이나 바우나 을식이는 천벌을 받은 것이다.

이토가 무뚝뚝하게 말했다.

"자네들이 붙잡았응께 끝까지 모셔다줄 책무도 있어, 이 사람들아."

을식이가 따졌다.

"녹두장군을 붙잡을라고 밤잠 한잠도 못 잤어라우…… 그리고 담양까지만 모셔다주면 된다고 했고, 또 가마 메다준 삯은 또 따로 줄 것이라고 해서 여기까지 온 것인디, 시방 우리한테 너무 인정사정없이 허지 않아요? 발목 부러진 뒷방이를 그렇게 무자비하게 죽인 것도 그렇고…… 제발 우리는 돌려보내주시오. 근처 마을에서 우리 대신 가마꾼을 보충하시고…… 순창에서 담양까지, 또 담양에서 여기까지 가마 메다준 삯은 달라고 안 할 텐께."

"그럼 좋은 수가 있어."

"무슨 좋은 수라우?"

"가마를 멜 수 없도록 발목을 접질러버리면 되는 것이여."

을식이는 뒤통수를 호되게 얻어맞은 듯 벌린 입을 다물 줄을 몰랐다. 이토가 을식이를 향해 소리쳤다.

"잔소리 말고 싸게싸게 따라오드라고잉!"

을식이는 진저리를 치면서 가마 뒤를 따랐다.

아득하게 먼 강변 굽이에 흰 눈 덮인 나루터가 있었다. 나루터 옆에는 주막을 겸한 뱃사공의 낡은 집이 있었다. 주막 주위에는 갈대밭이 무성했다. 그 위로 흰 햇빛이 쏟아지고 있었다.

가마를 몇 백 걸음 앞장서 가는 척후병 둘이 주막을 향해 달려갔다. 이토가 가마꾼들에게 멈추어 서라고 했다. 척후병들이 안전하다고 신호를 보낼 때까지 기다려야 했다.

척후병들이 주막 가까이에 이르렀을 때, 주막에서 흰 바지저고리 차림에 수건으로 머리를 동인 남자가 튀어나오더니 갈대밭 무성한 강변으로 도망을 쳤다. 또 한 남자가 뒤따라 도망을 쳤다. 척후병들이 그들을 향해 총을 겨눴다. 파앙, 파앙, 두 번의 총소리가 났다. 뒤늦게 도망친 사람은 갈대밭에서 쓰러졌는데, 먼저 도망친 사람은 총알을 피해 멀리 달아났다. 척후병들이 총을 몇 방 더 쏘았지만 사정거리를 벗어나버렸다. 척후병 하나가 가마를 향해, 와도 좋다는 수신호를 했다.

이토가 말했다.

"가자!"

가마가 나루터에 이르렀다. 주막 마당에서 개 한 마리가 자지러질 듯이 짖어댔다. 털 부숭부숭한 삽살개였다. 집 모퉁이에 돼지우리가 있고, 그곳에서 총소리에 놀란 돼지새끼 한 마리가 꿀꿀거렸다. 그 옆에 닭장이 있고, 닭 몇 마리가 놀라 뒤란으로 도망쳤다. 빈 나룻배가 홀로 떠 있었다. 뱃전에 얇은 얼음이 얼어 있었다.

군인들은 주막의 바람벽에 몸을 숨기고 앉아 사방을 경계했다. 갈대숲에서 동학군이 총을 쏘아댈지도 모른다고 생각했던 것이다.

이토가 일본군 하사 하나를 데리고 주막으로 다가갔다. 삽살개가 도망치며 짖어댔다. 척후병들은 진작 주막 안으로 들어가 여기저기를 샅샅이 뒤지고 있었다. 하사가 합세했다. 뱃사공인 듯한 텁석부리 남자가 부들부들 떨면서 안방의 대오리문을 열고 나왔다.

봉놋방 아랫목에 괴죄죄한 이불이 뭉쳐 있었다. 하사가 그것을 세차게 걷어냈다. 그 속에서 흰옷 입은 자그마한 남자가 드러났다. 다리를 흰 베로 싸맸는데, 피가 배어 있었다. 총상이었다. 그 남자는 수염이 부수수했고, 피를 많이 흘린 까닭인지 초췌했다. 이미 죽음을 각오한 듯 태연스럽게 눈을 감고 있었다. 군인 두 사람이 그의 팔 하나씩을 잡아서 밖으로 질질 끌고 나왔다. 주막 모퉁이의 갈대밭으로 끌고 가서 내던졌다. 갈대밭에 버려진 그의 목을 칼로 베어버렸다.

텁석부리는 부들부들 떨면서 무릎을 꿇은 채, 두려운 눈으로 이토와 다나카와 하사를 보면서 도리질부터 하고 깊이 잠긴 목소리로 말했다.

"나는 아무 죄도 없어라우. 아까 도망친 사람들이 상처 입은 저 남자를 업고 와서 하룻밤만 재워달라고 하도 애원을 해서……"

하사가 안방으로 들어가서 웅크린 채 떨고 있는 아낙을 끄집어냈다. 사공의 아내이자 주모였다. 이토가 사공 내외에게 말했다.

"우리 스무 사람 먹을 밥을 지어내라."

텁석부리가 떨면서 말했다.

"잡곡밖에는 없는디 어쩌께라우?"

주모는 두 손을 비비면서 이토와 다나카를 쳐다보았다.

"그것도 겨우 서너 되가 있을 뿐이라……"

다나카가 이토 앞으로 다가와서 돼지우리와, 마당 가장자리로 피해 간 채 불안에 떨고 있는 수탉 한 마리와 암탉 두 마리를 손으로 가리켰다. 이토가 고개를 끄덕이고 가마꾼들에게 명령했다.

"저 돼지하고 닭들을 때려잡소."

가마꾼들이 그 말대로 하기 애석하다는 듯 텁석부리 내외와 이토와 다나카의 얼굴을 번갈아 보았다. 이토가 소리쳤다.

"빨리 시키는 대로 하소!"

가마꾼들은 서둘러 돼지와 닭을 잡았다. 뒷다리를 붙잡힌 돼지 새끼가 꽥 꽤액 소리쳤다. 닭들은 한참을 피해 다니다가 붙잡혔다. 가마꾼들은 그것들을 잡자마자 목을 비틀어버렸다. 마당 한가운데서 털을 뜯었다. 목을 비틀린 채 털을 뜯기고 있는 닭들의 몸은 단말마의 경련을 하고 있었다. 가마꾼들은 돼지를 붙들어 잡고 부엌에서 칼을 가져다가 목을 찔렀다. 몸부림치고 발버둥치면서 꽤액 꽤액 소리쳐대던 돼지새끼는 곧 숨이 끊어졌다.

을식이와 바우가 봉놋방 아궁이에 불을 지폈다. 이토가 철동이에게 말했다.

"철동이는 장군을 봉놋방으로 모시도록 하소."

철동이는 가마문 안으로 윗몸을 들이밀고 전봉준을 안아 들어 밖으로 끌어냈다. 전봉준은 심하게 절뚝거리면서 한 걸음을 내디디다가 주저앉아버렸다. 철동이가 전봉준을 번쩍 안아 들어 봉놋방으로 모셨다. 전봉준은 봉놋방의 괴죄죄한 이불 위에 몸을 누였다. 이(蝨) 한 마리가 등줄기를 기어갔다. 겨드랑이에서도 한 마리가 꼬물거렸다. 발등과 정강이가 욱신거리며 아팠다. 전봉준은 서편 바람벽 위의 천장, 거멓게 그은 서까래들을 보며 심호흡을 했다. 스스로가 한심스러웠다. 도망치다가 총에 맞아 죽고, 총상을 입은 채 숨어 있다가 칼을 맞아 죽은 동학군의 참담한 모습, 지은 죄도 없이 부들부들 떨면서 재산을 착취당하고 있는 뱃사공 내외의 모습. 그 앞에서 느껴지는 마음의 고통, 그것보다 발등과 정강이의 아픔이 더 컸다. 등과 겨드랑이에서 이가 기어가는 괴로움이 더 신경이 쓰였다.

가마꾼들은 봉놋방 아궁이에 걸린 노구솥에다 돼지를 삶았다. 닭고기는 작은 솥에 삶았다.

이토는 닭고기 돼지고기 손질을 하지 않는 가마꾼들을 향해 모닥불을 피우라고 명령했다. 가마꾼들은 마땅한 나무가 없다고 했다. 이토는 사립문과 울타리를 뜯어다가 피우라고 했다.

모닥불이 타올랐다. 모닥불 가장자리에 멍석과 거적을 깔았다. 가마꾼들과 군인들은 아귀아귀 먹었다. 다 먹은 군인들은 밖에서 경계를 서는 군인들과 교대를 했다. 경계를 서다가 들어온 군인들도 아귀아귀 먹었다.

이토가 철동이에게 말했다.

"장군에게도 드려라."

철동이는 아침에 한 차례 시행한 바 있으므로, 전봉준에게 어떻게 음식을 먹여야 하는가를 잘 알고 있었다. 그는 담양 옥방에서 사용한 대롱을 간직하고 있었다.

이토는, 철동이의 입속에 든 고기가 미음처럼 되었을 때, 가마꾼 넷으로 하여금 전봉준의 머리와 몸통을 붙잡게 하고, 다른 하나로 하여금 입술을 열게 했다. 전봉준은 도리질을 하면서 "아으! 아아!" 하고 소리치면서 몸부림쳤다. 뱃사공 집 짐승들을 강도질한 음식을 어떻게 먹을 수 있단 말인가. 이런 쳐 죽일 놈들을 이 땅에서 몰아내기 위해 봉기를 하였는데, 이 무슨 가증스러운 일이란 말인가.

이토는 전봉준이 음식 자체를 거부하는 것으로 알고, 가마꾼들에게 더 힘껏 억누르라고 소리쳤다. 전봉준은 억눌러대는 젊은이들의 힘을 당해낼 수 없었다. 그의 입술은 열렸고, 철동이는 대롱 끝을 전봉준의 입속으로 깊이 찔러 넣고 입속에 든 고기국을 불어 넣었다. 닭고기국물, 돼지고기국물을 거듭 불어 넣었다. 전봉준은 허공을 향해 눈을 부릅뜬 채 불어 넣어주는 것을 삼키고 또 삼켰다. 아, 살아 있는 것이 치욕이다. 이렇게 살아 있어 무얼 할 것인가. 그러나 어찌하랴, 그래도 살아 있어야 한다. 살아서 한양으로 가서, 내 피를 탐관오리들의 가슴에 뿌려주어야 한다.

군인들과 가마꾼들이 음식을 다 먹고 났을 때 이토가 사공에게 강을 건너게 해달라고 했다. 사공이 도리질을 했다.

"강이 얼어붙어서 배를 띄울 수가 없어라우."

이토가 말했다.

"얼음이 별로 두껍게 얼지 않았어. 우리가 얼음을 깰 텐께 어서 나와!"

사공이 거듭 도리질을 했다.

"안 돼라우. 언 배를 억지로 끌어내서 타면 배가 상해라우."

하사가 총부리를 뱃사공의 얼굴에 갖다댔다. 사공이 마지못해 나룻배 곁으로 갔다. 가마꾼들이 몽둥이를 가지고 얼음을 깨기 시작했다. 배 주위의 얼음을 깬 다음 배가 나아갈 뱃머리 앞쪽의 얼음을 깼다. 중천에 떠 있는 해가 금빛 햇살을 쏟아냈다. 얼음 조각들이 그 햇살을 되쏘아 날렸고, 가마꾼들과 군인들은 눈살을 찌푸렸다.

나룻배는 자그마한 거룻배였다. 먼저 척후병 둘이 건넜고, 다음에 가마꾼 둘과 전봉준이 탄 가마를 먼저 실어 건넸고, 이어서 다음 가마꾼들과 군인들 여섯이 건넜고, 맨 나중에 후발대 군인 둘이 건넜다.

후발대 둘이 건너편 나루터에 내려섰을 때, 기다리고 있던 하사가 칼을 빼들고 사공의 목을 쳤다. 사공의 몸은 강물 속으로 풍덩 빠졌다. 살얼음 언 강물이 피를 흩었다. 그의 죽음을 애도할 사람은 없었다. 후발대들이 배에 오르기 전에 몰래 부엌에 들어가 주모의 목을 쳐버린 것이다. 까마귀 두 마리가 사공의 시신 떠 있는 강 위에서 까욱까욱 울며 맴을 돌았다.

문턱과 밥

 나주 땅 서쪽 금성산 너머 하늘에서 핏빛 노을이 타오르다 꺼졌다. 땅거미가 새까만 어둠 너울을 몰고 왔다. 가지색 밤하늘에선 별들이 눈을 부릅뜬 채 수런거렸다. 전봉준을 태운 가마는 나주성 문 안으로 들어섰다. 수런거리는 별들은 밤하늘이 지껄거리는 금빛 은빛의 찬란한 언어들이었다. 알 수 없는 음모가 서려 있는 말들. 전봉준은 가마문 틈으로 들려오는 별들의 말을 들었다. '전봉준 그대는 지금 지옥문 안으로 들어서고 있다.'
 옥방 문 앞의 자그마한 노구솥에서 소태기름불이 타고 있었다. 가마가 옥방 문 앞에 멈추어 섰다. 철동이와 을식이가 전봉준을 떠메어 옥방 안으로 밀어 넣었다. 밖에서 날아든 소태기름불 빛이 옥방 안의 까만 어둠살을 한 입 한 입 뜯어 먹었다. 옥방 안의 어둠은 무진장했다. 소태기름불 빛이 뜯고 또 뜯어도 한없이 흘러와 괴었다.

동학 괴수 전봉준이 압송돼 왔다는 보고를 받은 목사 민종렬이 영장과 육방관속들을 거느리고 옥방으로 왔다. 형리가 창호지로 감은 촛불 세 개를 한꺼번에 켜들고 옥방 안을 밝혔다. 민종렬은 얼굴을 찌푸리고, 포승을 찬 채 재갈을 물고 있는 전봉준을 보았다. 사로잡힌 맹수였다. 전봉준의 눈에서 푸르스름한 빛이 솟았다. 한밤에 야행 동물이 눈에 켜는 인광이었다.

민종렬은 수십일 전에 본 전봉준의 얼굴을 떠올렸다. 그때의 단아하고 수려하고 당당했던 전봉준의 모습과 지금의, 포승 차고 재갈 문 참담한 모습은 무엇을 말해주고 있는가. 하늘이 울고 땅이 경기를 일으킨다는 말은 이것을 두고 하는 소리다. 내가 만일 그때 무기도 없이 혈혈단신으로 내 앞으로 걸어온 이 사람을 포박했다면, 그리하여 이자의 목을 내가 쳤다면, 일이 어찌 되었을까. 세상 모든 동학도들이 몰려와서 나주성을 포위하고 공략했을까. 나주성이 함락되고 내가 동학도들의 손에 죽었을까. 아니, 나주성은 그들 손에 함락되지 않고, 그들이 지도자를 잃은 채 사분오열되었을까. 공주 우금치까지 나아가지 못하고 좌충우돌하다 소멸됐을까.

민종렬은 곁을 물리고 옥방 안으로 들어섰다. 전봉준 옆으로 다가갔다. 전봉준의 싯멀건 눈이 민종렬의 눈을 쏘아보았다. 민종렬은 재갈을 풀어주고 싶었다. 그의 마음을 읽은 전봉준이 "아아, 아!" 하면서 턱짓을 했다. 포승과 재갈을 풀어달라는 말이었다.

민종렬은 일본군이 전봉준에게 포승과 재갈을 채운 까닭을 알고 있었다. 전봉준이 스스로 혀를 깨물고 자결하는 것을 방지하려는 것일 터였다. 일본군이 그랬을지라도 그는 그것들을 풀어주고 싶었다. 전봉준의 모습이 너무 참혹하고 가엾었다. 차라리 얼른 참담한 삶을 스스로 마감하라고 권하고 싶었다.

민종렬의 마음을 읽은 이토가 말했다.

"지금 재갈을 풀어줘선 안 됩니다."

민종렬은 가슴 한복판이 아렸다. 전봉준의 재갈을 풀어줄 재량이 그에게는 없었다. 동학 죄인들을 처결할 모든 권한이 일본군에게로 넘어갔다. 사로잡은 전봉준을 반드시 살려서, 완전무결하게 한양으로 압송하라는 명령이 내려왔다. 압송할 때에는 일본군의 호위를 받게 해야 한다는 조건과 함께였다. 모든 것을 청국에 의존하던 것이 이제는 일본에 의존하는 쪽으로 급변해 있었다.

민종렬은 눈살을 찌푸렸다. 그렇게도 척결하고 싶어 한 일본의 무력으로 전봉준 그대는 죽어간다. 그는 전봉준의 진의를 알고 싶었다. 민종렬이 전봉준에게 물었다.

"그대는 왜 그 많은 동학도들을 이끌고 일어섰소? 억울한 세금을 못 물겠다고 일어선 사람들하고 관아에 갔다가 곤장을 맞아 죽은 아비의 원수를 갚는다는 것 말고…… 서양 오랑캐와 일본 오랑캐들을 몰아내고, 탐관오리를 척결하고, 종도 상전도 없는 평등한 세상을 만들겠다는 것 말고…… 많이 가진 자들로부터 착취당하는 서민들을 구하겠다는 것 말고…… 그대가 일어선 진정한 까닭이 무엇이오? 그대가 왕성을 점거하고 홍선대원군을 왕으로 만들겠다는 것이었소?"

전봉준은 민종렬을 노려보았다. 이 민종렬은 임금의 권력을 등에 업은 왕비의 척족 벼슬아치들 가운데 하나였다. 민씨 성 가진 자들은 민비의 줄을 잡아 벼슬을 받았고, 머리 큰 민씨 벼슬아치들은 동학군을 무찔러달라고 청국군을 불러들였다. 청국군이 들어오자, 일본은 조선을 청국으로부터 해방시키겠다는 명목으로 군대를 들여보냈다. 그리하여 청국과 일본 사이에 전쟁이 일어났다. 조선 땅 한복판에서 일어난 그 전쟁에서 승리한 일본은 주도적으로 동학군을 몰살시키고 있다. 민종렬이 전봉준의 두 눈을 응시하다가 다시 물었다.

"만일 그대가 지금의 임금을 몰아내고, 흥선대원군을 왕의 자리에 앉혔다면, 오래지 않아 새로이 왕이 된 흥선대원군의 손에 그대가 죽었을 거라는 것을, 알지 못했소?"

민종렬은 권력 구조의 더럽고 참담한 생리를 말하고 있었다. 전봉준은 눈을 감았다.

"그러한 것을 몰랐을 리 없는데 대관절 무슨 까닭으로 봉기했소?"

내가 왜 동학군의 우두머리가 되었을까, 전봉준은 생각했다. 순간적으로 그는 부잣집의 높은 문턱과 그 부잣집의 맵고 짠 밥을 생각했다.

침 묻은 강정

전봉준은 어린 시절 한때 전주의 윤참판댁 문간방에서 살았다. 아버지 전창혁이 윤참판댁 후손들의 독선생을 하고 있었고, 어머니는 드난살이를 하는 아낙처럼 그 집의 종들과 더불어 허드렛일을 했다.

윤참판댁 종손인 윤형일은 강경에서 밀무역을 했고, 닥치는 대로 땅을 사들였다.

전봉준의 아버지 전창혁은 사랑채의 한 방에서 그 집 적자 둘과 서자 셋을 가르쳤는데, 전봉준도 그들의 틈에 끼어 글을 읽었다. 수염이 검실검실한 두 적자는 논어를 읽고, 여드름이 나기 시작한 서자 하나는 맹자를 읽고, 코 흘리게 서자 둘은 소학을 읽었다. 나이가 가장 어린 전봉준은 말석에 끼어 소학을 읽었다.

종들이 서당에 간식을 가져다주곤 했다. 떡, 곶감, 엿, 강정, 식혜, 부침개, 누룽지, 참외, 수박 따위였다. 전봉준은 그들이 건네준 것들을 받아먹었다. 그 집의 적자이면서 좌장인 맏아들 욱(旭)은 눈이 흐릿하고 아둔스러워 말이 없고, 다른 아이들을 무덤덤하게 대했다. 한데 둘째 범(凡)은 범처럼 사납고 여우처럼 날렵하고 사특했다. 서자 철(哲), 필(弼), 상(象)은 범이의 비위를 맞추려 애쓰면서 눈치껏 글을 읽었다. 만일 범이가 글을 외워 바치지 못하면, 철이 필이 상이도 글을 외워 바치지 않고 종아리를 맞았다. 서자들은 머리가 잘 돌아가는 아이들이었다. 넉넉히 글을 외웠음에도 범이의 눈 밖에 안 나려고 일부러 틀리게 외우거나 외우지 못했다고 도리질을 하고선 회초리를 맞는 것이었다.

전봉준은 범이와 서자들의 못된 모의가 가증스러웠다. 전봉준은 일부러 혼자서 글을 외워 바쳤다. 독선생인 아버지는 글을 외워 바치지 못하는 아이들에게 회초리를 쳤다. 그리고 날이 저물 때까지 기어이 외워 바치게 했다.

모두가 글을 외워 바치지 못한 채 회초리를 맞고, 전봉준 혼자 글을 외워 바치고 회초리를 맞지 않은 날이 있었다. 이튿날 아침에 간식이 들어왔다. 이날 들어온 것은 강정이었다. 범이는 여느 날과 마찬가지로 강정 그릇을 앞에 놓고 욱이와 서자들에게 차례로 분배했다. 한데 전봉준에게 줄 차례가 되자 집어 든 강정에다 침을 튀튀 하고 뱉은 다음, 그것을 전봉준 앞에 던진 것이다.

날카로운 바늘 몇 개가 날아와 가슴 한복판과 정수리와 눈알과 얼굴 살갗에 박히는 듯싶었다. 전봉준은 방바닥에 떨어진 그것을 손에 들고 망설였다. 그것을 먹어야 할까. 윗목 구석으로 던져버려야 할까. 범이의 얼굴을 향해 내던져야 할까. 범이는 망설이고 있는 전봉준을 향해 희죽 웃으면서 말했다.

"어서 먹어! 거지새끼야!"

범이가 그렇게 한 까닭을 전봉준은 알고 있었다. 전봉준의 어머니는 드난살이하는 아낙처럼 윤참판댁의 종들과 더불어 메주를 쑤거나 된장 간장 고추장을 담그기도 했다. 그 집 길쌈을 하기도 하고, 어른들의 바느질을 맡아 하기도 했다. 윤참판댁의 떨거지들은 독선생인 그의 아버지에게 하대를 했다.

전봉준은 침 묻은 강정을 범이를 향해 내던지고 벌떡 일어섰다. 범이를 향해 덤벼들었다. 범이의 가슴을 주먹으로 거듭 쳤다. 범이는 "야, 이런 거지새끼가!" 하면서 전봉준을 간단하게 뿌리쳐버렸다. 전봉준은 방바닥에 내동댕이쳐졌다. 서자들이 덤벼들어 전봉준을 덮어 누르고 몰매를 때렸다. 전봉준은 사력을 다해 발버둥치고 몸부림치면서 주먹을 휘둘렀다. 그 주먹에 얼굴을 맞은 필이가 코피를 흘렸다. 코피가 흰 바지저고리에 묻었다.

그날 밤 전봉준의 아버지는 욱이 아버지에게 야단을 맞았고, 이튿날 짐을 싸 짊어지고 나섰다. 전봉준의 손을 잡고 대문간을 나서는 아버지가 전봉준의 얼굴을 내려다보며 말했다.

"명숙아, 부자와 양반들의 문턱은 높고, 그들에게서 얻어먹는 밥은 짜다."

아버지와 어머니를 따라가는 어린 전봉준의 가슴 한복판으로 싸한 찬바람이 불어왔다.

전봉준은 민종렬을 노려보면서 속으로 부르짖었다.

'부자놈들 양반놈들의 높은 문턱과 눈물 묻은 짠 밥 때문에 봉기를 한 것이다.'

회유

  이토가 옥방 안으로 들어왔다. 전봉준은 이토의 두 눈을 바라보았다. 그에게 재갈과 포승을 풀어달라는 뜻을 전하고 싶었다. 하지만 무슨 수로 전할 것인가. 이토가 전봉준 앞에 앉았다. 이토의 한쪽 귀는 토끼의 귀처럼 뾰족하고 다른 한쪽 귀는 바가지처럼 오종종했다. 그가 전봉준에게 나지막한 소리로 말했다.
  "장군 같은 인물은 지금 죽어서는 절대로 안 돼라우. 어떤 수단과 방법을 쓰든지 살아서 일본으로 건너가 전혀 새 사람이 되어 돌아와 조선을 위해 큰일을 해야 혀라우. 시방 죽는 것은 개죽음이어라우, 기어이 살아야 혀라우."
  살아 있지 않을 수 없는 치욕에, 이토의 설득과 회유가 고통을 더했다. 그 고통이 울분으로 변해가고 있었다.
  이토는 두 손바닥을 한데 모으고, 안쓰럽고 안타까운 표정을 지은 채, 전봉준의 치욕과 울분에 어린 두 눈을 보며 말을 이었다.

"사실은 제가 장군이 살아나실 수 있는 길을 모색하고 있구만이라우. 장군은 제 말대로만 하시면 되는 것이어라우. 장군에게 행운이 다가오고 있어라우. 제가 누군지 아시오? 저는 대일본제국 정계의 막강한 실력자인 이토 히로부미 각하의 양아들이어라우. 제 아버지 이름을 조선식으로 말한다면 이등박문(伊藤博文)이고, 이토 겐지라는 제 이름은 이등건차(伊藤健次)여라우."

전봉준은 속으로 콧방귀를 뀌었다. 이등박문. 역적 죄인으로서 목이 잘리게 될 판국인 나를, 일본에 있는 그 이등박문이란 사람이 무슨 수로 살려 일본으로 데리고 간다는 것인가.

이토가 말을 이었다.

"죽고 사는 것은 하늘에 달려 있어라우. 하늘이 아직은 장군을 죽도록 놔두지 않으려는 것이어라우. 대일본제국의 총리대신을 거듭 지낸 제 아버지의 눈에 띈 장군은 곧 제 아버지로부터 은(恩)을 입은 것이고, 장군은 이제 제 말을 따르기만 하면 살아날 수 있게 되어 있어라우."

전봉준은 궁금했다. 괴이한 일이었다. 이토 히로부미의 아들이라는 이 젊은이는 어찌하여 이렇듯 조선말을 유창하게 하는 것일까. 그것도 전라도 사투리를……

이토가 말을 이었다.

"녹두장군이 제 아버지 이토 히로부미 각하의 밑으로 들어가기만 하면 장군은 전혀 새로운 세상에서 또 하나의 화려하면서도 거창한 여생을 가치 있게 보낼 수 있을 것이오. 장군은, 이제 겨우 불혹의 나이에 죽어 없어지기에 너무 아까운 인물이어라우. 사실 따지고보면 아무것도 아닐 수도 있는 당장의 충(忠)이나 의(義)를 위해 목숨을 버리는 것보다는, 지금 그것을 잠깐 젖혀놓고 무조건 살아나서 다시 장군이 장군의 나라와 백성들을 위해 큰일을 하는 것을 하늘은 바라고 있어라우. 기회는 자주 오는 것이 아니어라우. 좋은 기회라는 것은 반드시 위기에 찾아오는 것이어라우. 장군에게 온 이번의 기회를 놓치지 마시오. 제 아버지, 이토 히로부미 각하가 말했구만이라우. 모든 인간에게는 세 번의 좋은 기회가 찾아온다고 말이라우. 장군한테 첫째 기회는 세상을 발칵 뒤집어 놓은 동학군의 지휘자가 된 것이고, 둘째 기회는 제 아버지 이토 히로부미 각하를 만나 은을 입게 된 것이오. 그럼 셋째 기회는 언제 오느냐…… 그것은 장군이 일본으로 건너가서 상투를 자르고, 전혀 새 사람이 되어가지고, 일본 이름으로 불리면서 일본 옷을 입고 조선 땅으로 건너와 핍박받는 조선 사람들을 잘 살게 만들어 놓는 진짜로 큰일을 하게 되는 그때여라우."

말馬

이토는 나주목사 민종렬에게 말 세 필을 요청했다. 다나카와 이토와 하사가 말을 타고 가마꾼들을 이끌었다. 다나카는 백마를 타고 이토는 진한 갈색 말을 타고, 하사는 적갈색 말을 탔다. 가마를 이끄는 자들이 말을 탔으므로 가마꾼들은 전보다 더 빨리 달리지 않을 수 없었다.

이토는 말 위에서 가슴을 폈다. 심호흡을 했다. 그는 말을 탈 때마다 전신에 서늘한 전율이 일곤 했다. 벌거벗은 탄력 좋고 아름다운 기생의 맨살 위에 올라탄 듯싶었다. 엉덩이와 사타구니 사이의 살갗이 닿는 잘록한 안장의 굼실거리는 탄력이 경쾌했다. 머리를 꼿꼿이 세우고 경중경중 달리는 암말의 율동이 상쾌했다. 말이 타그닥타그닥 걸을 때마다 항문과 남근 사이에 있는 전립선이 시큰거리면서 달콤했다. 말의 움직임에 따라 엉덩이를 조금씩 움직여줄 때는 남근과 불알이 덜렁거렸다. 그는 가끔씩 윗몸을 앞으로 숙여 말의 갈기와 등을 쓸어주기도 하고, 오른손을 뒤로 뻗어 말의 엉덩이 쪽 털을 쓸어주기도 했다. 그럴 때면 말의 살갗이 미세하게 경련했다. 말의 잔등에 오르기 전, 이토는 말의 머리를 오랫동안 끌어안아주고 두 눈 사이와 콧등과 볼을 긁어주었다. 말로 하여금 그의 체취를 맡게 하고, 정을 느끼게 하려는 것이었다.

그는 사실, 길이 잘 든 말일지라도 늘 두려웠다. 두려운 감정을 달래려고 말에게 살갑게 굴었다. 말이 거부감을 가지면 신경질을 부리고 앞발을 높이 쳐들면서 올라타고 있는 그를 떨어뜨려버릴 수도 있었다. 먼 거리를 타고 가게 될 말과 친해지는 것이 무엇보다 중요하다고 생각했다.

사람들의 위아래 관계도 말하고의 관계와 비슷하다고, 이토는 생각했다. 양아버지인 이토 히로부미 각하는 양아들인 그의 마음을 늘 살피려고 들었다. 그를 조선으로 보낼 때에는 두 손으로 그의 두 손을 모아 힘주어 잡고 흔들어주었다. 두 팔을 벌려 얼굴을 가슴에 품어주고, 머리를 쓰다듬어주고 등을 툭툭 쳐주었다. 그러고 나서 그의 두 눈을 들여다보며 빙긋 웃고, "간바레! 이토 겐지 상!" 하고 말해주었다. 그때 이토는 양아버지 이토 히로부미 각하의, 쨍쨍 쬐는 햇볕에 잘 말린 북어 냄새 같은 체취에 오소소 진저리를 쳤다.

이토 히로부미 각하는 기생 출신인 아내에게도 똑같이 몸사랑을 해주곤 했다. 아침에 등청을 하면서는 반드시 아내를 안아주었고, 엉덩이를 툭툭 쳐주었다.

이토는 마음만으로 사랑해주지 않고 몸으로 사랑해주는 법을 양아버지인 이토 히로부미 각하에게서 처음으로 배웠다. 이토 히로부미 각하는 말도 똑같이 몸으로 사랑했다. 타고 가려 할 때는 반드시 말의 얼굴을 가슴에 안아주었다. 얼굴을 말의 볼에 가져다 대고 볼과 콧등과 목을 쓰다듬어주었다.

 이토는 양아버지인 이토 히로부미 각하에게서 배운 것을 그대로 말에게 실천했다. 그는 자신감에 들떠 있었다. 전봉준을 회유하는 데 있어서도 몸으로 하면 성공할 수 있으리라 믿었다.

황룡강

 전봉준의 가마는 하남을 거쳐서, 거대한 협곡인 장성으로 들어선 다음 황룡강변에서 잠시 멈추어 섰다. 사방에 우람한 산들의 우뻣쭈뻣한 준봉들이 병풍처럼 둘러서 있었다. 군인들은 수북한 마른풀 속에 몸을 숨긴 채 사방을 경계했다. 산세가 억센 장성은 동학군이 기승을 부린 지역이었다.

 가마꾼들은 괴춤을 내리고 소피를 보았다. 군인들도 소피를 보았고, 이토와 다나카도 말에서 내려 강변의 갈대숲에 소피를 보았다. 강에는 살얼음이 얼어 있었다.

 전봉준도 소피가 마려웠다. 포승을 차고 재갈을 문 채로 "아, 아아!" 하고 의사 표시를 했다. 이토가 말고삐를 잡은 채 철동이에게 말했다.

 "장군 소피 보게 해드리소."

 철동이가 가마의 문을 향해 몸을 돌렸다. 가마의 문을 열어젖히고, 윗몸을 안으로 들이밀어 두 손으로 전봉준을 안아 들었다. 나주 옥에 갇혀 있는 동안 소피와 대변을 보이는 것, 소쇄하는 것 모두 철동이의 몫이었다. 전봉준의 몸은 그새 더 가벼워진 듯싶었다. 전봉준을 안아 강가로 가는 길에 내려놓았다. 을식이가 다가와 부축했다. 철동이는 전봉준의 허리띠를 풀고 괴춤을 내린 다음, 오그라들어 있는 암자주색 거무스레한 고추를 앞으로 끌어냈다.

"장군님, 소피를 봐보시오."

철동이는 지금 자기가 하고 있는 일이 꿈만 같았다. 꼭꼭 씹은 미음을 대롱으로 전봉준의 입속에 불어 넣는 일, 포승을 찬 채 재갈을 문 전봉준의 양물을 잡아 꺼내면서 '소피를 보십시오.' 하고 말하는 일, 대변 보는 것을 도와주는 일, 밑구멍의 오물을 닦아주는 일을 도맡고 있었다. 전생에 나와 전봉준 사이에는 어떤 인연이 있었을까.

전봉준은 안간힘을 써서 소피를 보았다. 철동이는 전봉준의 오줌줄기가 마른 속새풀 숲으로 떨어지는 것을 보면서 한숨을 쉬었다. 그는 진작에, 일본군에게서 풀려나 고향으로 돌아가는 것을 포기했다. 살아 돌아가서, 김경천이가 준다고 한 백 냥을 받게 되기나 할까. 아무래도 음험한 악귀 한 놈이 속에 들어 있는 듯싶은 건달한테 속은 것이다. 나의 삶은 전봉준과 같은 운명줄에 엮여 있다. 순창에서 담양으로 가다가 칼에 맞아 죽은 뒷방이가 생각났다. 살아나려면, 도망치는 수밖에 없다. 그럴 것이 아니면 발목이 접질리지 않도록 조심을 해야 하고, 가마를 메라는 대로 잘 메고 가야 한다. 이젠 어찌할 수 없이 종놈이 되어버렸다.

전봉준은 소피를 보면서, '아, 황룡천변이다!' 하고 속으로 중얼거렸다.

동학군을 이끌고 행군하다가 바로 이 자리에서 점심으로 주먹밥 한 덩이씩을 먹었었다. 바야흐로 동학군은 함평 영광을 향해 가면서 시위하는 중이었다. 그것은 동학군의 수를 불리려는 술책이었다. 한 고을 한 고을에 이를 때마다 수가 부쩍부쩍 늘었다. 고을을 지날 때마다 '가보세' 노래를 불렀다. "가보세 가보세, 갑오년에 가보세. 을미적 을미적 하다가는 병신 되어 못 가네." 동학군이 지나가면 그 고을 관아의 관노들이 곡식을 짊어지고 왔다. 관장은 피해버리고, 육방관속들이 굽실거리면서 동학군을 다독거리는 것이었다. 동학군이 당당하게 위세를 떨치고 지나가면 부잣집 종이나 소작을 부쳐먹는 젊은 농투성이들이나 거지들이 머리에 흰 수건 하나 질끈 동이고 죽창을 만들어 들고 따라붙었다. 장성을 거쳐 함평과 영광을 돌아 무안 목포 해남 강진 장흥 영암을 돌아 전주 쪽으로 나아가면서 군사들을 이만 명쯤만 끌어모으면서 각 고을 관아에서 군자금을 끌어들일 참이었다.

그때, 한양에서 온 오백여 명의 관군은 동학군을 공격할 엄두를 내지 못하고, 멀찍이 떨어진 채 뒤를 따르기만 했다. 그러던 그들이 뜻밖에도, 동학군이 황룡강변에서 점심을 먹고 있는 틈을 타서 동학군 진영 한복판으로 포탄을 날렸다. 포탄이 떨어지자 동학군은 놀라 겁을 먹고 이리저리 흩어져 달아났다. 전봉준은 무리를 향해 관군을 공격하라고 소리쳤다.

"저것들은 기껏 이백 명뿐이지만 우리는 몇 천 명이다."

강 건너 마을 쪽으로 달려가는 듯싶던 동학군 무리가 장태 다섯 개를 굴리면서 관군을 향해 나아갔다. 닭을 키우는 데 쓰는 장태였다. 그것을 굴리고 가는 무리는 이방언이 이끌고 온 장흥접이었다.

장태가 끄떡없이 관군 진지를 향해 나아가자, 달아나던 무리들이 "와, 와아!" 하고 소리치며 진지 쪽으로 달려갔다. 황룡강 건너편 들판이 흰옷 입은 동학도들로 하얘졌다. 관군은 밀려오는 동학군의 기세에 겁을 먹고 총과 포를 버려둔 채 갈재 쪽으로 달아났다. 동학도들은 뒤처진 관군 대장 하나와 군졸 스무 명을 붙잡아 목을 잘라 죽였다. 다시 황룡강변에 모여 만세를 불렀다. 누군가가 칼을 빼들고 "이때로다! 이때로다!" 하고 칼의 노래를 선창했고, 무리가 죽창을 높이 치켜들며 따라 불렀다.

전봉준의 등 뒤에 선 철동이는 관군을 갈재 쪽으로 쫓아버리고 강변으로 돌아와 "천세! 천세!" 하고 외치고, 칼의 노래를 따라 부르던 일을 떠올리고 있었다. 신호리 쪽에서 날아온 찬바람이 전봉준을 싸고돌았고, 전봉준은 진저리를 쳤다.

"장군을 안으로 모셔라."

이토의 말에 정신을 가다듬은 철동이가 전봉준의 괴춤을 여미고 허리띠를 매주고 번쩍 안아 들었다. 전봉준을 가마 안으로 들여주고 문을 닫았다. 가마 안으로 들어간 전봉준은 눈을 감으면서 한숨을 쉬었다. 칼의 노래 소리가 들리는 듯싶었다.

> 이때로다 이때로다, 다시 올 수 없는 좋은 때!
> 만세 속에 우뚝 선 장부
> 오만 년에 한 번 오는 이때에
> 용천검 드는 칼을 아니 쓰고 무얼 하리
> 무수장삼 떨쳐 입고 이 칼 저 칼 치켜들고
> 호호망망 넓은 천지 이 한 몸으로 비켜서서
> 칼의 노래 한 곡조를 '이때로다' 불러대니
> 용천검 날랜 칼 앞에 해와 달이 무색하고
> 널널한 무수장삼 천지에 덮여 있네
> 만고 명장 어디 있나
> 이 장부 당할 자 아무도 없네
> 좋을시고 좋을시고 이내 신명 좋을시고

장성갈재

장성갈재의 길은 초입부터 험난했다. 비탈이 심한 내리막과 오르막이 거듭 교차했다. 어녹은 희끗희끗한 잔설 위였다. 가마가 심하게 기우뚱거렸다. 이토와 다나카와 하사는 말에서 내려 고삐를 끌고 갔다. 가마에 탄 전봉준은 심한 어지럼을 느꼈다. 이토가 가마꾼들에게 소리쳤다.

"미끄럽다, 조심해라!"

잠시 오르막이 이어지다가 갑작스럽게 내리막이 시작되는 비탈에서 가마가 한 차례 요동을 치더니, 오른쪽으로 기우뚱하면서 숲에 처박혔다. 가마 뒤쪽 오른편의 가마꾼이, 얼음범벅이 되어 있는 낙엽과 돌멩이를 밟고 주르륵 미끄러지면서 발목을 접질린 것이었다. 담양의 한 초가에서 끌려온 검은 사마귀의 알상투였다. 그는 기울어진 가마를 붙잡아 일으키려고 무릎을 꿇고 가마 다리를 가슴으로 버팅기면서 옆구리를 짓찧었다.

이토가 소리쳤다.

"넘어지더라도 가마채는 놓지 말어!"

뒤따르던 철동이가 달려가서 기울어진 가마를 들어 올려 바로 세웠고, 바우가 알상투 대신에 가마채를 어깨에 멨다.

가마에 탄 전봉준은 나무둥치처럼 모로 넘어져 뒹굴었다. 철동이가 가마문을 열고 거꾸러진 전봉준을 일으켜 바로 앉혔다.

"다치시지 않았소, 장군?"

전봉준은 가마벽에 등을 기대고 눈을 힘주어 감았다. 내가 짐짝보다 못한 송장이지 어디 사람인가. 다친들 어떠하고 다치지 않은들 어떠하랴.

이토가 가마꾼들에게 소리쳤다.

"눈을 똑바로 뜨고 걸어!"

발목을 접질리고 옆구리를 다친 검은 사마귀의 알상투는 뒤로 처졌다.

을미년(1895년)으로 흘러가는 갑오년의 겨울은 유난히 춥고 길었다. 허공에는 죽음의 빛깔 같은 보얀 안개 너울이 끼어 있었다. 시신들이 박혀 있을 듯싶은 숲과 웅덩이에서 날아오는 음산하고 우울한 바람 냄새에 진저리가 쳐졌다. 새들도 그 겨울을 지루해하였고, 신경질적으로 날았다. 지나는 사람들의 발소리들이, 얼어 죽은 시체처럼 웅크린 바위들이 줄지은 산골짜기를 울렸다. 소름 끼치게 공명하는 숲으로 성긴 눈보라가 스며들었다.

이토가 다나카에게 일본말로 지껄였다.

"이 장성갈재는 동학군이 일어나기 훨씬 전부터 무서운 곳이었다오. 산적들이 들끓었소. 지금은 패전하고 도망친 무리들이 은신하고 있다가 우리를 공격할지도 모릅니다."

다나카는 군인들에게 사방 경계를 더욱 철저히 하라고 소리쳤다. 다나카는 선발대 둘을 삼백여 보쯤 앞에 보내고, 후발대 둘도 삼백여 보쯤 떨어져서 따라오게 했다. 혹시라도 의심나는 것이 있으면 보고할 생각을 말고 당장에 사살하라고 명령했다. 동학괴수를 호송해 가는 정보를 새어 나가게 할 위험이 있다 싶은 사람이면 남녀노소를 막론하고 칼로 목을 쳐버리거나 심장을 쑤셔 죽이라고 했다. 가마를 메고 가는 가마꾼들은 어떠한 이유에서건 절대로 중도에서 빠져나가도록 허락해서는 안 된다고 일렀다.

가파른 자드락길이었지만 가마는 빠른 걸음으로 나아갔다. 가마꾼들은 숨을 헐떡거렸다. 길은 구절양장처럼 오불꼬불했다. 가마꾼 넷이 메고 가는 가마를 호위하는 진한 쑥색 제복의 일본군 본대는 하사를 포함하여 여섯 명이었다. 세 명씩 가마 양쪽을 에워싸고 걸었다.

허공에 뜬 거무스레한 구름장들이 눈송이를 뿌렸다. 산골짜기에는 잔설이 희끗희끗 남아 있었다. 그늘진 곳에는 눈과 얼음을 머금은 낙엽이 두껍게 깔려 있었다. 그곳을 지날 때는 가마꾼들이 주룩주룩 미끄러졌다.

먼 곳에서 가끔씩 '파앙' 하는 총소리가 들려왔다. 관군과 일본군이 동학군 잔당을 뒤쫓고 있는 것이었다. 산협의 동굴이나 들녘의 상엿집이나 신당에 숨어 있다가 양식을 구하려고 도둑질을 하곤 하는 동학군 잔당을 잡으러 다니는 것이었다.

푸른 군복 차림에 토끼털 귀마개를 하고, 칼과 권총을 차고 검은 가죽 장갑을 낀 다나카가 앞에서 말고삐를 잡아끌며 가마를 호송하는 군인들을 지휘하고 있었다. 회흑색의 평복 차림에 검누른 개털 모자를 쓰고, 붉은 십자 그려진 푸른 가방을 어깨에 멘 작달막한 키의 의무관 이토가 말고삐를 끌면서 가마 뒤를 따랐다.

맨 뒤에, 상투가 헝클어진 검은 사마귀의 알상투 가마꾼이 심하게 절뚝거리면서 우거지상을 한 채 따라오고 있었다. 이제 그는 가마꾼으로서의 가치를 잃어버렸다.

가끔씩 뒤를 돌아보던 다나카가 풀숲으로 비켜서더니 발을 멈췄다. 가마와 호위병들이 다나카 옆을 스쳐 지나갔다. 가마 뒤를 따르는 이토와 하사가 멈춰 선 다나카 앞에 이르렀다. 다나카가 눈살을 찌푸리고 살모사의 그것처럼 눈을 빛내면서 이토에게 귀엣말을 했다. 이토는 입을 굳게 다물고 잠시 생각에 잠겼다가 고개를 끄덕였다. 심하게 절뚝이며 뒤따르는 알상투를 보았다. 알상투는 이토의 눈과 마주치자마자 반사적으로 재빨리 발을 멈추고 몸을 움츠리며 고개를 숙였다. 이토가 명령했다.

"이놈, 너는 느그 집으로 돌아가거라!"

추위로 인해 얼굴이 부석부석한 알상투는 어리둥절하여 이토와 다나카를 번갈아 바라보았다. 불안스러운 눈빛으로 그들의 의중을 살폈다. 이토가 퉁명스럽게 말했다.

"싸게 가란 말이여! 뒤돌아보지 말고."

자기에게 닥쳐온 위기를 알아챈 알상투가 겁에 질려 무릎을 꿇고 엎드리더니 파리처럼 손을 비비면서, "아이고, 살려주시오!" 하고 애원했다. 가마를 멜 수 없는 자기를 죽이려 한다고 직감한 것이었다.

가마 안의 전봉준도 일본군이 부상 입은 알상투를 죽이려 한다는 것을 알아차렸다. 이토에게 알상투를 죽이지 말고 그냥 돌려보내라고 말하고 싶었다. 가마문에다 대고 "아으, 아아!" 하고 소리쳐 보았다. 그러나 어느 누구도 전봉준의 의사 표시를 아랑곳하지 않았다.

다나카와 이토와 하사는 몸을 돌리면서 말고삐를 끌었다. 알상투가 윗몸을 일으키고 무릎걸음으로 어기적어기적 몇 걸음 그들을 따라 걸으면서 통사정을 했다.

"조금만 가다 보면 발이 좋아질 것이니까, 나 다시 가마 멜 수 있어라우. 넉넉히 멜 수 있어라우. 살려주시오."

가마와 호위병들은 무릎걸음으로 걷고 있는 알상투를 남겨놓은 채 어녹은 희끗희끗한 잔설 쌓인 고개를 넘었다. 가파른 고개였다. 가마꾼들은 가끔씩 미끄러졌다. 다나카와 이토와 하사가 고갯마루에 이르렀다. 이토는 뒤따라오는 후발대를 향해 일본말로 지껄이고 몸을 돌렸다. 말고삐를 끌면서 내려갔다.

무릎걸음을 치던 알상투는 죽음을 예감하고 가파른 골짜기의 숲 속으로 몸을 내던졌다. 그의 몸뚱이가 바윗덩이처럼 데굴데굴 굴렀다. 후발대 둘이 알상투를 향해 방아쇠를 당겼다. 군인들의 머리 위로 푸른 연기가 피어오르고, 동시에 "탕!" 하는 소리가 나고, "으악!" 하는 비명이 골짜기를 울리면서 하늘로 날아올랐다. 그 소리가 고갯마루를 넘었고, 가마와 가마꾼들과 호송하는 군인들과 다나카와 이토와 하사의 몸뚱이를 에워쌌다.

잔설 덮인 숲에서 까투리 둘을 거느리고 있던 장끼가 푸드득 날아올랐다. 까투리 둘이 뒤따라 날아갔다. 솔잎에 쌓인 눈이 땅 위로 떨어졌다. 가마를 메고 구절양장 같은 골짜기 자드락길을 내려가는 가마꾼들과 그들이 지치면 손을 갈아주기 위해 뒤따르는 가마꾼 셋이 몸을 떨었다.

고통

 검은 구름장들이 서북쪽 하늘에서 몰려들었다. 세상이 어두컴컴해졌다. 어두컴컴한 허공에서 목화송이 같은 눈송이들이 황금빛과 은빛으로 반짝거리면서 흘러내리고 있었다. 구름장들 사이로 해가 나왔다. 햇살이, 거무스레한 허공 한복판에 거대한 반투명의 유리 기둥 같은 빛줄기를 쏘아댔다. 이토가 말고삐를 끌면서 가마꾼들을 향해 "조심해!" 하고 말했다. 너희들도 발목을 삐면 검은 사마귀의 알상투처럼 고향으로 돌아가게 된다는 뜻이었다. 다시 가마 앞쪽으로 간 다나카는 말없이 발을 옮겼다. 그의 말고삐는 담양 관아에서 온 키 큰 관노가 끌고 있었다.

 가마 안에 앉은 전봉준은 두 가지 고통에 시달렸다. 하나는 으깨진 발등과 부러진 정강뼈, 재갈 찬 입의 고통이요, 다른 하나는 사로잡힌 채 눈을 번히 뜨고, 일본군의 잔혹한 만행들을 보아야 하는 치욕과 분노의 고통이었다.

이 고통과 치욕과 분노에서 어떻게 벗어날 것인가. 그것은 빨리 죽는 것뿐이었다. 그런데 일본군은 그에게서 혀를 깨물어 자결할 자유를 빼앗아버렸다. 입에 물려 있는 재갈 그 자체가 지긋지긋한 고통이었다. 그가 기절해 있는 사이에, 위아래 이빨 사이를 들어올리고 나무 조각을 가로로 끼워 넣은 다음, 조각이 빠져나가지 않도록 수건으로 조여 뒤통수에다 묶어놓은 것이었다.

일본군은 주도면밀했다. 그가 머리를 힘껏 찧어대는 것을 막기 위해 가마벽 모서리에 솜 든 옷자락을 부착해놓았다. 그들은 그를 말할 자유와 죽을 자유로부터 철저하게 차단시켰다. 오직 숨 쉴 자유와 눈을 뜨고 날아드는 빛을 바라볼 자유와 들려오는 소리를 들을 자유만 주고 있을 뿐이었다.

모든 고통과 불만을 그는 "아, 으으" 하는 신음으로 호소해야 했다. 그렇지만 앓는 소리를 내어 동정을 구하고 싶지는 않았다. 앓는 소리를 내지 않으려고 어금니로 재갈을 씹으며 안간힘을 썼다. 거듭된 안간힘과 절망과 분노로 말미암아 그의 얼굴은 암회색으로 변해버렸다. 두 눈만이 야수의 눈처럼 퍼런 인광을 발하고 있었다.

아, 내가 그토록 이 땅에서 몰아내고 싶었던 일본군, 그들이 나를 이렇듯 고통스럽게 끌고 가고 있다. 전봉준은 절망과 치욕과 분노가 차오르자 턱과 목과 아구창이 뻣뻣해지고 가슴이 답답해졌다. 심호흡을 하면서 도리질을 했다. 지금 성급하게 굴어서는 안 된다. 세상을 향해 하고 싶은 말을 하고 나서 죽어야 한다. 지금은 꿋꿋하게 살아 있어야 한다. 우선 마음을 비워야 한다. 스님들이 행하는 안반수의(安般守意) 수행법을 생각해냈다. 편안함을 향한 집착을 풀어놓으면서, 눈을 감은 채 천천히 심호흡을 했다. 차오르는 절망과 치욕과 분노부터를 가라앉혔다. 몸의 모든 근육에서 힘을 뺐다. 신경을 하나씩 하나씩 껐다. 편안한 사유만 머리에 굴렸다.

나는 유학 선비로서, 또 한울님을 속에 품은 동학도로서 올바른 마음(正心)을 지녀야 한다. 스님들은 텅 빈 마음을 얻기 위해 안반수의 호흡 수행을 하지만, 유학 선비는 사업을 통해 정심에 이르러야 한다. 사업은 성인의 가르침인 어짊에 알맞도록 백성들에게 이익이 가도록 실천하는 것이다. 동학도는 한울님의 마음을 가짐으로써 묘연(妙娟)의 바다에 이르러야 한다. 묘연의 바다는 하늘과 땅의 화해, 양반과 상놈의 화해, 탐학과 착취로써 다스리는 자와 박해당하는 자의 화해, 삶과 죽음의 화해로 나아가는 바다 같은 것이다.

다산 정약용은 열여덟 해의 유배 생활 동안 백성에게 이익이 되게 하는 사업, 즉 글쓰기를 했다. 그중 《경세유표》가 비밀리에 흘러 다녔다. 쉬쉬하면서 책을 베껴 돌려 읽었다. 책은 더럽고 잔인한 세상을 개혁하려는 말들로 가득 차 있었다. 그것은 세상 사람들을 묘연의 바다로 이끌어 가려는 실천의 의지였다.

백성들이 굶주려 죽거나 말거나, 일본 사람들이 바다를 측량하고 그 바다의 고기를, 농촌의 곡식을 훑어가거나 말거나, 이 땅의 벼슬아치들은 벼슬을 사고팔고, 종들을 부리고 사고팔고, 백성들의 고혈을 짜서 영달을 누렸다. 그 더럽고 불합리하고 잔인한 세상을 뜯어고치는 방법들이 그 책에 쓰여 있었다. 언문으로 쓰인 《다산비결》이란 책도 흘러 다녔다.

'모든 논과 밭은 경작하는 사람이 소유해야 한다. 양반이나 부자들이 가지고 있는 땅은 농사지을 수 있는 사람들에게 나누어 주고, 마을 사람들이 공동으로 경작하고 얻은 소득을 일한 만큼의 비율에 따라 분배해야 한다.'

'조선 땅에서 제일 못된 제도는 양반제도이다. 조선 사람들이 복받고 살아가려면 양반 무리를 없애야 한다. 양반도 상사람하고 똑같이 논밭에서 농사를 짓고 살아야 하고 누에를 쳐야 하고, 닭이나 돼지나 소를 길러야 하고, 군인이 되어 바다나 국경을 지켜야 하고, 세금을 똑같이 물어야 한다. 양반들은 이때껏 부리던 종들에게 땅을 나누어 주고 살림을 차려 내보내 독립시켜야 한다.'

'물은 배를 뜨게 하기도 하지만 배를 전복시키기도 한다. 물은 백성이고 임금은 배이다. 임금도 잘못하면 백성들이 그를 징치하고 바꿀 수 있어야 한다.'

'평범한 남자이므로 죄가 없을지라도 진기한 보석과 돈을 많이

가지고 있으므로 죄인이다. 편법을 동원해서 나랏돈을 도둑질하거나 백성들을 수탈하거나 착취한 것을 쌓아놓고 즐길 뿐, 그것을 헐벗고 굶주린 이웃들에게 나누려 하지 않은 것은 하늘의 명령을 어긴 죄인인 것이다.'

아, 내 가슴을 고동치게 한 《경세유표》와 《다산비결》, 그러나 그것보다, 죽음과 삶의 갈림길에 있는 지금 당장의 이 고통을 가시게 할 묘법이 없을까. 전봉준은 거듭 심호흡을 하고 나서 《시경》의 한 대목을 읊었다.

아름다운 쑥이 되라 했는데
쑥 아닌 다북쑥이 되었네.
슬프구나, 우리 부모
나를 낳으시느라 얼마나 수고했소.

전봉준은 아, 아버지, 하고 속으로 부르짖었다.

호랑이

　전봉준의 아버지 전창혁은 군수 조병갑의 학정에 견디지 못하고 일어선 사람들의 우두머리가 되어 고부 관아로 달려갔다가 붙잡혀 곤장을 맞은 후유증으로 죽어갔다. 아버지가 숨을 거두기 직전에 한 말이 떠올랐다.
　"무식하기는 하지만 몸 하나는 날쌘 머슴이 새벽에 들엘 나가는데, 수컷 호랑이 한 마리가 두 앞발을 번쩍 들면서 어흥 덤벼들더란다. 머슴은 얼떨결에 호랑이의 두 앞발 사이로 머리를 들이밀면서 모가지를 두 팔로 보듬어버렸구나. 호랑이는 머슴의 갑작스러운 덤벼듦으로 인해 몸의 균형을 잃고 모로 쓰러졌는데, 머슴은 그 틈에 호랑이 등으로 기어 올라가면서 모가지를 더 힘껏 보듬었단다. 호랑이는 등에 올라탄 머슴을 땅바닥으로 떨어뜨리려고 모가지와 몸을 흔들어대면서 이리저리 뛰어다녔구나. 동네방네, 이 마을 저 마을로…… 세상 사람들은 호랑이 탄 영웅이 나타났다고 손뼉을 치면서 환호했구나. 호랑이 등에 올라탄 머슴은 땀을 뻘뻘 흘리면서 두 팔로 호랑이 모가지를 더욱 힘껏 끌어안고 있었지. 모가지를 놓아버리면 땅에 떨어지게 되고, 땅에 떨어지면 호랑이에게 잡아먹히게 된다. 머슴은 하늘이 두 조각 날지라도 죽을힘을 다해서 호랑이 등에 올라타고 있어야 한다…… 이 애비 살아오다 가 보니께 언제 어떻게 된지도 모르게 호랑이 등에 타고 있었고, 애비의 절박한 속을 모르는 사람들은 애비한테 박수를 치면서 잘 한다고 환호를 했고…… 그랬다가, 나 이렇게 죽어간다. 봉준아, 너는 애비처럼 살지 마라."

전봉준은, 아버지와 아들이 똑같이 무식했다고 생각했다. 그 무식이란 무엇인가. 내 아버지는, 흰옷 입은 머슴이 아무리 호랑이 등을 타고 다녀보아야 결국은 지쳐 나가떨어진다는 것, 그리하여 호랑이에게 물려 죽으리라는 것을 몰랐다. 나는, 임금을 등에 업은 관복 입은 자들이, 흰옷 입은 자들의 저항을 다스릴 수 없을 때 바다 밖의 호랑이를 불러들여 물어 죽여달라고 청하리라는 것을 알지 못했다. 아, 나의 그 무식함이 강산을 피로 물들게 했다.

내리막길

 비탈이 극심한 곳에서 다나카와 이토와 하사는 가마를 메지 않은 가마꾼들에게 말고삐를 끌게 했다. 사람들도 말들도 줄줄 미끄러지면서 나아갔다. 갈지자로 외틀린 내리막길 굽이에서 가마가 기우뚱하더니 구석에 처박혔다. 가마 옆에서 걷던 이토가 "조심해!" 하고 소리쳤다. 그 소리가 산골짜기를 울렸다. 앞쪽에서 가마를 멘 가마꾼이 눈 덮인 낙엽을 피하려다 한쪽 발을 헛디디고는, 거꾸러지면서 다른 쪽 발목을 접질렸다. 피로리에서 온 을식이었다.

 전봉준은 가마 안에서 뒹굴었다. 을식이는 가마 밑에 깔린 채 접질린 발목을 두 손으로 붙들었다. 을식이는 땀을 뻘뻘 흘렸다. 다나카와 하사가 을식이를 끌어내고 뒤따르는 다른 가마꾼을 투입했다.

 가마꾼들이 다시 가마를 메고 비탈길을 내려갔다. 을식이는 몸을 일으키지 못하고 주저앉아 있었다. 뒤따르는 가마꾼들이 그 옆을 지나쳐 갔다. 다나카가 멀리서 뒤따르는 후발대 군인들에게 일본말로 소리쳤다. 전봉준은 가마문을 열치고 "저 사람 죽이지 말고 돌려보내시오." 하고 말하고 싶었지만 그의 입에는 재갈이 물려 있었다. 그는 "아, 아으!" 하고 소리쳤다. 이토는 그 소리를 못 들은 체했다.

가마를 멘 가마꾼들은 눈 쌓인 자드락길에서 줄줄 미끄러지면서 비틀거리며 나아갔다. 기우뚱거리는 가마 안에 앉은 전봉준은 조마조마했다. 발목이 상한 채 가마 뒤쪽에 처진 을식이는 군인들의 칼을 맞고 쓰러져 죽을 것이다. 전봉준은 눈을 힘주어 감으면서 "아, 아으!" 하고 소리쳤다. 아, 한울님, 저들의 잔인한 만행을 절대로 용서하지 마소서, 하고 속으로 소리치면서 악을 써댔다.

그때, 숲을 헤치면서 산길을 달려가는 발소리가 들려왔다. 주저앉아 있던 을식이가 죽음을 예감하고 계곡 저쪽으로 도망치기 시작한 것이었다. 파앙, 하고 총소리가 울려 퍼졌다. 으악, 하는 비명이 들려왔다. 설맞은 을식이가 기어 달아나다가 아래쪽으로 뒹굴었다. 뒹굴고 있는 그를 향해 가마 옆을 호위하던 군인이 총을 발사했다. 총소리에 놀란 산새가 푸드득 날아갔다. 나뭇가지에 쌓인 눈이 쏟아졌다. 전봉준의 가슴 한복판이 아프게 뚫려나갔다.

소피

 전봉준은 눈을 힘주어 감은 채 심호흡을 했다. 죽을 것인가 살 것인가 하는 게 문제가 아니었다. 우선 재갈이 물린 채 결박당해 있는 고통스럽고 치욕스러운 상황으로부터 벗어나고 싶었다. 가마꾼 철동이가 구린내 나는 입으로 씹어 대롱으로 불어 넣는 미음을 받아 삼키며 숨을 쉬고 살아 있어야 하는 것, 결박당한 채로 소변과 대변을 해야 하는 치욕스러운 삶을 면하고 싶었다. 이토 겐지에게 먼저 재갈을 풀어달라고 말하고 싶었다. 한데 그 뜻을 전할 길이 없었다.

 밖에서 이토가 가마꾼들에게,

 "멈추어라. 쉬어 가자." 하고 말했다. 가마가 기우뚱거리며 멈칫거리다가 땅바닥에 내려앉았다. 가마꾼들은 지쳐 있었고, 오줌통이 부풀어 있었다. 철동이가 가마문을 열고 머리를 들이밀었다. 땀내가 흘러들었다. 철동이의 이마에서 김이 모락모락 피어났다.

"장군, 소피 보십시오."

철동이의 등 뒤에서 이토가 말했다. 철동이가 전봉준의 겨드랑이에 손을 넣어 번쩍 들어 올렸다. 전봉준은 오른쪽 발등과 왼쪽 정강이의 통증 때문에 일어설 수도, 걸을 수도 없었다. 전봉준의 몸이 허공으로 떠올랐다. 철동이가 전봉준을 잔설 깔린 풀숲 위에 내려놓았다. 바우는 옆구리로 손을 넣어 부축했다. 바우에게서도 시큼한 땀내가 났다. 전봉준은 바우의 팔에 몸을 실은 채 엉거주춤 서 있었다. 철동이가 전봉준의 허리띠를 풀고 바지 괴춤을 끌어 내렸다. 가랑이 살갗이 노출되었다. 찬바람이 사타구니로 몰려들었다. 자줏빛 거무튀튀한 양물은 추위와 영육의 고통에 오그라들어 있었다. 철동이가 손끝으로 오그라든 양물을 잡아 괴춤 바깥으로 잡아당겼다.

"소피 보십시오."

전봉준은 눈을 감은 채 아랫배에 힘을 주었다. 오줌이 요도를 타고 빠져나갈 때 전립선이 시큰거렸으므로 그는 오소소 진저리를 쳤다. 오줌이 다 빠져나가고 나자 한기가 몸속으로 파고들었고, 그는 후두둑 몸을 떨었다. 아, 언제까지 이 치욕을 견디면서 살아 있어야 하는가. 치욕 속에서 살아 있는 것을 합리화시키는 것은 입에 물려 있는 재갈이다. 죽지 않고 있는 것이 재갈 때문이다. 슬프게도 재갈이 존재 이유가 되어 있다. 재갈이 아니라면 이 끝으로 혀를 물어 끊음으로써 자결을 해야 하는 것이다.

이 한 마리가 겨드랑이를 물어뜯고 있었다. 그곳이 아리면서 가려웠다. 긁적거리고 싶었지만 두 팔이 결박되어 있었다. 헝클어진 상투머리 속에서도 이 한 마리가 꿈틀댔다. 머리 감은 지가 한 달 가까이 되었다. 나무쪽을 대어 붙이고 무명베로 칭칭 감아놓은 발목과 정강이의 살갗도 근질거렸다. 거기에도 이들이 알을 슬고 살갗을 뜯어 먹고 있는 것일까. 부은 살갗이 가라앉느라고 가려울까. 가려운 곳을 긁을 수 있는 손은 포승으로 묶여 있다. 아, 살아 있지만 살아 있는 것이 아니다.

자결하지 않을 터이니 재갈과 결박을 풀어달라고 말하고 싶었다. 이토로 하여금 나의 재갈과 결박을 풀어놓게 하려면, 내 쪽에서 절대로 혀를 깨물어 자결하지 않는다는 의지를 보여주어야 한다. 재갈이 물려 있는 채로 그 뜻을 어찌 표현해야 하는가. 눈빛과 몸의 시늉으로 해야 한다. 눈빛을 한사코 부드럽게 해야 한다. 갇혀 있는 야수의 눈처럼 눈빛이 이글거리지 않아야 한다. 살고 싶다는 뜻, 이토의 말에 따를 수도 있다는 뜻을 보여주어야 한다.

정말 그렇다. 지금 이 끝으로 혀를 물어 끊고 자결해야 할 이유가 내겐 없다. 이 개 같고 더럽고 잔인한 세상의 사람들에게 해야 할 말이 있다. 내가 왜 동학도들과 함께 봉기를 하여 관아를 점령했는가를 말해주어야 한다.

철동이가 전봉준의 바지를 추어올리고 허리띠를 묶어주었다. 전봉준은 가마를 향해 몸을 돌리면서 이토 겐지를 바라보았다. 재갈과 결박을 풀어달라는 턱짓과 몸짓을 하고, 눈빛으로 하소연을 하면서, "아! 아으, 아!" 했다.

이토가, "하고 싶은 말이 있어요?" 하고 묻더니, 다나카에게 결박을 잠시 풀어달라고 했다. 다나카가 명령하자, 체구가 작달막하고 얼굴이 세모꼴인 하사가 결박을 풀어주었다. 결박이 풀린 전봉준은 이토를 향해 손바닥 하나를 펴 보이고, 그 손바닥에다 가리키는 손가락으로 글씨 쓰는 시늉을 해 보였다.

이토가 가방 속에서 종이와 연필을 꺼내 전봉준에게 주었다. 전봉준은 종이 위에 연필로 또박또박 글자들을 그렸다. 언문이었다.

'나는 자결하지 않겠다. 나는 내가 이 세상을 향해 하고 싶은 말을 다 하고 나서 죽을 것이다. 재갈과 결박을 풀어달라. 포승도 풀어달라. 두 다리가 상했으므로 도망을 칠 수도 없지 않으냐.'

이토가 전봉준에게 물었다.

"참말이오? 자결하지 않겠소? 그 말을 믿어도 되오?"

전봉준은 눈초리를 한사코 순하게 만들면서 고개를 끄덕였다.

이토가 따져 물었다.

"자결하지 않겠다는 것을 어떻게, 무엇으로 믿는단 말이오?"

전봉준은 다시 종이 위에 썼다.

'나는 한울님의 명령과 성인의 가르침에 따라 살아가고, 그 천명과 성인의 가르침에 따라 죽어갈 것이다. 내가 속에 품고 있는 뜻을 다 말하지 않고 왜 스스로 죽는단 말인가. 나는 죽더라도 종로 네거리에서 죽을 것이고, 내 피를 한양 사람들에게 보여줄 것이다.'

이토가 다짐을 받았다.

"장군의 그 말씀을 믿어도 될까라우?"

전봉준은, '나는 대장부이고 조선의 선비이고 한울님을 품고 사는 동학도이다. 한 입으로 두말을 하지 않는다.'라고 썼다.

이토가 말했다.

"그렇소, 장군은 조선을 위해서 할 일이 태산같이 많은 사람이오."

전봉준은 슬픈 울분을 꿀꺽 삼키면서 이토를 향해 고개를 끄덕였다.

이토가 다나카에게 일본말로 전봉준의 요구와 전봉준의 심경 변화에 대해 말했고, 다나카는 고개를 갸웃거리며 한동안 생각하고는 이토에게 물었다.

"만일 자결한다면 어떻게 할 거요?"

이토가 말했다.

"자결해야 할 이유가 없답니다."

다나카가 고개를 끄덕거리고 나서, 하사에게 전봉준의 재갈을 풀어주라고 명했다. 하사는 전봉준의 재갈을 풀어주었다. 포승도 다시 채우지 않았다.

전봉준은 윗니와 아랫니를 맞대어보았다. 몇 차례 딱딱 소리가 나도록 다구었다. 어금니와 아구창의 뼈와 목줄이 뻐근했다. 고개를 양옆으로 저어보았다. 두 팔을 가로로 펼쳐 날개처럼 저어대기만 하면 하늘로 솟구쳐 날아오를 수 있을 듯싶었다. 하늘을 쳐다보았다. 검은 구름장이 떠가고 있었다. 은빛과 금빛의 자잘한 눈송이들이 성기게 떨어졌다.

불안스러운 눈빛으로 전봉준을 살피던 다나카가 이토에게 그를 얼른 가마 안으로 들여보내라고 했다. 이토가 전봉준에게 말했다.

"나는 장군 한울님과 인품을 믿습니다이."

철동이가 전봉준을 안아 들이다가 가마 안으로 밀어 넣었다. 전봉준은 두 손을 사용하여 무릎걸음을 쳐서 가마 안쪽으로 기어 들어가 앉았다. 그는 이토에게 한 말을 다시 곱씹었다. 한울님의 명령과 성인의 가르침에 따라 내 속에 품은 뜻을, 이 개 같은 세상을 향해 다 말하지 않고 왜 죽는단 말인가. 정말 그렇다, 하고 스스로에게 다짐을 하고 있는 와중에도, 새까만 절망이 노도처럼 밀려들었다.

내가 하고 싶은, 내 속에 품은 말이란 무엇인가. 첫째는 일본군들을 이 땅에서 몰아내자는 것이다. 둘째는 나라야 망하든지 말든지, 나라의 돈을 도둑질해먹고, 벼슬을 팔아먹은 썩은 벼슬아치들을 쓸어내고 깨끗하고 올바른 흥선대원군에게 나라를 맡기려고 봉기했다는 것이다. 그 말을 어느 누구에게 하겠다고 나는 지금 살아 있는 것인가. 가슴에 품은 말을 풀어놓은들 어느 누가 나의 참뜻을 알아줄 것인가.

차라리 재갈이 물려 있을 때가 더 좋았다. 막상 재갈과 포승을 벗고 나니 더욱 괴로워졌다. 그 자신과 더불어 봉기했다가 죽어간 수많은 혼령들이 떠다니는 세상 속에 치욕스럽게 살아남아 있다는 것이 부끄러웠다.

이제 죽을 수 있는 자유가 생기고 나자, '죽을 것인가, 살 것인가' 하는 쓰라린 고민이 그를 차갑게 고문했다.

이토가 '전봉준, 너는 스스로 죽지 못한다. 너는 비겁자야. 야비하고 더러운 생의 애착 때문에 죽지 못할 것이야.' 하고 생각할 듯싶었다.

이제 세상을 호령하던 내가 이렇게 일본군에게 붙잡혀 있으면서도 반드시 살아 있어야 한다는 당위성은 무엇인가. 한양까지 가는 도중 숨어 있는 동학군 일 개 부대에 의해서 요행히 구조되어 재기하기 위해서 살아야 하는가? 아니다. 동학군은 다 죽거나 도망을 쳤다. 절대로 재기할 수가 없다. '지금 당장은 치욕스럽더라도 살아서 일본으로 건너가 전혀 새 사람이 된 다음, 조선으로 되돌아와 새 나라를 건설함으로써 수많은 죽어간 자의 혼령들을 위로할 책무가 장군에게 있다'고 설득하는 일본의 앞잡이 이토와 타협을 하기 위해서 살아야 하는가? 아니, 내가 봉기하지 않으면 안 되었던 정당성을 토로하고 나서 떳떳하게 죽어가기 위해서 지금 치욕스럽더라도 살아 있어야 하는가?

정읍

 전봉준을 태운 가마가 정읍으로 들어섰다. 해는 지평선 저쪽의 서산마루에 걸려 있었다. 가마문 틈으로 흘러가는 산하를 내다보는 전봉준은 쓰라린 가슴을 주체할 수 없었다.
 아내는 지금 아이들을 데리고 어디로 도망을 쳤을까. 김개남 손화중은 죽었을까. 최경선 윤정호 양해일은 붙잡혀 죽었을까, 어딘가로 도망쳐 숨어 있을까. 나와 함께 세상을 주름잡으며, '가보세 가보세 갑오년에 가보세' 하고 외치고, 칼의 노래를 부르던 접주들, 그들을 따르던 동학도들은 다 어디로 갔을까.
 장터 감나무 밑에 모인 군중들을 이끌고 관아로 달려갔던 일이 떠올랐다. 안핵사 명을 받은 장흥부사 이용태가 벽사역의 역졸들을 이끌고 달려와서, "너희들이 관 무서운 줄을 모르고 까불면 어떻게 되는가 하는 것을 보여주겠다!" 하고, 고부 고을의 이 마을 저 마을의 집집을 뒤지고, 금품을 노략질하고, 장독을 두들겨 깨고, 물동이 인 아낙과 색시들의 치마를 찢어버리고, 젖가슴을 주무르고, 부둥켜안고 입을 맞추어버림으로써 그들이 비명을 질러대며 달아나게 한 일이 떠올랐다. 분노한 고을 사람들이 전봉준의 서당으로 몰려 들어와, 이제는 정말 참을 수 없다고 외쳐댄 일, 그리하여, 김개남 손화중 최경선 들과 어울려 사발통문을 쓰고 그것을 베껴 돌리던 일이 떠올랐다.

더럽게 썩어버린 개 같은 세상을 깨끗한 새 세상으로 바꾸어놓자고 일어선 동학군이 위세를 부리면서 백산으로 올라가 진을 친 일도 떠올랐다. 손에 손에 죽창을 든 수천의 동학도들이 민둥산인 백산을 가득 메웠다. 그들이 일제히 앉으면 죽창이 온 산을 덮어버리고, 일제히 서면 흰옷이 온 산을 덮여버리던 것도 떠올랐다.

그때 그는 상복을 입고 있었다. 관아에서 곤장을 맞고 후유증으로 죽은 아버지의 초상을 막 치른 뒤였다.

해가 서산 너머로 기울고 핏빛 노을이 타올랐다. 전봉준을 태운 가마가 한양으로 가고 있는 동안에는 만나는 노을이 모두 핏빛이었다. 이토가 다나카에게 말했다.

"저기 보이는 것이 아마 원(院)인 모양이오. 오늘 밤은 저 원에서 머뭅시다."

원은 중앙정부의 관원들이 지방 출장을 가다가 묵어가는 여관이었다. 다나카가 허공에 총 한 방을 쏘자 척후병들이 뒤를 돌아보았다. 다나카는 그들에게 원을 수색하라는 수신호를 했고, 척후병들은 거총한 채 원을 향해 달려 내려가 원 내부를 수색했다.

이토는 가마꾼들에게 멈추어 서라고 명했다. 가마가 멈추었다. 가마꾼들의 몸에서 김이 모락모락 피어났다. 얼마쯤 뒤, 원의 문 밖으로 나온 척후병 하나가 허공에다 한 손으로 크게 동그라미를 그려 보였다. 이토가 가마꾼들에게 "가자!" 하고 명했고, 가마가 원을 향해 나아갔다.

원院

 원은 사간 겹집이었다. 원을 관리하는 초가 두 채가 대밭 남쪽에 웅크리고 있고, 그 옆에 허름한 마구간과 측간이 있었다. 마구간은 텅 비어 있었다.

 담이나 울타리가 없었다. 들머리에 있는 원의 북쪽 뒤란에 대밭이 있고, 마당 앞에는 나목이 된 은행나무가 한 그루 있었다. 은행나무 밑에는 회갈색 낙엽이 쌓여 있고, 대밭 그늘에는 잔설이 을씨년스러웠다.

 붉은 노을이 꺼지고 결 고운 숯가루 같은 땅거미가 땅에서 솟았다. 찬바람이 서북쪽에서 달려왔다. 어둑어둑해졌다. 서쪽 하늘에는 샛노란 해거름의 빛이 남아 있었다. 참새와 굴뚝새들이 석양을 등진 채 불안해하며, 어둠 속으로 가라앉는 대밭 속으로 숨어들었다.

 가마가 원의 마당으로 들어섰다. 가마를 호위하던 군인들이 총을 겨눈 채 앞으로 달려가서 척후병들과 더불어 초가와 측간과 대밭 여기저기를 살피고 사방을 경계했다. 앞장서 말을 달려간 하사가 원 안으로 들어갔다 나와서, 다나카에게 안이 텅 비어 있다고 보고했다. 다나카가 불안해하며 이토를 향해 고개를 갸웃했다.

이토가 말했다.

"동학 잔당들에게 당하고 원을 비운 모양이오."

이토와 다나카가 말에서 내렸고, 가마꾼들은 말고삐를 나뭇가지에 매었다. 다나카가 이토에게 말했다.

"저녁밥을 어찌할까요?"

이토가 땅거미에 덮이고 있는 동산 기슭 저편의 마을을 턱으로 가리켰다.

"저 마을에서 구해 오도록 합시다."

다나카가 고개를 끄덕거렸다. 이토가 하사에게 말했다.

"군인 넷하고 가마꾼 넷을 데리고 가. 먼저 이장을 붙잡아서 부잣집으로 안내하게 하고, 그 집에서 밥 지을 곡식을 가져오고, 오늘 저녁과 내일 아침에 넉넉하게 먹을 수 있도록 돼지 한 마리를 잡소."

이토는 담양에서 온 관노 넷을 지목해주고, 다시 말했다.

"이자들이 도망치지 못하도록 잘 감시하고."

작달막한 키에 눈이 까맣게 반짝거리는 하사는 "하!" 하고 경례를 붙인 다음, 졸병 넷과 관노 넷을 앞장세우고 들판 건너의 마을로 들어갔다.

이토는 철동이에게 아궁이에 불을 지피라고 명령했다. 철동이는 땔나무를 찾기 위해 두리번거렸다. 이토가 원 옆의 초가를 턱으로 가리켜주었다.

"저 가마꾼들하고 같이 가서…… 툇마루하고, 처마를 뜯어다가……"

철동이는 바우와 더불어 초가로 갔다. 툇마루를 뜯고 한쪽 처마를 허물어뜨렸다. 바우가 도끼를 찾아 들고 툇마루 널빤지와 서까래를 자르고 쪼갰다. 아궁이에 불을 지폈다. 굴뚝에서 연기가 피어났다. 군인들은 마당에 모닥불을 피웠다. 매캐한 연기가 마당과 원 안을 맴돌았다.

오래지 않아 마을에서 돼지와 닭의 비명이 들렸다. 하사가 이장을 앞세우고 왔다. 관노 하나가 중돼지 한 마리를 짊어지고, 다른 둘은 닭 한 마리씩을 손에 들고 왔다. 맨 뒤에 오는 관노는 된장과 소금과 김치 그릇들을 들고 왔다. 군인들이 그들을 감시하며 뒤따라왔다.

숯불에 고기를 굽고, 솥에 닭을 고았다. 고기 굽는 냄새가 원 안팎을 싸고돌았다. 마당의 모닥불 옆에 멍석을 펴고, 다나카와 경계 서지 않은 군인들이 먼저 그 위에 앉아 밥과 고기를 먹었다.

다나카는 나무 꼬챙이로 이를 쑤시고서 한 바퀴 순찰을 돌았다. 어둠 속에서 군인 넷이 경계를 서고 있었다. 원과 초가 둘이 비어 있다는 것이 다나카의 신경을 건드렸다.

전봉준은 이토와 마주 앉아 밥을 먹었다. 오랜만에 손수 먹는 음식이었다. 내일 일은 내일 걱정하자, 하며 밥을 먹었다. 삶은 돼지고기 살점이 앞에 있었지만 그것은 먹지 않았다. 백성들에게서 강탈해 온 가축의 고기를 어떻게 아무런 양심의 가책도 없이 먹을 수 있단 말인가.

이토가 전봉준을 향해,

"고기도 잡수십시오, 장군." 하고 말했다. 전봉준은 고개를 저었다.

"점령군처럼 이렇게 마구 짓밟고 강탈해다가 먹어도 죄를 받지 않을 것 같소?"

이토가 말했다.

"장군, 어찌할 수 없는 일입니다. 모른 체하고 잡수십시오."

전봉준은 도리질을 했다.

"나는 먹을 수 없소."

밥을 먹고 나자 대변을 하고 싶었다. 이토에게 측간에 가겠다고 하자, 이토는 철동이에게 턱짓을 하고 나서, 군인 한 사람을 딸려 보냈다. 철동이는 바우와 더불어 전봉준을 부축하고 측간으로 갔다. 군인 하나가 측간 밖에서 총을 겨눈 채 전봉준을 지켰다. 혹시 튀어 달아나면 발사를 할 태세였다.

전봉준은 참으로 오랜만에 손수 허리띠를 풀었다. 철동이와 바우가 그의 양쪽에서 가랑이 하나씩을 들어 올리면서 엉덩이를 받쳐주었다. 전봉준은 두 손으로 철동이와 바우의 어깨 하나씩을 잡고 엉덩이를 그들의 팔에 실은 채 "이것이 뭔 일인가, 참으로 미안

하네!" 하고 말했다.

그는 쾌변을 할 수 없었다. 마음의 고통으로 변비가 생겼다. 염소의 그것 같은 변 몇 개를 떨어뜨리고, 포승을 차지 않은 자기 손으로 자기 밑구멍을 닦았지만 아랫배 속이 여전히 묵직했다. 배설하지 못한 변이 남아 있었다.

동행

 원에는 이부자리가 없었다. 하사가 군인 둘과 함께 관노 둘과 이장을 앞세우고 마을로 들어가 이불 세 채를 빼앗아 왔다.
 전봉준과 이토가 원의 안방에서 강탈해 온 이불 한 채를 덮고 나란히 잤다. 그 옆에 다나카가 혼자서 이불 한 채를 덮고 잤다.
 잠자리에 들기 전에 이토는 문 앞을 지키는 군인에게 포승을 가져오라고 명했다. 기다란 포승 한쪽 끝을 자기 왼쪽 손목에 묶은 다음, 그것의 가운데 부분으로 전봉준의 오른쪽 손목을 묶고, 그 끄트머리를 다시 자기 왼쪽 손목에 묶었다. 이토의 손목에 묶인 포승을 먼저 풀지 않고는 전봉준의 손목에 묶인 포승을 풀 수 없도록 한 것이다. 이토가 오른쪽에서 자고 전봉준이 왼쪽에서 잤다.
 방바닥은 따스했지만 전봉준은 온몸이 가려워 잠을 이룰 수 없었다. 붕대를 동인 발등과 정강이가 유달리 가려웠다. 가려운 곳에 손을 넣어 긁적거리기도 하고 몸을 뒤치기도 했다. 등허리가 가려운 듯 긁적거리던 이토는 몸을 일으키더니, 의료 가방에서 갈색 병을 꺼냈다. 마개를 열고 흰 가루를 손바닥에 조금 부었다. 그것을 옷 안감의 여기저기에 바르고 나서, 전봉준의 등허리와 소매 속과 바짓가랑이 속에 뿌려주고 몸을 누였다.

"장군, 내일은 옷을 갈아입어야 할 모양입니다."

이토가 흰 가루를 옷 여기저기에 뿌려준 이후부터, 이들이 더욱 기승을 부렸다. 등허리에서도 꿈틀거리고, 사타구니에서도 꿈틀거리고, 옆구리와 겨드랑이에서도 꼼지락거렸다. 아까 옷에 뿌려준 그게 무슨 약인데 이럴까. 전봉준은 몸을 외틀면서 가려운 곳들을 긁적거렸다.

이토가 말했다.

"이들이 도망치느라고 그런께 조금만 참으십시오. 그 약이 뭣이냐 하면, 제충국(除蟲菊)이라는 나무 잎사귀 꽃잎을 말려서 갈아낸 가루요."

이들의 꿈틀거림이 잠잠해진 듯싶었을 때 이토가 말했다.

"장군하고 저하고는 앞으로 저승까지라도 영원히 함께 동행을 해야 할 운명이어라우."

밖에는 바람이 달려가고 있었다. 빈 초가의 문짝이 비그덕거렸다. 마당 한가운데 모닥불이 타고 있었다. 어둠 속에서 일본 군인들이 번을 섰다.

"장군은 반드시 살아나야 혀라우. 살아나서 일본으로 건너가 제 아버지 이토 히로부미 각하를 만나가지고, 새 사람이 되어야 혀라우. 그래가지고, 제 아버지가 주선해주는 대로 영국이나 미국에 유학을 하고 돌아와서 새로운 조선을 위해 진짜로 더 큰 일을 해야 혀라우."

이토는 전봉준에게 눈에 보이지 않는 마약을 주입했다. 맹수의 야성 같은 기를 거세시키려 했다. 전봉준은 눈을 감은 채 생각했다. 이토의 말대로 나는 살 수 있을까. 일본으로 가서 미국 유학이나 영국 유학을 다녀온 다음 조선으로 되돌아올 수 있을까.

이토는 전봉준의 마음이 흔들리고 있음을 감지했다. 마당에서 장작불 튀는 소리가 들려왔다. 이토가 한동안 뜸을 들이다가 말을 이었다.

"제 아버지 이토 히로부미 각하가 장군에게 관심을 가진 것은 장군에게 크나큰 행운이어라우. 총리대신을 거듭 지내신 제 아버지 이토 히로부미 각하, 장군보다 나이가 열네 살이 더 많은 제 아버지는 지금 대일본제국의 정계에서 가장 확실한 실세여라우. 제 아버지가 한번 마음먹은 이상, 장군을 기어이 살려내고, 그리고 일본으로 데려갈 것이고…… 장군을 전혀 새 사람으로 만들어놓을 것이오."

전봉준은 허공에서 소용돌이치는 어둠을 응시했다. 밖에서는 바람이 달려갔고, 낙엽이 굴러갔다. 초가의 문짝이 비그덕거렸다. 마당 한복판에는 모닥불이 타고 있었다. 모닥불의 불빛이 미치지 않은 어둠 속에서는 일본 군인들이 경계를 서고 있었다.

이토가 말을 이었다.

"장군이 나주 옥방에 계실 때를 전후해서 제 고향 장흥에서 무지막지하게 큰 전투가 벌어졌다고 합디다. 우금치 고개에서부터 우리 일본군의 기관총에 밀리기 시작한 동학군이 계속 남쪽으로 도망치다가, 장흥 석대들에 모두 모여 최후의 발악을 했어라우. 장흥관아 강진관아 전라병영을 접수하고, 영암을 거쳐 나주로 가서 갇혀 있는 장군을 구해내려고 했는데, 일본군 일 개 중대가 기관총으로 싹 쓸어버린 모양이어라우. 장흥 석대들에 죽은 시체가 짚뭇처럼 하얗게 널려 있었다는구만이라우. 인제 장군의 몸이 우리 일본군 손안에 들어 있고, 동학도들 잔당이 그렇게 소탕되었은께 동학이란 것은 인제 숨통이 완전히 끊어진 것이어라우. 장군은 그들한테 희망을 가져서는 안 돼라우. 장군을 구제하려고 공작을 할 만한 부하들은 진작에 다 죽었어라우."

들판에 하얗게 널린 시신들의 모습이 전봉준의 머릿속에 그려졌다.

"장군, 두고보시오. 우리 대일본제국은 머지않아 조선 한복판을 타고 넘어가서 만주로 중국으로 뻗어나갈 것이오. 우리 대일본제국이 조선을 통치하는 데에는 장군이 꼭 필요해라우. 머지않아 조선은 일본제국과 합병이 될 것이고, 합병된 조선 땅을 우리 아버지 이토 히로부미 각하가 통치하게 될 것이오. 제 아버지 이토 히로부미 각하가 저를 조선 땅으로 보내신 까닭은 장군을 반드시 살려서, 안전하게 일본으로 데려오라는 것이어라우."

전봉준은 눈을 힘주어 감았다.

'아, 이 사람 말대로 살아야 하는가. 살겠다고 마음을 먹으면, 살아질 수 있는 것인가. 일본으로 가서 이토 히로부미라는 사람의 주선으로, 유학을 갔다가 와서 전혀 다른 이름, 전혀 다른 새 사람이 되어 조선으로 건너와서 조선을 개혁해야 할까. 그렇게 한다면 그 조선은 장차 어떤 모양새로 변할까.'

전봉준은 눈을 부릅뜨고 천장에서 회오리치는 어둠을 쳐다보았다.

이토가 말을 계속했다.

"다른 것은 더 설명할 필요가 없고, 지금, 이토 겐지라는 제가 살고 있는 것이 대일본제국의 모든 사정을 짐작할 수 있도록 증명해줄 것이오. 제가 왜 대일본제국으로 건너가서 이토 겐지로 살아가고 있는 줄 아시오?"

이토는 잠시 뜸을 들였다.

전봉준의 귀가 울었다. 귀뚜라미 소리 같기도 하고 매미 소리 같기도 한 소리가 들렸다. 두리둥, 두리둥둥 하는 지령음(地靈音)이 들리는 것도 같았다.

"제 고향은 내덕도라는 섬 안의 잿몰이란 동네여라우. 시방 그 마을에 제 아버지 어머니가 살고 계셔라우. 그 양반들은 제가 진작 죽은 줄 알고 제 제사를 지낼 것이오. 시방 저는 제 고향에 갈 수가 없어라우. 평란이 되고 화평한 세상이 되면 금의환향을 혀야지라우…… 그 마을에서 우리 천씨들은 모두 열 가호인데, 임진왜란 때 피란을 온 우리 먼 윗대 할아버지 밑에서 떨어진 자손들이오. 제가 회진 나루터에서 마른 김을 내다놓고 육지에서 온 상인하고 흥정을 하는디, 만호(萬戶)가 부리는 아전들이 포졸을 앞세우고 다니면서 난전을 했다고, 저를 무조건 잡아갔어라우. 김을 뺏기고, 곤장 스무 대를 맞고 한밤중에 풀려나 불불 기어서 집엘 와가지고 똥물을 먹고 간신히 살아났어라우. 다음해에는 돌김을 짊어지고 노두를 건너서 읍내 장을 보러 갔구만이라우. 거기서는 아전들을 피해 섭다리 목에서 장을 봤는디, 벽사역 역졸 한 놈이 와서 김을 통째로 빼앗아 가려고 들었어요. 안 뺏기려고 실랑이질을 하다가 그놈을 밀어붙여 넘어뜨렸는디, 역졸들이 떼로 몰려왔구만이라우. 다급한 김에 섭다리를 건너서 성안으로 도망을 갔다가, 거기서 포졸한테 붙잡혔구만이라우. 포졸들은 뻔히 제가 역졸들한테 쫓겨 온 것이란 사실을 다 알고 있음스롬도, 짊어지고 있는 것이 도둑 물건이라고 포청으로 끌고 갔어라우. 거기서 물건은 물건대로 빼앗기고 곤장만 맞고 파김치가 되어갖고 기어서 집에 갔어라우. 다시 똥물을 먹고 살아났는데, 어느 날 만호 졸개들이 잡으러 왔어라우. 까닭이 무어냐고 한께, 김을 짊어지고 읍장으로 간 죄라는 것이어라우. 그 졸개들에게 끌려 고개를 넘어가면서 생각을 해보니, 아무래도 다시 곤장을 맞으면 죽을 것 같아, 그 졸개들을 뿌리치고 달아났어라우. 바닷가에 숨어 있는데, 배 한 척이 다가왔어라우. 일본 배였는데 물을 받아 실으려는 것이었어라우. 저는 그 배로 올라가서 살려달라고 했어라우. 그 배는 득량 바다를 측량하는 배였는데, 일을 마치고 일본으로 돌아가는 판이었어라우. 저는 포졸들에게 끌려가서 곤장을 맞고 죽으나 일본으로 가서 죽으나 마찬가지라고 데리고 가달라고 억지를 썼어라우. 선장이 제 눈동자를 뚫을 듯이 보고, 날렵한 몸집을 이리저리 뜯어보고, 또 통변을 하는 사람을 통해 이렇게 저렇게 물어보더니, 쓸 만한 사람이다 싶었는지 고개를 끄덕거렸어라우. 그 선장이 일본에 들어가자마자 저를 이토 히로부미 각하 앞으로 데리고 갔어라우. 이토 히로부미 각하가 저를 이리저리 시험해보고는 저를 양아들로 삼았고, 이토 겐지라는 이름을 내렸어라우. 그리고 날마다 잘 멕이고 입히고, 칼싸움도 시키고, 말타기도 가르치고, 일본말 공부도 시키고 그러다가, 동학란이 일어나자마자 저를 조선으로 보냈어라우. 그것은 장군을 모셔 오라는 것이었어라우."

심호흡

 전봉준은 눈을 감고 심호흡을 했다. 머리에 아내와 아들딸의 얼굴이 그려졌다. 호리호리하고 얼굴이 갸름한 아내, 죽은 제 어미를 닮아 작달막한 용녀, 용심, 새 아내를 닮은 헌칠한 용규, 용현…… 그들은 살아 있을까. 이미 관군의 창칼에 죽지 않았을까. 그들의 피투성이 얼굴들이 보였다. 전처의 무덤 앞에 나란히 선 새 아내와 아들딸의 모습이 보였다. 새 아내는 착했다. 전처의 제사를 착실하게 지내주었고, 전처의 두 딸을 제 딸인 양 극진하게 보살폈다. 머리를 감겨 빗겨주고, 머릿니를 잡아주고 머리를 쪼록쪼록 땋아주었다.

 이토의 말대로 내가 살아날 수 있을까. 살아서 일본으로 건너가면 나에게 어떤 일이 일어날까. 이름을 바꾸어 어떤 모습으로 행세를 하게 될까. 상투를 자르고, 일본말을 배우고, 일본 옷을 입고, 이토처럼 조선으로 건너와 일본이 하는 일이 옳다고, 조선은 일본이 통치하는 대로 순순히 따라야 한다고 대중들을 모아놓고 강설을 하게 될까. 이토처럼 일본의 앞잡이 노릇을 하고 산다는 것은 무엇인가. 그렇게 살아 어찌하겠다는 것인가. 전봉준은 한울님을 불렀다. '아, 한울님, 지기금지 원위대강, 시천주조화정 영세불망만사지. 나는 장차 어찌해야 합니까.'

벌 떼처럼 일어난 동학군의 모습이 떠올랐다. 죽창들은 숲을 이루었고, 흰옷들은 구름이 되었다. 그들은 그를 남여에 태웠다. 성난 물결처럼 나아갔다. 산으로 올라갔다. 산 위의 적들은 봄눈처럼 사라졌다. "와와!" 동학군이 하얗게 그 산을 덮었다.

이토가 말했다.

"동학군은 애초에 우리 일본군의 상대가 되지 않았어라우."

이토는 한동안 뜸을 들였다가 말을 이었다.

"일본군은 동학군의 움직임과 지도자들의 작전계획을 손바닥 들여다보듯이 훤히 알고 있었어라우. 군인들의 전투라는 것에 조예가 깊지 않은 제가 보기에도, 동학군은 그 어떤 가리개도 없이 일본군에 모든 정보를 훤히 노출시키고, 싸움도 뭣도 아닌 싸움을 하고 있었어라우. 장군의 막사에 이 사람 저 사람이 드나들고, 작전계획을 숙의하는 것을 포장 저쪽에서 엿듣고······. 이제야 이야기합니다만, 저는 천종관이란 이름으로 동학군 차림을 하고 이 막사 저 막사를 무시로 드나들었어라우. 동학군 속에 섞여 주먹밥을 먹고, 같이 '와와!' 소리치고, 같이 '시천주조화정 영세불망만사지' 하고 주문을 외고, 같이 '보국안민' '척양척왜'를 외치고, 같이 '가보세 노래' '칼의 노래'를 불렀어라우."

전봉준은 눈을 감았다. 전봉준 휘하의 남접과 최시형을 받드는 북접이 뜻을 모아 한양을 향해 진격하기로 작정한 것은 관군 쪽의 정보를 오판한 결과였다.

이토가 말했다.

"우리 일본군이 훈련 잘된 군인이라면 동학군은 오합지졸 아니었소?"

그렇다, 하고 전봉준은 생각했다. 동학군은 십만을 훨씬 넘었지만 훈련 안 된 오합지졸이었고, 모두가 죽창을 든 부대였다. 겨우 화승총부대 오백여 명을 앞세웠을 뿐이었다. 그런 채로 한양으로 향한 것은, 기껏 해보아야 일본군 몇 백 명이 조선 관군을 도와줄 뿐이라는 오판을 한 때문이었다. 또한 일본군이 가지고 있는 총이라고 해보아야, '팡, 팡' 하고 쏘는 단발 조총일 뿐일 거라고 생각한 것이었다.

그런데 우금치에서 만난 일본군은 기관총을 가지고 있었다. 기관총은 드르륵 드르륵 연발로 탄알을 날려 보냈다. 동학군은 하늘에서 내리치는 빗발 같은 총알들을 피할 재간이 없었다.

그에 비해 동학군의 화승총들은 눈비에 맞아서 전혀 기능을 발휘하지 못했다. 화약통으로 연결된 심지가 물에 젖어 불이 붙지를 않았다. 그리하여 인해전술을 펼 수밖에 없었다.

이토가 말을 이었다.

"말은, 우리 일본군이 조선 관군을 도와주고 응원할 뿐이라고 했지만, 사실은 오래전부터 우리 일본군이 조선군을 지휘하고 있었어라우."

이토는 한껏 목청을 높였다.

"우리 일본 군사가 조선 땅에서 청나라 군사와 싸운 것, 그것은 명분이 아주 뚜렷한 싸움이었어라우. 청나라의 속국인 조선을 해방시키겠다는 것이었어라우. 조선이 왜 청나라의 속국이냐…… 조선 임금이 세자 책봉을 하는 것, 다른 나라와 화약을 하는 것들을 모두 청국 황제한테 일일이 승낙을 받아야 하고, 청국을 아버지의 나라로 여기고 해마다 조공을 바치고…… 그렇다면 속국이 아니고 무엇이오? 그래서 일본은 조선을 해방시키려고 출병을 한 것이었어라우."

이토는 다시 목소리를 낮추었다.

"그런디 사실에 있어서, 일청(日靑)의 전쟁, 그것은 '일본과 청국 가운데 누가 동학군을 몰살시키고 조선을 주물럭거릴 것인가' 하는 주도권 싸움이었어라우. 그 싸움에서 우리 일본군이 이겼으므로 동학군을 싹쓸이하는 작전을 편 것이어라우. 싹쓸이하는 작전이 무엇인지 아시오? 조선 땅 한가운데에 있는 우금치에서 가로로 한 줄로 늘어선 일본 군대가 남쪽으로 내려감스롬 기관총을 드르륵 드르륵 쏘아, 동학군들을 몰고 내려가 남쪽 바다에 처넣어 버린다는 작전이구만이라우. 청야작전(淸野作戰)이란 것이 바로 그것이어라우. 결국, 우리 일본군의 싹쓸이 작전은 성공을 거두었고, 동학도들은 육지에서 완전히 사라졌고, 간신히 살아남은 패잔

병들 몇 놈은 배를 타고 깊은 섬으로 달아나 숨어버렸을 것이오. 이제 우리 일본군과 조선 관군은 궁벽한 마을이나 산속에 숨어 산적 떼가 된 잔당들을 소탕하는 일을 하고 있어라우. 그리고 동학군의 가족들을 속속들이 잡아다가 처형하는, 뒷마무리 청소를 하고 있는 것이어라우."

말을 끊은 이토는 마른 입술에 침을 발랐다.

전봉준의 머리에 아내와 아들딸의 피문은 얼굴들이 떠올랐다. 산야에 널려 있는 희끗희끗한 동학군의 시신들이 머리에 그려졌다. 까마귀들이 까옥까옥 몰려들어 시신을 뜯어 먹고 있었다.

"저는 동학도들을 이끌고 봉기한 장군의 뜻을 잘 알고 있어라우. 나라를 썩어 문드러지게 하는 탐관오리들을 몰아내고, 깨끗한 큰 인물에게 나라를 맡겨 도탄에 빠진 백성들을 구하고, 나라 살림살이를 반석 위에 올려놓겠다는 것 아니오? 그런데 그것은 헛된 꿈이었어라우. 조선나라의 바깥세상이 그렇게 하라고 가만 놔두지를 않는데 어쩔 것이오? 영국 미국 러시아 청나라가 서로 조선을 차지하려고 눈에 불을 켜고 있어라우. 우리 일본이 나서지 않았으면 미국이나 러시아가 삼키려고 들었을 것이오. 이제 동학군이 소멸돼버린 조선 땅에서 장군이 해야 할 일은 아주 많아라우. 조선의 먼 앞날을 내다보고, 조선의 뜻있는 민중들을 동원해서, 대동아의 평화적인 경영을 위해 매진하는 우리 일본에 협력하는 것이어라우."

희망이 없는 나라

 원 마당의 모닥불 타는 소리와 더불어 밤은 깊어갔다.
 이토가 말했다.
 "제가 어째서 조선 이름 천종관을 버리고, 이토 겐지라는 일본 이름을 쓰는지 아시오? 조선은 더러운 나라이고, 희망이 없는 나라여라우."
 전봉준은 '그렇다, 조선은 더러운 나라이다.' 하고 이토의 말에 동의했다. 그러나 '희망이 없는 나라' 라는 데는 동의하지 않았다.
 조병갑 같은 썩은 벼슬아치들에게 벼슬을 판 놈들이 한양의 중앙정부 요직을 장악하고 있다. 조선에는 고부 태인 장흥 강진 나주 따위의 지방들이 사백여 곳이다. 그 지방을 다스리는 현감이나 군수나 부사나 목사나 감사 따위의 벼슬아치들은 자기들의 인사 발령 서류를 작성하는 데 도움을 준 중앙 각 부서의 관리들에게 암암리에 돈을 건넨다. 그것을 당참채(堂參債)라고 한다. 이조의 대령서리, 병조의 서리, 승정원의 기별서리, 액정서 왕대비전의 사알, 사약, 별감, 대전의 사알, 별감 등 스물아홉 곳에 전한 돈의 총액이 무려 오백 냥 이상이다. 지방관들의 인사발령을 담당한 이조서리, 병조서리는 돈을 엄청나게 모을 수 있는 자리이므로, 그 서리 자리는 무려 삼천 냥이란 돈에 매매되곤 한다.

어떤 지방관이 자기를 도와준 각 부서에 돈을 납부하지 않고 부임해버린 경우에는 이조서리 병조서리가 직접 그 지방관에게 돈을 받으러 출장을 간다. 새로 부임한 현감이나 군수나 목사 따위의 지방관은 공금을 빼돌려 급한 불을 끈다. 서리들은 덤으로 출장비까지 두둑하게 챙기는 것이다. 돈을 받아 가면 혼자 다 먹을 수 없다. 인사발령 결재선을 따라 상납을 하는 것이다.

이토가 자신만만하게 말했다.

"이토 겐지라는 일본 이름으로 불리며 살게 된 것을 저는 아주 자랑스럽게 생각혀라우."

전봉준은 가슴이 쓰라렸고, 울분이 끓었다.

이토가 마른 입술에 침을 바르고는 물었다.

"제가 참으로 어처구니없는 일 하나를 말씀드리께라우. 장군이 동학도들과 함께 밀고 들어가서 쫓아낸 조병갑이란 자가 지금 어디서 무얼 하고 있는지 아시오?"

전봉준은 천장을 쳐다보며 쓴 입맛을 다시고 심호흡을 했다. 천장에는, 문틈으로 새어든 모닥불 빛이 어른거렸다.

"조병갑이 같은 자가 바로, 조대비와 이조판서와 병조판서 들에게 삼천 냥쯤을 바치고 벼슬을 얻은 대표적인 벼슬아치여라우. 조병갑이는 조규수의 서자인 데다, 조대비와 홍선대원군의 신임을 받고 영의정까지 지낸 조두순의 서질(庶姪)이오. 그 조병갑이가 벼슬을 사기 위해서 들인 돈을 뽑고, 더 많은 돈을 뜯어 짊어지고 중앙정부의 돈 잘 벌리는 자리로 밀고 들어가기 위해서 머리를 이리 굴리고 저리 굴렸어라우. 조병갑이는 군수로 들어서자마자 농민들을 강제로 동원해 만석보를 쌓았소. 만석보의 물을 받는 논에 물세를 물리지 않겠다는 약속을 어기고 그것을 징수했어라우. 약속을 어긴 것에 격분한 농민들은 작년 일월에 관아를 습격하고 그 보를 헐어버렸어라우. 그 뒤 자기의 모친상 때, 부조금 이천 냥을 거둬주지 말자고 모의를 했다는 이유로 장군의 아버지(전창혁)를 잡아다가 곤장형을 가하여 죽게 했어라우…… 조선 땅 사백 개의 지방 가운데서 고부군은 농토가 아주 많고 비옥하므로 돈을 착취하기에 제일 좋은 곳이어라우. 조병갑이는 만만한 자들을 관아로 잡아들여서, 불효를 한다든지, 어른에게 불손하다든지, 양반에게 대들었다든지 하는 죄명들을 만들어 씌워 가두었다가 풀어주면서 보석금을 내게 하고, 대동미를 쌀 대신에 돈으로 거두고, 그것으로 저질의 쌀을 사서 중앙에 상납하고 차액은 횡령, 착복했소. 이리하여 장군은 손화중 김개남 등과 합심하여 난을 일으켰는데, 호남 일대의 동학도들과 농민들이 벌 떼처럼 호응을 했소……. 그렇게 되니까, 조병갑에게 벼슬을 판 중앙정부 내의 조대비, 이조판서, 병조판서는 참으로 난처해졌을 것이오. 그래서 그들은 일본군이 동학군 싹쓸이 작전을 펴고 있을 때 동학군을 봉기하게 한 조병갑에게 죄를 물어야 한다면서 임금에게 죄 주기를 청했어라우. 임금은 조병갑이를 유배 보내라고 했고, 조병갑이는 시방 고금도에 유배되어 근신하는 척하면서 동학란이 평정되기를 기다리고 있어라우. 조선의 중앙정부 요직에 있는 자들은 조병갑이한테 얻어먹은 것이 많기 때문에, 그놈을 목 잘라 죽이지 않고 그를 장차 복직시킬 날을 기다리고 있어라우…… 앞으로 두고보시오. 조병갑이는 한 일 년 후에는 복직이 될 것이고, 중앙정부의 요직에 들어가 동학군 잔당들을 처형시키는 일을 주도하게 될 것이오…… 이런 나라를 희망이 있는 나라라고 할 수 있소?"

아침노을

　제자 윤약선의 홀어머니가 전봉준을 향해 달려왔다. 윤약선은 전봉준의 문하에서 맹자를 읽고 있었는데, 그의 어머니는 점심때 부리는 아랫것의 손에 도시락을 들려 보내곤 했다. 천석꾼 집 종손 며느리였다. 도시락은 하얀 쌀밥이었다. 생선구이와 달걀부침이 들어 있을 때도 있었다. 한번은 도시락 속에 언문 편지가 들어 있었다.

　'간밤 배꽃에 무서리 같은 달빛이 내렸습니다.'

　도시락을 다 먹은 다음 그는 망설이다가 언문으로 답장을 써 넣었다.

　'그 배꽃에 소쩍새 울음의 무늬가 새겨졌을 터입니다.'

　다음 날 도시락에는 '그 소쩍새 울음 어린 배꽃이 너무 희어 가슴앓이를 했습니다.' 라는 글귀가 들어 있었다.

　그 홀어미의 저고리 앞섶이 헤쳐지고 탐스러운 젖무덤이 드러나 있었다. 쪽빛 치맛자락이 헤쳐지고 눈부시게 하얀 속치마 자락이 드러나 있었다. 그녀가 그의 가슴에 얼굴을 묻으면서 울었다. 그녀를 안으면서, 우지 마라고 등을 토닥거렸다. 그녀의 아들 윤약선이 관군에게 끌려가고 있었다. 쓰고 있는 갓은 벗겨져 등허리에서 흔들거리고 있고, 검정 갓끈이 흰 목을 조이고 있었다. 윤약선은 한쪽 다리를 절뚝거렸다. 짚신 속에 들어 있는 발에서 새빨간 피가 흘렀다. 벙거지를 쓴 포졸이 윤약선의 머리에, 짚으로 만든 삿갓 모양의 우장을 씌웠다. 그녀는 아들이 대밭으로 달아나다가 대 그루터기에 발을 찔렸다면서,

"선생님, 우리 약선이 좀 살려주십시오!" 하고 가슴을 부여안고 울부짖었다.

윤약선이처럼 삿갓 모양의 우장을 쓴 사람은 한둘이 아니었다. 열, 스물, 서른, 마흔, 아흔, 백, 이백…… 헤아릴 수 없이 많았다. 그들은 땅바닥에 박힌 말뚝에 하나씩 묶여 있었다. 수십 명의 관군이 횃불을 치켜들고 우장 쓴 사람들에게로 다가갔다. 그들은 횃불을 흰 두루마기 자락에다 댔고, 두루마기 자락이 훨훨 타올랐고, 그 불이 우장으로 옮겨붙었다. 우장을 쓴 사람들이 뜨거움을 견디지 못하고 몸부림을 쳤다. 살려달라고 비명을 질렀다. 윤약선의 어머니가 전봉준의 가슴을 흔들어대면서 "우리 약선이 좀 살려주시오!" 하고 울부짖었다. 윤약선을 향해 달려가려는데 발이 말을 듣지 않았다. 그의 한쪽 발은 으깨져 있었다. 사력을 다해 발버둥치고 몸부림치는데, 이토의 목소리가 들려왔다.

"장군!"

이토가 가슴을 흔들었다. 온몸에서 식은땀이 흐르고 있었다. 아, 꿈인데, 눈에 보이는 형상들이 왜 그렇게도 생생하단 말인가.

이날 아침에는 창문에 비친 노을마저 새빨갰다. 지상의 사람들이 흘린 새빨간 피의 기운이 미세한 물방울들이 되어 하늘로 날아갔다가 되돌아왔는가. 이승에서 원한을 품은 혼령들이 피를 머금었다가 뿜어내는 것인가.

전주

 말발굽 소리 사이사이에 가마꾼들의 헐떡거리는 숨소리가 들렸다. 전봉준은 달리는 가마의 흔들림에 몸을 맡긴 채 눈을 감았다. 아득한 의식 속에서 불길한 예감 한 자락이 꼼지락거렸다. 눈을 떴다. 언제부터인가 가마가 이상스럽게 조금씩 기우뚱거린다고 느꼈다. 어느 가마꾼 하나가 한쪽 발을 절뚝거리는 듯싶었다. 어떤 가마꾼인지 모르지만, 그 가마꾼은 머지않아 도태될 것이다.

 전봉준은 어깨를 들어 올리면서 심호흡을 했다. 가마문 틈으로 스쳐 가는 억새풀들이 보였다. 말을 타고 가는 이토와 속보로 행군을 하는 군인들의 옷자락들도 보였다. 앞뒤에서 가마를 메고 가는 가마꾼들의 헐떡거리는 숨소리가 귓결을 긁어댔다. 가마가 더욱 심하게 기우뚱거렸다.

 너희들은 무슨 죄를 지었는데 지금 그 고생들을 하고 있는 것이냐. 절뚝거리는 가마꾼은 피로리에서부터 가마를 메고 온 허우대 큰 바우였다. 그 낌새를 알아챈 이토가 "멈추어라!" 하고 명령했다. 가마꾼들이 발을 멈추었다. 군인들은 일제히 사방을 경계했다. 가마꾼들이 소피를 보았다. 바우는 왼쪽 다리를 절뚝거리며 가마를 등지고 괴춤을 내리고 소피를 보았다.

이토가 바우를 아랑곳하지 않고 가마문을 열고 들여다보며 전봉준에게 말했다.

"장군, 소피 보십시오."

전봉준이 고개를 끄덕거렸다. 소피를 보고 난 철동이가 가마 안으로 윗몸을 들이밀고 전봉준을 안아 들고 밖으로 끌어냈다. 바우는 한쪽 다리가 불편함에도 그를 부축했다. 전봉준은 부축을 받으면서 억새숲으로 들어가서 오줌을 누었다. 흔들리고 있는 억새의 흰 꽃들 저편으로 아스라하게 전라감영이 보였다. 세모꼴인 김학진 감사의 얼굴과, 키 헌칠하고 얼굴이 기름하고 살갗이 흰 총서 김성규의 모습이 보이는 듯했다.

동학군 수뇌부와 조선 정부를 대표한 김학진 사이에 화약이 이루어진 다음부터는 김학진과 전봉준이 동원의 한가운데에 나란히 앉아 공무를 보았다. 총서 김성규가 결재 서류를 들고 드나들었다. 양곡을 풀어, 전란으로 인해 피해를 입은 백성과 빈민들을 구휼하는 사안, 각 고을에 집강소를 설치하는 사안에 대한 서류들이었다. 김학진은 전봉준이 먼저 결재를 하게 한 다음 자기는 나중에 결재를 했다.

다음에는 각 고을의 관장들에게 보내는 공문들도 일일이 공동으로 결재를 했다.

늦가을 들어, 동학군 남접과 북접이 뜻을 함께하여 재봉기를 했을 때, 총서 김성규는 감사의 명에 따라 무기와 양곡을 전봉준에게 대주었다. 양곡을 나르는 일에는 관노들을 동원했다. 김성규가 공주 쪽으로 진격하는 주력부대의 선봉에 선 전봉준에게 말했다.

"부디 성공하시기를 빕니다."

전봉준은 눈살을 찌푸렸다. 김성규의 독을 울리는 듯한 굵은 목소리가 아직 귓결에 남아 있다. 그는 진저리를 쳤다. 시간은 뱀이 풀밭에 벗어버린 은색의 비늘처럼 번쩍거리면서 흘러갔다. 전라감영 쪽에서 찬바람이 불어왔다. 마른 억새풀들이 우수수 소리를 냈다. 억새숲 저편에서 관군의 깃발이 보였다. 민보군의 깃발이 그 뒤를 따르고 있었다. 말을 탄 장수가 보였다. 장수 앞뒤로 군사 이백여 명이 따르고 있었다. 화승총을 든 포수 스무남은 명도 따랐다. 솜리 쪽으로 이동하고 있는 관군과 민보군의 연합부대였다. 그 부대가 전봉준의 가마 옆으로 오고 있었다.

가마를 호위하는 군인들이 긴장을 했다. 쪼그려 앉으면서 거총했다. 여차하면 총을 발사할 태세였다. 이토가 말을 탄 장수를 향해 소리쳤다.

"우리는 일본군이오. 죄인을 호송하고 있소. 그쪽 부대는 어디 소속이며 어디로 가고 있소?"

말에 탄 장수가 말을 멈췄다.

"우리는 전라감영 소속인 관군 민보군 연합부대인데, 솜리 쪽으로 동도 잔당을 토벌하러 가고 있소."

가마 안의 전봉준은 그 독을 울리는 듯한 굵은 목소리가 전라감영의 총서 김성규의 목소리라고 직감했다. 가마의 문을 밀고 내다보았다.

'아, 그렇다. 저 장수는 전라감영의 총서 김성규이다. 동학군에게 무기와 양곡을 대주던 총서 김성규가 이제는 동학군 잔당을 토벌하러 다니는 것이다.'

"아직도 동학군 잔당이 많이 남아 있소?"

이토가 묻자 김성규가 대답했다.

"숨어 있는 자들이나 동학군 가족들을 색출해서 벌하는 정도이니까 곧 평온해질 것이오."

이토가 물었다.

"그들은 어디에 숨어 있는가요?"

김성규가 대답했다.

"대개가 다 산으로 도망들을 쳐서 산적 노릇을 하는데, 우리는 그 뿌리를 파버립니다. 동학도들의 가정이 물인 셈이고, 그들은 고기니까, 물을 퍼내버리면 그것들은 결국 숨이 막혀 죽게 되는 것 아닙니까?"

다나카가 권총을 하늘 높이 쳐들면서 김성규를 향해,

"간바레(힘내시오)!" 하고 소리쳤고, 김성규가 칼을 높이 쳐들면서 다나카를 따라서 "간바레!" 하고 소리쳤다. 그러고는 자기의 토벌대원들에게 "가자!" 하고 명령했다. 그때 이토가 다나카에게

다가가 귀엣말을 했다. 다나카가 바우의 다리를 보고 턱으로 김성규를 가리키면서 이토에게 말했다.

"저들에게 주어버리시오."

이토가 김성규를 향해 소리쳤다.

"잠깐!"

김성규가 말을 멈추면서 자기 부대원들을 향해 멈추라고 명령했다. 김성규의 토벌대원들이 모두 발을 멈추었다. 이토가 김성규를 향해 말했다.

"우리가 오다가 동학군 한 놈을 잡아가지고 끌고 왔는데, 넘겨받아 처벌하도록 하시오."

가마꾼들 모두가 이토의 얼굴을 바라보았다. 김성규가 말했다.

"그래, 우리에게 넘겨주시오."

이토가 한쪽 발을 절뚝거리는 바우를 손가락질하며 말했다.

"이놈이오."

바우가 이토에게 손사래를 치면서 소리쳐 말했다.

"뭔 소리를 하는 것이오? 나는 동학군이 아녀라우. 나는 순창 피로리에서 녹두장군을 때려잡은 박바우요."

김성규가 포교에게 명령했다.

"저놈을 잡아 오너라."

포교가 토벌대원 넷을 이끌고 가마쪽으로 달려왔다. 바우는 얼굴이 새파래졌다. 이토의 말 앞에 무릎을 꿇고 두 손을 파리처럼 비볐다.

"살려주시오. 고향에 팔십 노모가 살아 계시오."

이토의 말이 뒷걸음질을 쳤다. 바우가 부들부들 떨면서 애원하다가 철동이를 향해 말했다.

"철동이, 자네가 뭐라고 말을 좀 해주소. 자네랑 같이 밤새워 녹두장군을 때려잡았지 않은가?"

철동이는 자기에게 불똥이 튈까 겁을 먹고 가마 뒤쪽으로 몸을 피했다. 바우는 이토와 다나카를 향해 두 손을 싹싹 비비면서 애걸했다.

"아이고, 살려주시오. 나리."

전봉준은 가마문을 열고 이토에게 "살려 보내주시오." 하고 말했다. 이토는 그의 말을 못 들은 체했다. 김성규의 포교와 토벌대원들이 달려와 바우를 끌고 갔다. 바우가 끌려가지 않으려고 발버둥도 치고 성한 한쪽 발로 뻗대기도 하면서 소리쳤다.

"살려주시오! 동학군에 나간 사람은 나뿐이 아니고, 저 철동이도 같이 나갔다가 왔어라우."

포교와 토벌대원들은 바우의 두 팔을 붙잡아 무작스럽게 질질 끌고 갔다. 바우는 절뚝거리며 끌려갔다.

이토가 가마꾼들에게 명했다.

"자아, 우리는 가자!"

전봉준은 가마문 틈으로 토벌대원들을 바라보았다. 대원들은 바우에게 포승을 채우고, 목에 포승을 걸고 있었다. 군병 하나가 포승 끈을 집었다. 바우는 절뚝거리면서 개처럼 끌려갔다. 전봉준은 진저리치면서 눈을 감고 부르짖었다.
"아, 한울님. 저들의 잔혹한 만행을 똑똑히 직시하시옵소서."

삼례역

 전봉준을 태운 가마는 삼례역을 향해 달렸다. 바우가 메던 가마채를 철동이가 메고 갔다. 철동이는 숨을 헐떡거리면서도 이를 사려물고, 가마채를 야무지게 메고 줄달음질을 쳤다. 자기는 전봉준을 한양까지 실어다주는 동안 절대로 몸 어느 부분도 다쳐서는 안 된다고 생각했다. 이를 앙다물었다. 감기에 걸리지도 않아야 하고, 믿음직스럽게 가뿐히 가마를 메고 가야 한다고, 기어이 살아서 집으로 돌아가야 한다고, 김경천이가 준 백 냥으로 문전옥답을 사서 아내와 자식들과 함께 알콩달콩 살아야 한다고 생각했다.
 가마 안의 전봉준은, '관군과 민보군이 동학의 뿌리를 파러 다닌다.' 하고 중얼거렸다. 뿌리를 파버린다는 것은 동학도들의 가족들을 몰살시킨다는 것이다. 동학도들을 역적시하고 있는 것이다. 조선에서는 역적은 삼족을 멸하고, 그들의 집은 불 질러 없애고, 그 집터를 깊이 파고 물을 담아놓곤 했다. 이평리의 내 가족들도 모두 죽일 것이고, 집에 불을 지를 것이고, 무지렁이들을 동원하여 집터를 파고 물을 담아 출렁거리게 할 것이다.

가마꾼들이 숨을 헐떡거렸다. 그들의 지친 발걸음으로 인해 가마가 전보다 더 심하게 흔들렸다. 전봉준은 멀미를 느꼈다.

가마가 삼례역에 이르렀을 때 이토가 말했다.

"멈추어라."

가마가 멈추었다. 이토와 다나카와 하사가 말에서 내렸다. 거기까지 가마를 메고 온 가마꾼 넷은 가마채를 벗어놓고 물러서자마자 땅바닥에 주저앉아버렸다. 뒤따라오던 장정 하나가 가마채 멜 차비를 했다. 가마채를 벗은 가마꾼들은 땀을 훔쳤다. 가마채를 멜 사람 셋이 부족했다.

이토가 가마꾼들에게 "잠깐 기다리소!" 하고 나서 다나카에게 가마꾼을 보충하고 말을 바꾸어 타고 가자고 말했다. 다나카가 고개를 끄덕거렸다. 다나카는 하사와 군인 넷을 앞장세우고 역 안으로 들어갔다. 역졸 셋을 골라 한데 모았다. 팔자수염을 기르고 테 작은 갓을 쓰고 깡똥한 두루마기를 입은 허우대 큰 역졸은 자기를 앞장세우려 하는 다나카와 하사와 군인들을 향해 도리질을 하기도 하고 손사래를 치기도 했다.

"나, 아무런 죄도 없어라우! 나는 동학패가 아니고 역졸이오. 사람을 똑바로 보시오."

허우대 큰 역졸이 반항을 한다고 생각한 다나카가 허공을 향해 총 한 방을 쏘고, 역졸의 눈앞에 총구를 들이댔다. 허우대 큰 역졸은 겁을 먹고 움찔하면서 손사래를 멈추고 앞장서 걸었다. 키가 약간 작기는 하지만 강단진 역졸과 호리호리한 역졸은 다나카와 총을 겨눈 군인들의 눈치를 살피며 말없이 따라왔다. 이토가 세 역졸에게 말했다.

"죽이지 않을 텐께 염려 말드라고. 자네들 힘이 셀 듯싶은께 지쳐 있는 가마꾼들 손을 좀 갈아주라는 것이여."

허우대 큰 역졸이 이토에게 다가섰다.

"안 돼라우. 나는 시방 말 손질을 해야 혀라우."

강단진 역졸도 이토를 향해 말했다.

"찰방 나으리의 허락을 받지 않고 어디를 가면 우리는 죽어라우. 아이고, 금방 파발 띄울 말을 끌어내놔야 허는디 큰일 났네이."

강단진 역졸은 말을 할 때마다 이마에 파란 정맥이 지렁이처럼 불거졌다. 호리호리한 역졸은 이 눈치 저 눈치를 살피다가 몸을 이리저리 꼬면서 맥없이 한마디 했다.

"나는 힘이 없어서 가마 못 메라우. 독감까지 걸린 데다가…… 나 몇 걸음 못 가서 송장 돼버릴 것이오. 애초에 다른 힘센 사람을 데리고 가시오."

이토는 호리호리한 역졸의 말을 아랑곳하지 않고, 허우대 큰 역졸을 향해 말했다.

"시방 이 가마 메고 가는 것이 말 손질하는 것보다는 몇 백 배

끽긴한 일이여."

다나카는 대들고 있는 허우대 큰 역졸과 강단진 역졸과 호리호리한 역졸을 향해 "바카야로(멍청이)!" 하며 눈을 부라렸다. 하사가 그들을 가마 뒤쪽으로 이끌고 갔다. 허우대 큰 역졸과 강단진 역졸과 호리호리한 역졸을 가마채 옆으로 떼밀었다. 이토가 거만스럽게 말했다.

"여러 소리 말고 싸게 가마를 메드라고잉!"

허우대 큰 역졸과 강단진 역졸과 호리호리한 역졸은 기막혀하면서 사방을 두리번거렸다. 도움을 청하려 했지만, 그럴 만한 사람이 눈에 띄지 않았다. 역 안에서 엿보던 역졸들이 몸을 피했다.

이토는 하사에게 세 역졸이 도망가지 못하게 하라고 당부한 다음 다나카와 함께 역 안으로 들어갔다. 역장에게 말 세 필을 바꾸어달라고 할 참이었다.

그때 마방 쪽에서, 흰 두루마기 차림에 팔자수염을 기른 호리호리한 이방이 황급히 달려왔다.

"우리 역졸들을 어쩌자고 저러는 것이오?"

그 뒤를 따라 전복 차림의 관리 하나가 어기적어기적 걸어 나왔다. 역장인 찰방이었다. 들입(入) 자 수염을 근엄하게 기른 찰방은 오른손에 말채찍을 들고 있었다.

다나카가 눈을 부라리면서 권총을 빼들고 역장 앞으로 한 걸음 나섰다. 이토가 재빨리 다나카와 찰방 사이로 끼어들었다. 일본군의 위세에 파랗게 질린 찰방이 이토에게 물었다.

"그대들은 누구인데, 우리 역졸 아이들을 가마꾼으로 쓰려 하는 것이오?"

이토가 찰방 옆으로 다가가서 귀엣말을 했다.

"우리 일본군은 지금 토포한 동학군 괴수 전봉준을 한양 일본 영사관으로 호송하고 있소."

찰방의 눈이 휘둥그레졌고, 금방 고개를 끄덕거리며 말했다.

"아하, 그렇다면 걱정 말고 얼마든지 데리고 가시오."

절절 매는 찰방의 얼굴을 흘긋 본 이토가 거연하게 말했다.

"우리가 타고 온 말 세 필을 좀 바꿔주시오. 나주에서부터 타고 온 말이라 지쳐 있소."

찰방은 망설임 없이 "당장 바꾸어드리도록 하겠습니다." 하고 말했다.

찰방은 이방에게 말을 바꾸어주라고 했다. 이방은 안으로 달려 들어갔고, 마부 셋이 말 한 필씩을 끌고 나왔다. 한 마리는 진한 갈색 말이고, 다른 하나는 검은 말이고, 또 하나는 회색 말이었다. 다나카가 진한 갈색 말을 차지하고, 이토가 검은 말의 고삐를 잡았다. 회색 말은 하사에게 돌아갔다.

이토는 말과 수인사를 했다. 말의 머리를 안아주고 볼을 말의 볼에 대주었다. 진한 갈색 말 위에 올라탄 다나카가 거만스럽게, 가마꾼들과 그들을 호송하는 군인들을 향해 명령했다.

"이코우(가자)!"

가마가 출발했다. 관노 하나와 역졸 셋이 가마를 멨다. 거기까지 가마를 메고 온 철동이와 다른 관노 셋은 가마 뒤를 따랐다. 군인들은 가마를 호위하며 걸었다. 뒤늦게 검은 말에 오른 이토가 "굼뱅이 삶아 먹었느냐! 발을 맞추어 달려라!" 하고 소리쳤다.

회색 말을 탄 하사가 맨 뒤에서 재촉했다.

"빨리!"

가마꾼들이 달렸다.

전봉준은 가마문 틈으로 밖을 내다보았다. 삼례역에 머물렀다가 전주성으로 진격하던 일이 떠올랐다. 앞장선 포수부대는 화승총을 팡팡 쏘아대며 갔고, 뒤따르는 죽창부대는 죽창을 치켜들고 "와와!" 하고 아우성을 쳤다. 가슴이 쓰라렸다. 그때의 그들은 지금 다 어디로 갔을까.

산모퉁이

 들판 저쪽으로 멀리 바라보이는 황갈색 산자락 아래에 주막이 있었다. 주막 뒤란으로 재를 넘어가는 자드락길이 있었다. 주막에는 인적이 없었다. 주막이 수상스럽다고 생각한 이토가 고삐를 잡아당겨 말을 세웠다.
 "멈추어라."
 이토의 명령에 가마꾼들이 가마를 땅바닥에 내려놓았다. 가마꾼들은 숨을 헐떡거렸다. 군인들은 지형지물을 이용해서 몸을 숨기고 사방을 경계했다.
 다나카가 허공을 향해 공포를 한 방 쏘았다. 척후병들이 풀숲으로 뛰어 들어가 납작 엎드리면서 다나카를 보았다. 다나카가 척후병에게 수신호를 했다. 척후병 한 명은 풀숲에 엎드려 주막 안을 향해 공포를 쏘았고, 다른 하나는 주막 안으로 돌진했다. 총을 쏘던 한 명도 주막 안으로 뛰어 들어갔다. 주막 쪽에서는 아무 소리도 들려오지 않았다.

 전봉준이 가마문을 열고 이토를 향해 소피를 보겠다고 했다. 이토가 철동이에게 턱짓을 했다. 철동이가 전봉준을 안아 들어 밖으로 끌어냈다. 절뚝거리는 전봉준의 겨드랑이에 두 손을 넣고 들어올리면서 부축했다. 마른 억새숲 앞으로 가서 허리띠를 풀었다. 바람이 불었고, 억새가 출렁거리면서 수런거렸다. 찬바람이 옷 속으로 파고들었고, 전봉준은 문득 살고 싶다는 생각이 들었다. 이토가 살아날 길을 만들어준다면, 그 길을 따라 살고 싶었다. 오줌을 누기 위하여 양물을 밖으로 꺼내는데 아내의 얼굴이 떠올랐다. 딸 둘 아들 둘의 얼굴도 떠올랐다. 살아 있을까. 진작에 관군의 칼을 맞고 죽었을까.

 가마꾼들도 오줌을 누었다.

 주막 앞에 선 척후병이 말 위의 다나카를 향해 안심하고 오라는 수신호를 했다. 다나카가 권총 든 손으로 허공에 동그라미를 그려주었다. 이토가 가마꾼들에게 "가자!" 하고 명령했다.

 가마꾼들이 가마를 메고 주막 마당으로 들어갔다. 군인들 넷이 사방을 경계했다. 역졸들이 말 세 필을 끌어다가 주막 모퉁이에 매었다. 이토가 역졸들을 향해 말했다.

 "말들은 자네들이 탈 나지 않도록 잘 관리하소."

 허우대 큰 역졸이 이토에게 말했다.

 "말님들에게는 건초를 주어야 혀라우."

 이토가 말했다.

"그래, 구해다가 주어."

강단진 역졸이 산모퉁이 옆의 논에 버려져 있는 볏짚을 턱으로 가리키며 말했다.

"저기서 볏짚을 좀 가져와야 하겠구만이라우."

이토는 역졸들을 향해 퉁명스럽게 "그래, 가져와." 하고 나서 작달막한 군인 하나에게 턱짓을 했다.

역졸 셋이 논에 버려져 있는 볏짚을 향해 가자, 작달막한 군인이 그들을 뒤따라가며 감시했다. 역졸들은 건초 한 아름씩을 보듬고 와서 말들 앞에 놓아주었고, 말들은 건초를 먹었다.

작달막하지만 엉덩이가 실팍한 주모와, 알상투 바람인 남정네가 엉덩이에서 휘파람 소리가 나게 밥을 짓고 국을 끓였다.

주모가 바쁘게 국밥을 말았다. 다나카는 의심이 많았다. 이토에게 귀엣말을 했고, 이토는 고개를 끄덕거린 다음 주모에게 말했다.

"자네가 먼저 국밥을 한 숟가락 먹어보소."

얼굴에 주근깨가 많은 주모는 그 말뜻을 알아차리지 못하고 이토와 다나카의 얼굴을 번갈아 살폈다. 이토가 무뚝뚝하게 침을 뱉듯 말했다.

"여기 독약이 들어 있는지 모르니까 자네가 먼저 먹어보란 말이여."

주모는 서둘러 국밥을 후루룩 먹어 보였다.

다나카는 안심하고 군인들에게 국밥을 먹으라고 말하고, 자기도 숟가락을 들었다. 전봉준도 숟가락을 들고 먹기 시작했다. 가마꾼들도 국밥을 먹었다. 서둘러 먹고 몸을 일으킨 허우대 큰 역졸이 이토를 향해 말했다.

"여기까지 메다주었은께 이제 우리는 돌려보내주시오."

이토가 도리질을 하고 싸늘하게 말했다.

"한번 우리하고 함께 온 이상 한양까지 가야 하네. 아까 자네 역장도 자네들을 가는 데까지 데리고 가라고 그랬어."

강단진 역졸이 절망하여 말했다.

"아이고 우리는 죽었소! 우리 찰방은 한 입으로 두말을 하는 사람이고, 말하고 행동하고가 전혀 다른 양반이오. 우리가 돌아가면, 눈치 봐서 슬쩍 도망쳐 오지 못했다고 곤장을 칠 것이오. 제발 조끔 보내주시오."

전봉준은 숟가락을 놓고 들판 저쪽을 바라보며, '우리 찰방은 한 입으로 두말을 하는 사람이고, 말하고 행동하고가 전혀 다른 양반이오.'란 말을 입속에 담아보았다. 묽은 안개 자욱한 아득한 비산비야(非山非野) 저쪽에 전주성이 있었다. 전복 차림의 전라감사 김학진의 얼굴이 떠올랐다. 김학진의 목소리가 생생했다.

"만적이의 넋, 임꺽정이의 넋, 홍경래의 넋, 홍길동이의 넋 들이 살아 돌아왔구려."

"우리는 의적이 아닙니다. 시방 한양에서 우리를 기다리고 있는 어른이 있소이다. 우리는 그 어른한테 힘을 실어드리고 그 어른으로 하여금 탐관오리들을 모두 척결하게 하고, 일본인이 발붙이지 못하게 하려고 가는 길입니다. 무기고와 양곡창을 열어주시오."

김학진은 "장군이 뜻한 바대로 하겠소이다." 하고는 총서 김성규를 불러 명령했다.

"무기고와 양곡창을 활짝 열어주도록 하라."

김학진이 전봉준에게 말했다.

"내가 육방관속의 손발들을 모두 단단히 묶어놓고, 다만 총서와 관노들만 풀어놓겠소. 그들을 시켜 무기와 양곡을 실어내도록 하시오."

전봉준은 진저리를 쳤다. 양곡창과 무기고를 활짝 열어주던 그 감사 김학진과 총서 김성규와 육방관속들이 시방 사방팔방으로 돌아다니면서 동학도의 뿌리를 속속들이 파내고 있을 터였다. 그래, 세상은 한 입으로 두말을 하고, 말과는 전혀 다른 행동을 하는 사람들로 가득 차 있다.

희나리

 우금치 어귀에 이르자 날이 저물었다. 이날도 노을이 새빨갛게 타올랐다. 우금치 어귀에 주막이 있었다. 가마가 주막의 마당 한가운데에 멈추었다. 군인들이 사방을 경계했다.

 이토는 주모에게 하룻밤 자고 갈 거라고 하며, 봉놋방을 치워달라고 한 다음, 전봉준을 호위하고 가는 군인들과 가마꾼들이 먹을 밥을 넉넉하게 지으라고 했다. 주모와 키가 장대처럼 크고 구레나룻 무성한 주모의 남편은 그렇게 많은 밥을 해낼 수 있는 곡식이 없다고 도리질을 했다.

 이토가 다나카에게 귀엣말을 했다. 다나카는 고개를 끄덕거리고서 하사에게 명령했다. 하사는 전과 마찬가지로, 군인들 넷과 담양에서 온 관노 가마꾼 셋과 호리호리한 역졸을 데리고 근처 마을을 향해 나섰다. 이토가 하사에게 귀엣말을 했다.

 "양반들이 입으려고 지어서 장농 안에 담아둔 옷 한 벌을 빼앗아 와."

 하사가 말을 잘 알아듣지 못하고 고개를 갸웃거리자, 이토는 호리호리한 역졸이 입고 있는 두루마기와 바지저고리와 목수건과 버선 따위를 가리키며 설명을 했다. 호리호리한 역졸이 우쭐하여 이토에게 말했다.

 "제가 알아서 빼앗아 올랍니다."

 하사는 이토에게 '하!' 하고 예를 표하고 일행을 이끌고 들판 건너의 마을로 달려갔다.

 이토가 주모와 중노미에게 말했다.

 "곡식은 구해 올 것이니까 밥 지을 준비나 하시오. 중노미 너는 봉놋방을 싸게 치워라."

 가마꾼 철동이가 가마문을 열치고, 전봉준을 안아 들어 밖으로 옮겨놓았다. 허우대 큰 역졸과 철동이가 전봉준을 부축하여 봉놋방으로 들어갔다. 이토가 그 뒤를 따랐다.

 나그네 대여섯이 나란히 잘 수 있는 봉놋방은 얼음처럼 차가웠다. 서까래가 드러난 천장과 바람벽은 거멓게 그을어 있었다. 방 바닥에는 어두운 회갈색 멍석이 깔려 있었다.

 "방이 얼음덩이다. 아궁이에다가 싸게 불을 넣어라."

 "네이!"

 작달막한 중노미가 관아의 급창처럼 길게 대답하고는 뛰어나갔다.

 이토는 윗목에 쌓여 있는 이부자리를 끌어다가 전봉준의 아랫도리를 덮어주고 밖으로 나왔다. 강단진 역졸에게 봉놋방 아궁이에 불을 지피는 것을 도우라고 시켰다.

이토는 담양에서 온 키 헌칠하고 얼굴에 곰보 자국 있는 관노 가마꾼에게 마당 한가운데에 모닥불을 피우라고 했다. 곰보 관노는 얼굴이 파래진 채로 몸을 부르르 떨곤 했다. 가마를 메고 오는 동안 너무 무리를 한 까닭으로 몸살감기를 앓고 있는 것이었다.

"장작다운 장작은 없고 모두가 희나리뿐이오."

강단진 역졸이 장작더미에서 장작을 한 아름 안고 와서 아궁이에 넣고 쏘시개에 불을 붙였다. 장작들은 잔설에 젖어 있는 데다 덜 마른 희나리여서 얼른 불이 붙지 않았다. 하얀 연기만 피어날 뿐이었다.

이토는 중노미에게 도끼를 가져오라고 명령했다. 중노미가 도끼를 가져다주었다. 이토는 강단진 역졸에게 장작을 젓가락처럼 잘게 쪼개라고 했고, 중노미에게 초를 가져오라고 했다. 중노미는 초가 없다고 했다.

"불은 무엇으로 밝히느냐?"

"소태기름으로 밝혀요."

"소태기름으로는 불쏘시개를 할 수 없다."

이토가 집총한 군인 하나와 허우대 큰 역졸과 곰보 관노를 데리고 옆집으로 갔다. 사립문을 밀고 안으로 들어섰다. 발소리에 놀란 주인 남자가 방에서 나왔다. 상투가 서리 앉은 듯 하얗고, 얼굴에 주름살이 깊은 늙은이였다. 이토는 주인 남자를 아랑곳하지 않고 집 안을 살폈다. 이토의 눈길은 조그마한 땔나무 더미로 날아갔다.

"저것을 가져다놓고 와."

허우대 큰 역졸과 곰보 관노가 그것을 들고 가려고 다가가자, 주인 남자가 "아이고, 우리는 얼어 죽으란 말이오?" 하고 말렸다. 이토가 "잠깐!" 했고, 허우대 큰 역졸과 곰보 관노가 멈칫했다. 이토는 검게 그은 툇마루와 부엌을 가린 거적문을 보았다. 이토가 뒤에 선 역졸과 관노에게 명령했다.

"저 거적문을 떼어내고, 툇마루를 뜯어내 가지고 가거라."

역졸과 관노가 늙은 주인 남자와 이토의 얼굴을 번갈아 살폈다. 이토가 목소리를 높여 같은 명령을 내렸다. 곰보 관노가 부엌의 거적을 떼어냈다.

"아이고, 그것을 그렇게 뜯어 가면 우리는 어떻게 할 것이유?"

늙은 주인 남자가 이토 앞에 엎드리면서 두 손을 비볐다. 이토는 아랑곳하지 않고 허우대 큰 역졸에게 소리쳐 말했다.

"툇마루를 빨리 뜯어내라!"

역졸이 툇마루를 뜯어냈다. 툇마루라고 해봐야 평상처럼 만든 것이었다. 곰보 관노가 합세했고, 툇마루는 간단히 부서졌다. 부서진 것을 마당으로 끌어냈다. 역졸과 관노는 툇마루 위에 거적문을 얹어 들었다. 사립문 밖으로 나갔다.

주인 남자는 마당에 주저앉아 땅을 치며 울어댔다.

"아이고, 이 벼락을 맞고 죽을 놈들아, 천지간에 어쩌면 이렇게 무지막지할 수가 있단 말이냐! 아이고, 나라님!"

이토는 옆집에서 뜯어온 툇마루와 거적문을 쪼개고 부스러뜨려 아궁이에 불을 지피라고 명령했다. 툇마루는 마른 장작으로 변했다. 거적문 부스러뜨린 것을 불쏘시개로 썼다. 연기만 피울 뿐 타지 않는 희나리를 들어내고, 툇마루 쪼갠 것을 먼저 피웠다. 불이 활활 타올랐을 때 들어내놓았던 희나리들을 그 위에 얹었다. 희나리들은 맹렬한 불길 속에서 흰 김을 내뿜으며 더불어 탔다.

전봉준은 봉놋방 문틈으로 밖을 내다보았다. 맹렬한 불길 속으로 들어간 희나리들이 어찌할 수 없이 타오르는 것을 보았다.

"그래, 희나리도 맹렬한 불길 속에서는 타지 않을 수 없다."

밥

하사 일행이 곡식 한 자루와 중돼지 한 마리를 가져왔고, 주모는 밥을 지었다. 맨 뒤에 온 호리호리한 역졸이 어깨에 메고 온 옷 보따리를 이토에게 건네면서 간살스럽게 말했다.

"시아버지 환갑 때 쓸라고 지어놓은 옷이랍니다."

이토가 옷 보따리를 들고 봉놋방으로 들어왔다. 그것을 전봉준 앞으로 가지고 가서 풀어 펼쳤다. 솜 놓은 흰 바지저고리와 흰 명주 목도리와 토시였다. 바느질 솜씨가 정교하고 반듯반듯했다. 허튼 보무라지 하나도 묻어 있지 않았고, 새물내가 물씬 풍겼다. 이것을 어느 집에서 강탈해 왔을까. 전봉준은 그 옷을 보자 그에게 새 옷을 입히던 한 여인의 얼굴과 손길이 떠올라 가슴이 아렸다.

이토가 전봉준에게 말했다.

"옷을 갈아입으십시오."

전봉준이 도리질을 했다.

"백성들에게서 이렇게 빼앗아 오면, 뺏긴 사람은 환갑잔치를 어떻게 할 것이오? 당장에 돌려보내시오."

"백성들이 한양으로 가시는 장군을 위해 지어드린 옷이라 여기고 갈아입으십시오. 이와 서캐 많이 슬어 있는 그 옷은 태워버려야 혀요. 밤이면 잠결에 긁적거리곤 하시기에 제가 구해 오라고 했구만이라우."

이토는 전봉준의 두루마기를 벗기고, 솜 놓은 저고리와 바지를 차례로 벗기려고 들었다. 전봉준은 이토의 손을 뿌리치며 거연하게 말했다.

"아니오. 나는 백성들에게서 강탈해 온 옷을 입을 수가 없소. 이 옷들보다는 내 아내가 지어준 옷이 더 좋소. 너무 오래 입었으므로 검은 때가 오르고, 이와 서캐들이 우글거릴지라도 나는 절대로 이 옷을 죽을 때까지 벗지 않을 것이오. 내 아내의 사랑이 밴 옷을 어떻게 벗어 태워 없앤단 말이오?"

이토가 무릎을 꿇고 엎드려 통사정을 했다.

"버리기가 짠하고 아까우시겠지만, 갈아입으셔야 합니다. 지금 입고 계신 옷은 너무 오래 입어서 냄새가 나고 이들이 우글거립니다. 장군이 주무시면서 여기저기를 긁저거리곤 하시는 것을 옆에서 보기가 민망스럽습니다."

전봉준은 고개를 세차게 저으며 소리쳤다.

"강탈해 온 옷은 돌려주시오!"

이토는 더 이상 우기려 하지 않고 펼쳐놓은 옷 보따리를 싸서

문 쪽으로 밀어놓고, 의료 가방에서 제충국 가루를 꺼내 들었다.
"그럼 이것만 옷 여기저기에 더 뿌려드리겠습니다."

 가마꾼들은 마당 가장자리에서 익숙한 솜씨로 돼지를 잡았다. 가마꾼 둘이 돼지를 옆으로 누여놓고 눌러대고 곰보 관노가 목을 칼로 찔렀다. 돼지는 몸부림치며 "꽥! 꽤액!" 소리를 질렀다. 곧 돼지의 비명이 멎었다. 봉놋방 아궁이의 솥에서 뜨거운 물을 길어다가 돼지의 몸에 뿌리고 털을 뜯어냈다. 돼지의 몸이 하얗게 털을 벗었다. 칼잡이 곰보 관노는 가끔씩 진저리를 치면서, 돼지의 목을 자르고 배를 가르고 내장을 들어낸 다음 사지와 몸통을 분리하고, 다시 몸통을 사등분했다. 그 고기들을 봉놋방 아궁이의 노구솥에 넣고 삶았다. 몸이 으슬으슬 떨리는 곰보 관노는 아궁이의 불 옆에 바싹 붙어 곁불을 쬐었다. 솥에서 김이 무럭무럭 올라왔다. 고기가 익어갔다.

 곰보 관노가 익은 고기 한 덩이를 솥에서 꺼내 도마 위에 올렸다. 고기에서 김이 피어올랐다. 고기를 잘게 썰어 접시에 수북하게 담았다. 그것을 철동이에게 건넸다. 봉놋방의 전봉준과 이토에게 올리라는 것이었다. 철동이는 고기 접시를 들고 봉놋방으로 향하면서 이토에게 눈짓을 했다. 함께 들어가자는 것이었다. 이토가 철동이에게 "먼저 들어가 잡수시라고 해." 하고 말했다.

 칼잡이인 곰보 관노는 서열대로 고기를 나누었다. 고기 두 접시를 하사에게 주었다. 다나카와 하사의 몫이었다.

이토는 곰보 관노가 군인들의 몫과 가마꾼들의 몫을 나누는 것을 보고 나서 고기 한 접시를 들고 봉놋방으로 들어갔다. 전봉준은 고기 접시를 구석으로 밀어놓고 있었다. 이토가 들어가 그의 앞에 마주 앉았다.

"따뜻할 때 잡수십시오."

이토는 젓가락과 김치와 된장 그릇을 당겨놓았다. 전봉준은 가슴이 아렸다.

"여염집의 돼지를 잡아다가 먹다니⋯⋯ 나는 이 고기를 먹을 수 없소."

이토가 말했다.

"어서 잡수십시오. 몸을 위해서 잘 잡수셔야 혀라우. 장군께서는 대변을 못 하고 고통스러워한다고 들었습니다. 기름기가 좀 들어가야 변 보기가 수월할 것입니다."

전봉준은 몸을 획 돌리면서, "백성들의 가슴을 아프게 한 만큼 죄와 벌을 받게 될 것이오." 하고 말하며 허공을 쳐다보았다. 이 돼지를 빼앗긴 사람들은 얼마나 절통할까. 총과 칼로 닥치는 대로 쳐 죽이고 빼앗아다가 먹는 이놈들을 몰아내려고 일어섰는데, 나는 지금 이들의 잔혹한 만행을 어찌하지 못한 채 지켜보고만 있다.

이蝨

밥으로 고픈 배를 채우고 났을 때, 전봉준은 얼굴을 찌푸리면서 이토에게 다친 발등과 정강이 살갗의 견딜 수 없는 가려움을 하소연하고, 칭칭 동여 묶어놓은 붕대를 풀고 살갗의 상태를 한번 살펴달라고 했다. 촛불을 가까이 가져다 대놓고 발등의 붕대를 풀고 붙여놓은 나무쪽들을 들어내던 이토가 얼굴을 일그러뜨리며 경악했다.

"아이고! 이런!"

전봉준은 붕대를 벗겨낸 발등 근처의 살갗을 내려다보았다. 발등은 퍼렇게 멍이 들어 있었는데, 표피의 어떤 부분은 불그죽죽하고 어떤 부분은 푸르죽죽했다. 살갗이 헐어 있었다. 이내 붕대와 얄따란 나무쪽을 보고 까닭을 알아챘다. 붕대와 나무쪽 위를 빠르게 기어가는 희끗한 것들이 있었다. 이였다. 붕대 모서리에는 하얀 서캐가 붙어 있었다. 이들이 발등의 살갗을 뜯어 먹은 것이다.

이토는 붕대와 나무쪽에 붙어 있다가 사방으로 도망치는 이들을 하나씩 손톱으로 눌러 죽이면서, "철동이! 싸게 와!" 하고 소리쳤다. 달려 들어온 철동이가 이토와 더불어 달아나는 이들을 빠른 동작으로 사냥했다. 이토가 이 사냥을 하면서 탄식 어린 소리로 말했다.

"이놈들이 이렇게 들어 있었는디 장군은 얼마나 가려웠을까라우. 이런 못된 것들! 아이고 장군, 송구하구만이라우."

전봉준은 새삼스럽게 발등의 가려움을 느끼고, 바야흐로 부기가 가라앉기 시작하는 발등의 불그죽죽하고 푸르죽죽한 살갗을 손으로 긁었다. 나는 얼마나 미욱했는가. 이들이 뜯어 먹기 때문에 가려운 것을, 상처의 부기가 가라앉고 있어 가려운 것으로 알고 참고 또 참았다. 당하고 있는 현실이 현실 같지 않고 꿈 같았다.

이토는 가랑니와 서캐 우글거리는 붕대를 철동이에게 주며 모닥불에 던져버리고 오라 했다. 철동이가 마당으로 나간 다음 이토는 의료 가방의 뚜껑을 열었다. 전봉준의 발등 살갗에 알코올을 칠했다. 나무쪽의 양면을 속속들이 씻고, 거기에 제충국 가루를 뿌린 다음 그것을 발바닥과 발등의 양쪽에 덧대고 새 붕대로 감아주었다. 그 붕대에도 제충국 가루를 뿌렸다.

철동이가 들어오자 이토는, 전봉준의 왼쪽 정강이에 감아놓은 붕대를 풀고 양쪽에 대붙여놓았던 나무쪽들을 들어냈다. 예상했던 대로 붕대에는 이들이 우글거렸고, 가장자리에는 서캐가 하얗게 슬어 있었다. 이토와 철동이는 방바닥으로 떨어진 이들을 경쟁

하듯이 죽였다.

 전봉준은 또 새삼스럽게 정강이와 종아리의 살갗이 미칠 듯이 가려웠다. 그는 진저리치면서 헐어 있는 살갗을 긁었다. 이토는 다시 철동이에게 풀어낸 붕대를 모닥불에 던져버리라고 명령했다. 철동이가 마당으로 달려 나간 다음 이토는 전봉준의 멍든 정강이의 검푸르게 헌 살갗을 알코올로 씻었다. 서캐를 말끔하게 긁어낸 나무쪽 가장자리에 제충국 가루를 뿌린 다음, 그것을 덧대고 새 붕대를 감았다. 새 붕대 사이사이에도 제충국 가루를 발랐다.

 "한 열흘쯤 지나면 붕대를 풀어버려도 될 것 같구만이라우. 다행하게도 유도 잘하는 다나카 중위를 만나 뼈를 제대로 맞추었기 때문에 이렇게 나을 수 있는 것이오."

 문틈으로 활활 타는 마당의 모닥불 빛이 스며들었다. 이제는 아직 덜 마른 희나리들이 저 불꽃을 일으키고 있을 터였다.

 '희나리, 그래 나는 희나리다. 아직 덜 마른 생장작. 덜 익은 인생이다.'

상투

 이토가 중노미를 불러 명령했다.

 "잿물을 좀 받아라. 큰 통에다가 따끈하게."

 궁둥이가 가벼운 중노미는 긴 머리채를 흔들면서 "네잇!" 하고 밖으로 나갔다. 나무통을 내놓고, 그 위에 헌 시루를 올리고, 초목재를 넣었다. 봉놋방 아궁이의 노구솥에서 물을 퍼다가 시루에 부었다. 쪼르르르 소리를 내면서 잿물이 나무통으로 흘러내렸다.

 전봉준은 잿물을 보자 머리를 감고 싶어졌다. 머리 감은 지가 얼마나 오래되었는가. 상투 속에서 이가 기어 다녔다. 살갗을 물어뜯기도 했다. 서캐도 하얗게 슬어 있을 것이다. 상투머리에서 흉측한 구린내가 나는 듯싶었다.

 집에 들를 때마다 아내는 잿물을 받아주면서 머리 감기를 재촉했다.

 "훈장 어르신, 머리를 최소한 사나흘 만에 한 번씩은 감아야 돼라우. 오신 김에, 머리 착착 감아 빗고, 상투를 예쁘게 짜 올리고 가셔요. 머릿내 안 나게라우."

이토가 철동이를 불렀다.

"장군 모시고 나가서 머리 감겨드리소. 아픈 발 안 다치시도록, 한사코 정성스럽게."

철동이는 마당에 목침만 한 통나무 하나와 물통을 나란히 놓아두고, 전봉준을 보듬어 안고 나갔다. 전봉준을 통나무에 앉히고 물통 속으로 머리를 숙이게 했다. 상투를 풀어 헤치고, 따스한 잿물을 머리에 끼얹었다. 근질근질하던 머리칼 속으로 잿물이 스며들었다. 철동이는 전봉준의 뒤통수에 잿물을 거듭 끼얹으면서, 두 손을 갈퀴처럼 만들어 머리칼 속을 긁적긁적 문질러 훑으면서 비비기도 하고 주무르기도 했다. 정수리와 뒤통수와 양쪽의 귀 위쪽과 이마 위쪽과 뒷목 쪽을 고루 문질러대고 비벼댔다. 긴 머리칼들을 잿물에 담가 두 손으로 주무르면서 땟물을 빨아냈다. 헌 물을 버리고 새 물을 길어다가 머리에 서려 있는 잿물을 헹구어냈다.

전봉준은 철동이가 고마웠다.

철동이는 몽둥이로 전봉준의 정강이를 내리친 일에 대한 죄책감에 시달렸다. 김경천이 백 냥을 주겠다고 하고, 동학군에 나갔다가 온 사실을 덮어주겠다고 하는 말에 눈이 멀어버렸다. 뒷담 밑에 잠복해 있다가, 뛰어 넘어오는 전봉준을 몽둥이로 거듭 내리쳐서 쓰러뜨린 일이 자꾸 머리에 스쳤다. 그 죄를 씻으려고 전봉준에게 살갑게 했다. 전봉준은 어차피 죽을 사람이다. 죽을 사람에게 잘해주면 복을 받는다고 했다.

철동이는 전봉준의 머리칼을 외틀어 물을 짜내고 헌 옷가지로 물기를 닦아낸 다음 전봉준을 번쩍 안아 들었다. 봉놋방으로 들어가서 아랫목에 내려놓았다. 중노미에게 얼레빗과 참빗을 달라고 해서 머리를 빗겼다. 아직 떨어지지 않은 머릿니와 서캐들을 빗겨내는 것이었다.

전봉준이 고개를 숙이고 있고, 철동이가 머리 손질을 하는 것을 이토가 지켜보고 있다가 참견을 했다.

"머리칼을 털털 털어갖고 완전히 다 마른 다음에 천천히 상투를 짜드리소. 덜 말랐을 때 짜놓으면 머리칼 속이 근질근질해서 못쓰는 법이여."

철동이는 공손하게 "예!" 하고 대답했다. 이토가 중얼거리듯 말했다.

"아이고, 이 귀찮은 상투! 조선 사람들도 이제는 상투를 우리 일본 사람들같이 확 잘라버려야 쓸 것이구만이라우. 일본 사람들한테도 원래 상투가 있었어라우. 그런디 그것을 잘라버리고 사는 것이어라우. 상투 없이 사는 것이 얼마나 간편한 줄 아시오? 나도 일본으로 가자마자 상투를 자를 때는 서러웠고, 자르고 난께 조금 허전하기는 했지만서도, 시방 이렇게 편해라우. 머릿니도 없고, 머리 감기도 간단하고라우."

철동이가 방바닥을 기어가는 머릿니 한 마리를 손톱으로 눌러 죽였다. 서캐들을 쓸어다가 밖에 버리고 들어와서 두 손으로 전봉준의 쑥내 같은 머리칼을 털어 말렸다.

"머리가 인제 다 말랐구만이라우."

철동이가 상투를 올려 짜주려고 하자 전봉준이 익숙한 솜씨로 제 상투를 올려 짰다.

이토가 전봉준에게 말했다.

"장군, 장군이 만일 일본에 건너갔다가 다시 조선에 오게 되면, 제일 먼저 사람들이 머리에 달고 다니는, 아무짝에도 쓸모없는 상투부터 잘라 없애도록 하십시오. 남자들이 가랑이 속에다가 고추 한 개씩 달고 살면 됐지, 머리에는 또 무얼 하게 고추 한 개씩을 달고 살겠소, 안 그렇소? 흐흐……" 이토가 알 수 없는 웃음을 흘렸다.

도망

 고기를 먹지 않고 맨밥으로만 배를 채웠는데, 포만감과 방 안의 따뜻함으로 몸이 나른해졌다. 전봉준은 끄윽 끄르륵 몇 차례 트림을 하면서 봉창 구멍으로 밖을 내다봤다. 모닥불이 타오르고 있었다. 불빛에 주위의 어둠이 얼룩얼룩해졌다. 모닥불 옆에 허우대 큰 역졸이 앉아 있었다. 그 맞은편에 강단진 역졸과 호리호리한 역졸이 앉아 있었다. 허우대 큰 역졸의 태도가 수상스러웠다. 허우대 큰 역졸이 강단진 역졸과 호리호리한 역졸을 향해 두 눈을 꿈쩍거렸다. 강단진 역졸과 호리호리한 역졸이 무슨 뜻이냐는 듯 허우대 큰 역졸의 눈을 응시했다. 그 옆의 곰보 관노가 그들 사이에 오가는 눈길을 살폈다. 곰보 관노가 몸을 웅크리면서 허우대 큰 역졸과 눈을 맞추었다. 곰보 관노의 눈빛이, 무슨 일이냐, 그 일을 하려면 나랑 함께하자, 하고 말하는 듯싶었다. 허우대 큰 역졸은 곰보 관노의 눈길을 무시해버리고, 일본군 하사의 눈치를 살피면서 눈길을 돼지고깃점 위로 떨어뜨리고 부지런히 먹었다.

저 허우대 큰 역졸은 도망을 꿈꾸고 있다, 하고 전봉준은 생각했다. 도망을 치려면 배불리 잘 먹어야 한다. 저 역졸이 무시히 도망칠 수 있을까. 제발 귀신같이 도망을 쳐라. 가마를 메고 가다 자칫 발목을 삐기라도 하면 그것으로 삶이 끝난다. 전봉준은 고개를 돌리다가 이토에게 들켜버렸다.

이토는 전봉준의 태도가 수상하다고 생각했다. 전봉준은 밖의 모닥불과 그 주위의 사람들을 내다보면서 어떤 생각을 했을까. 전봉준이 엿보았을 듯싶은 허우대 큰 역졸을 살폈다. 허우대 큰 역졸이 바야흐로 마주 앉은 강단진 역졸, 호리호리한 역졸과 다시 눈길 맞추기를 하고 있었다. 강단진 역졸이 허우대 큰 역졸의 뜻을 알아챘다는 듯 고개를 재빨리 끄덕거리고 고기를 씹었다. 호리호리한 역졸은 고개를 끄덕거리지 않고 주위의 눈치만 살폈다. 이토는 무슨 음모인가가 이루어지고 있다고 직감했다.

이토는 밖으로 나가 다나카에게 귀엣말을 했다. 다나카는 하사에게 귀엣말을 했고, 하사는 경계를 선 군인들에게 귀엣말을 하고 다녔다.

밤이 깊어졌다. 봉놋방의 바닥이 따스해졌다. 이토가 이불을 당겨 폈다. 전봉준은 이토와 나란히 누웠다. 이토에게서 몸 냄새가 날아들었다. 북어를 숯불에 설구운 듯한, 역한 냄새였다.

이토가 말했다.

"장군, 숙명이란 것을 생각해보셨소? 날 때부터 타고난 숙명 말이오."

 전봉준은 천장을 쳐다보았다. 날 때부터 정해진 운명대로 살아가다가 그 운명에 따라 죽는다는 것이 숙명이다. 그러나 전봉준은 숙명을 거역하며 살아왔다. 숙명을 거역하는 것이 운명이라는 것이다.

 다나카가 들어와 이토 옆에 자리를 펴고 누웠다. 권총과 칼을 머리맡에 두었다. 이토가 말을 이었다.

 "전생에 장군과 저는 부부였는지 모르겠어라우. 장군은 미색 출중한 아내이고, 저는 얼굴이 흉측하게 생긴 장군의 남편이고라우…… 그래서 예쁜 여인인 장군은 자꾸 남편인 저를 버리고 달아나려고 했기 때문에, 저는 예쁜 여인인 장군의 손목에 이렇게 포승을 채우고 남편인 제 팔에도 포승을 채운 채 나란히 자곤 했던 모양이어라우."

 이토는 자기의 왼쪽 손목에 포승을 채우고 전봉준의 오른쪽 손목에 채운 다음, 한끝을 다시 자기 손목에 채웠다. 이토가 어색하게 비굴스러운 웃음을 얼굴에 발랐다.

 "장군이, 제가 자고 있는 틈에 혹시라도 멀리 가버릴 것 같아서 이러는 것이 아니고, 장군과 제가 공동운명체라는 것을 우리 두 사람의 가슴에 새겨놓을라고 이러는 것인께 양해해주십시오이."

 전봉준은 천장의 서까래에 어린 어둠을 쳐다보며 생각했다. 어둠이 불안하게 수런거리고 있었다. 지금쯤 허우대 큰 역졸은 경계를 하고 있는 군인의 눈을 피해 발소리를 죽이며 도망을 치고 있을까.

어디론가 도망을 치는 것은, 최소한의 희망이라는 게 있는 사람이 하는 짓이다. 성공적으로 도망칠 수 있다는 희망과 도망쳐 간 다음 새로운 자유의 삶이 기다리고 있다는 희망. 나는 그러한 희망이 없으므로 도망치려 하지 않는다. 나의 희망은 이들에게 붙잡혀 가, 종로 네거리 한복판에서 죽임을 당하는 것인 까닭에 도망을 꿈꾸지 않는다. 아니, 이토가 이토 히로부미를 통해 열어준다는 새로운 살 길에 대한 희망 때문이지는 않은가. 전봉준은 그 더러운 희망을 가슴에 담고 있는 스스로가 가증스러워 이를 악물고 눈을 힘주어 감았다.

이토가 말했다.

"장군 모든 것 다 잊어버리고 푹 주무십시오. 앞으로 살아서 해야 할 일이 첩첩한 산 같으신 장군이어라우. 인제 나이 사십, 불혹 아니오?"

전봉준은 생각했다. 나는 이토의 말대로 살아서 일본으로 건너갔다가 전혀 새로운 사람이 되어 조선으로 돌아와 어떤 일인가를 해야 하는 것일까. 아니면, 혀를 물어 끊고 자결할 수 있는 자유가 주어진 마당이므로, 당장에 혀를 물어 끊고 죽어야 하는 것인가. 한양으로 올라가서 문초받는 과정에서 하고 싶은 말을 다 한 다음 종로 네거리 한복판에서 목이 잘려 죽어야 하는가. 이토의 주선으로 말미암아, 문초라는 것도 받지 않고 일본으로 가게 되는 것인가.

전봉준은 심호흡을 했다. 살 것인가 죽을 것인가 하는 문제, 그것은 마음을 암울하게 하는 고통이었다. 거기에 으깨진 발등과 꺾인 정강뼈의 아리고 쑤시는 고통이 더해졌다. 그런데 그 고통들보다 더 참담하고 심각한 것이 있었다. 변비의 고통이었다. 아랫배가 답답하면서 묵직했다. 하루 전부터 시원한 배변을 못 하고 있었다. 차돌처럼 단단한 대변 덩어리가 항문을 아프게 했다.

  변비를 해결할 수 없는 장애가 있었다. 나무쪽을 대붙이고 붕대를 감아놓은 발등과 정강이의 욱신거리는 통증으로 인해 쪼그려 앉은 채 마음껏 안간힘을 쓰며 배변을 할 수 없는 장애. 그가 측간에서 엉덩이를 까고 앉아 배변을 할 때는, 언제든지 철동이와 또 한 사람의 가마꾼이 윗몸을 구부린 채 그의 가랑이를 떠받쳐주는 것이었다. 만일 그들이 그렇게 도와주지 않으면 아픈 발등과 정강이 때문에 쪼그려 앉을 수도 없는 것이다. 대변을 할 때마다 그는 철동이에게 "아이고, 자네에게 이 무슨 못 할 일인가." 하고 죄책감 어린 말을 하곤 했다. 순직하면서도 활달하고 적극적인 철동이는 당면한 운명과 상황에 적극적으로 적응했다. "무슨 말씀이오? 저한테 몸을 다 맡기고 힘을 써보시오. 장군 몸을 지탱할 만큼 제가 기운이 센께라우." 땀을 흘리면서 안간힘을 써댔음에도 불구하고 그가 끝내 배변에 실패하자 철동이가 도리어 난처해했다.

  "장군, 지가 꼬챙이 하나를 만들어 올까라우?"

  전봉준의 항문을 벌리고 굳어진 채 나오지 않는 변 덩어리를 꼬챙이로 파내주겠다는 말이었다. 전봉준은 도리질을 했다. 그게 막혀 죽으면 죽었지, 어떻게 철동이에게 꼬챙이로 항문의 오물을 파내는 일을 시킬 것인가. 다음 날 아침에 다시 한 번 배변을 시도해보아야 한다고 그는 생각했다.

이토가 말을 이었다.

"일본으로 건너가서 제 아버지 이토 히로부미 각하를 만나 뵙고 이야기를 해보면, 전혀 새로운 길이 열릴 것이오. 그때까지만 참고 기다리십시오. 당분간, 수없이 아니꼽고 억울하고 분한 일에 거듭 부딪힐지라도 이 꼭 악물고 참으십시오. 아직은 장군이나 저나 하나의 싱싱한 생목 희나리여라우. 아직 불타 없어지기에는 너무 슬프고 억울한 처지여라우. 장군은 앞으로 이 조선의 동량재가 되어야 혀라우. 이 땅 이 나라를 위해서 장군이 하실 일이 아주 태산 같어라우."

모닥불 툭툭 튀는 소리가 들려오고, 먼 마을에서 아스라하게 개 짖는 소리가 들려왔다. 바람 소리와 낙엽 구르는 소리가 들렸다.

전봉준은 아직 살 것인가 죽을 것인가 하는 결정을 내리지 못하고 있었다. 한데 이토는, 그가 일본으로 건너가 이토 히로부미를 만나 전혀 새 사람으로 변신하여 조선으로 다시 건너와 어떤 일인가를 하게 될 거라고, 예언하듯이 말하고 있었다.

이토는 전봉준의 마음이 흔들리고 있다고 확신했다. 전봉준의 마음이, 지금 죽기는 너무 억울하다, 더 살아야 한다 하는 쪽으로 기울고 있다 싶었다. 이토는 계속해서 전봉준의 영혼 속에 살아날 수 있다는 희망을 불어넣으려고 애를 썼다.

"장군이 지금 마흔 살이고, 저는 서른여덟 살이고, 제 아버지 이토 히로부미 각하는, 장군보다 열네 살이 많은 쉰네 살이시구만이라우. 장군이 일본으로 건너가면, 제 아버지 이토 히로부미 각하가 장군을 틀림없이 양자로 삼을 것이오. 그렇게 된다면 장군은 제 형님이 되는 것이어라우. 일본 사람들은 조선 사람들하고 다른 데가 있어라우. 똑똑한 아들들이 아무리 많이 있을지라도, 양자나 사위가 그 아들들보다 더 똑똑하고 믿음직스러우면, 양자나 사위한테 자기의 사업을 물려줍니다이. 제 아버지 이토 히로부미 각하는 친자식이 있는디도 저를 양아들로 삼고 저를 제일로 신임하고 있어라우. 아마 제 아버지 이토 히로부미 각하가 장군을 양아들로 삼는다면 저보다 장군을 더 신임하고, 자기의 정치적인 기반을 장군에게 다 물려주려고 할 것잉만이라우. 제 말이 맞는지 틀리는지 앞으로 두고보십시오."

전봉준은 '그럴 수 있을까, 정말로 그럴 수 있을까, 내가 정말로 그렇게 할 수 있을까?' 하고 천장의 어둠을 향해 속으로 중얼거렸다. 이토가 전봉준의 팔을 잡아 흔들었다.

"장군이 확실하게 마음으로 결정하기만 하면 틀림없이 그렇게 될 것잉만이라우. 만일, 그렇게 된다면, 그것은 조선 내일의 광영이지라우."

눈을 힘주어 감은 전봉준의 머리에 푸른 산골짜기를 달려 올라가는 흰옷 입은 동학군의 모습이 그려졌다. 흰옷의 등에는 '弓弓乙乙'이라는 부적이 붙어 있다. 弓弓, 그것은 활활(活活)이라는 뜻이었다. '산다, 어떠한 경우에도 산다'는 뜻이기도 하고 '활활 타오르는 불길'이라는 뜻도 들어 있다. 그 부적을 등에 붙이고 있는 자에게는 총탄이 날아오지 않는다고, 접주들은 자기 부하들에게 소리쳐 말했다. 산 위에서는 다르륵 다르륵 하는 기관총 소리가 들렸고, 흰옷들이 붉은 피를 흘리며 쓰러졌다. 시체 위에 시체들이 포개졌다. 몸을 돌려 도망치는 흰옷들이 있었다. 접주들은 그들을 향해 도망치지 말고, 주문을 외우라고 소리쳤다. 전봉준도 도망치지 말라고, 적의 목에 죽창을 꽂으라고 소리쳤다. 가까운 곳에서 "빵!" 하는 총소리가 들리고, 전봉준의 가슴으로 총알이 날아와 박혔다.

퍼뜩 잠에서 깨어났다. 이토도 동시에 깨어 일어났다. 창밖에서 총소리가 거듭 울렸다. "빵! 빵!" 아득한 곳에서 "아으!" "어메!" 하는 비명이 들리는 듯싶었다. 다나카가 화닥닥 일어나 밖으로 뛰어나갔다. 이토가 자리에서 일어나 앉으면서 말했다.

"그놈들이 도망치다가 총에 맞은 모양이구만이라우."

전봉준은 눈을 힘주어 감으면서 잠시 숨을 멈추었다. 이토가 말했다.

"어찌할 수 없습니다. 장군께서는 모른 체하시고 그냥 주무시기나 하십시오."

전봉준은 몸을 일으키고 앉아 허공을 쳐다보았다. 모닥불이 타오르고 있었다. 아, 모두가 나 한 사람으로 인해 죽어가고 있다.

"장군을 모시고 가는 우리 대열에서 이탈해가지고 도망치는 것은 장군을 배반하는 것이어라우. 장군을 안전하게 한양까지 모시고 가는 일은 장차 새로 건설될 조선을 위해서 일조를 하는 것인데……"

흑심

 문틈으로 새어든 마당의 모닥불 빛이 천장의 어둠에 물결무늬 같은 놀놀한 얼룩을 만들고 있었다. 흔들리는 어둠이 전봉준의 가슴에 얼룩무늬를 만들었다. 잠이 달아나버렸다. 엎치락뒤치락했다. 전봉준이 번민으로 인해 잠을 못 이루고 있다고 생각한 이토가 잠긴 목소리로 말했다.
 "장군, 저를 믿고, 아니, 대일본제국 정계의 실세인 제 아버지 이토 히로부미 각하를 믿고, 두려움이나 고민을 탁 털어내버리십시오."
 전봉준은 심호흡을 했다. 잠시 침묵이 흘렀다. 마당의 모닥불이 톡톡 튀는 소리를 냈다. 이토가 말을 이었다.
 "제가 이야기를 하나 할까라우?"
 전봉준은 눈을 힘주어 감았다. 이토가 이야기를 시작했다.
 "제 아버지 이토 히로부미 각하가 사실은, 젊은 시절에, 아주 대단한 '정치적인 폭력주의자'이셨다는구만이라우. 정치적인 폭력을 미국말로 '테러'라고 혀라우. 체구가 약간 작기는 하지만 강건한 데다 몸이 날렵하고, 머리도 영민한 제 아버지는 이십대 초반에 한 정치 지도자의 사숙(私塾)에 들어가서 유학을 공부하면서, 동시에 검도, 승마, 유도, 가라테를 배우고, 정치적인 적을 숙청하는 테러 요원으로 활약했어라우. 영국 유학을 다녀온 다음에는, 생각의 앞뒤가 꽉 막혀 있는 젊은 명치천황을 갈아치우는 데 맨 앞장에 서서 행동을 했어라우. 정적들이 지지하는 머리 아둔한 명치천황이 임금 자리에 앉자마자, 제 아버지의 스승인 그 정치 지도자는 천황의 침소로 제 아버지 이토 히로부미 각하를 들여보냈어라우. 천황을 호위하는 친위대장을 미리 삶아놓고 말이오. 제 아버지는 병풍 뒤에 숨어 있다가 천황을 귀신같이 살해했어라우. 시신을 재빨리 처리한 다음 미리 가까운 곳에 대기시켜놓은 젊은 남자 한 사람을 데려다가 천황의 옷을 입혔어라우. 이튿날 그 가짜 천황을 대하는 대신들은 어느 누구도 그 천황이 가짜 천황이라는 것을 알지 못했어라우. 아니 눈치를 채고도 모른 체한 것이었고, 그것은 공공연한 비밀이 되었어라우…… 그 이후 제 아버지 이토 히로부미 각하는 앞장서서 그 천황의 입지를 확실하게 강화시키는 쪽으로 헌법을 고치고, 추밀원 의장, 귀족원 의장을 거듭 하시고, 총리대신을 두 차례나 하셨는데 앞으로도 몇 차례든지 더 총리대신을 하실 것이오. 사실은 일본이 청국하고 전쟁을 해서 승리하게 한 장본인이 제 아버지 이토 히로부미 각하이셔라우. 그러한, 대일본제국의 가장 확실한 정치적 실세인 제 아버지 이토 히로부미 각하가 왜 저를 조선 땅으로 보내가지고, 장군을 일본으로 모셔 오도록 조처하고 있는지 아시오? 제 아버지에게는 한없이 원대한 야망이 있어라우. 영국, 미국, 프랑스, 러시아 같은 서양 나라들이 호시탐탐 엿보는, 지도상으로 볼 때 중국 대륙을 향해 달려가는 호랑이 모양새인 조선 반도 땅, 광활한 중국 땅, 섬나라인 필리핀 땅, 오키나와 땅을 일본이 머지않아 다 점령하게 될 것이오. 중국으로 나가는 길목에 있는 조선 땅부터 차지한 다음에는, 조선 땅 한복판에서 조선 땅을 장악할 조선 출신의 인물이 필요한 것이어라우. 제 아버지, 이토 히로부미 각하는 바로 그 인물로 장군을 점찍은 것이어라우. 이것은 사실은 천기누설이오. 오직 장군만 알고 있어야 하는 비밀이구만이라우."

전봉준은 임진왜란과 정유왜란을 일으킨 바 있는 일본국의 조선 정벌(정한征韓) 세력의 검은 발톱을 생각했다. 그 발톱의 몸통이 이토 히로부미이다. 내가 만일 일본으로 건너가면 이토 히로부미가 나를 양자로 삼으려 할 것이다. 양자로 삼는 어떤 절차를 밟을 때, 그와 나는 대좌를 하게 될 터이다. 그와 대좌를 하고 있는 동안 기회를 보아 그를 살해해야 한다. 어떤 방법으로 살해할까. 수벽치기로 쓰러뜨리고 목을 조이는 것이다. 아니다. 그의 방에 있는 칼을 들어 치는 것이다. 이토 히로부미 또한 칼 쓰기와 가라테를 잘할 터인데 내 솜씨가 먹혀들까.

이토가 말을 이었다.

"장군, 명심하십시오이. 저하고 장군하고는 전생에 부부 사이였다는 것 말이라우. 앞으로 장군은 일본으로 건너가시자마자 저의 형님이 될 것이오. 이것은 어찌할 수 없는 우리 두 사람의 숙명이오."

뺨

 이토가 국밥 그릇을 전봉준 앞으로 밀어주었다. 국밥 그릇 옆에 숟가락과 젓가락을 가지런히 놔주었다. 전봉준은 이를 사리물었다. 발등과 정강이의 상처를 치유해주고, 죽음의 문턱에서 살길을 찾아주려 하고, 잠자리를 봐주고, 나란히 자고, 표정을 살피고 마음을 헤아려주는 이토가 형제간처럼 다정하게 느껴졌다. 그러면서도 귀찮고, 문득 가증스러웠다. 뺨따귀를 후려치고 싶었다. 이토는 조국과 조상을 배반한 자인 것이다. 필요하다면 언제인가는 나를 배반할 것이다.

 이토는 숟가락을 들었다. 눈을 오랫동안 감고 있다가 뜨면서 코를 찡긋했다. 그것은 이토의 버릇이었다. 누구에게서 배운 것일까. 아니면 타고난 것일까. 그 버릇이 미웠다. 눈을 오랫동안 감고 있다가 뜨면서 코를 찡긋하는 그 버릇은, 그가 상대방에게 무슨 심각한 이야기를 하려 할 때 미리 짓곤 하는 표정이었다.

이토가 으음, 하고 헛목을 가다듬고 입을 열었다.

"장군, 저의 제안을 순순히 받아주시니 참말로 감사하구만이라우."

전봉준은 말없이 국밥을 먹기만 했다. 깍두기 토막 하나를 젓가락으로 집어다가 입에 넣고 우두둑 씹었다. 그것은 새콤하고 달보드레하면서 매콤했다. 제안을 받아주다니, 무슨 소리인가. 내가 일본으로 건너가겠다고 마음으로 결정한 것으로 이토는 생각하는 것이다. 전봉준은 스스로를 의심했다. 그래, 나는 이토의 제안을 받아들였는가. 발등이 꾹꾹 쑤셨다. 정강뼈도 아렸다. 배변을 시원스레 못 하고 있는 까닭으로 아랫배도 답답하고 묵직했다.

전봉준은 고깃국에 만 밥을 들여다보았다. 먹지 않을 수 없었다. 밥을 배불리 먹고 반드시 배변을 해야 한다. 발등과 정강이의 아픔을 무릅쓰고 죽을힘을 써서 배변에 성공해야 한다.

이토가 다시 눈을 오랫동안 감고 있다가 뜨면서 코를 찡긋했다. 전봉준은 숟가락으로 국물을 두 차례나 떠 마셨다. 그게 숨에 차지 않아, 뚝배기를 두 손으로 받쳐 들고 국물을 후루룩후루룩 마셨다. 그 순간 뚝배기 속에 남아 있는 국밥을 이토의 얼굴로 쫙 뿌려버리고 싶은 충동이 일었다.

이토는 눈을 오랫동안 감고 있다가 뜨면서 코를 찡긋하고 나서, 감격이 어려 있는 약간 떨리는 목소리로 나직이 말했다.

"이미 지나간 일이니까 말씀을 드립니다만, 만일, 장군이 마음으로 아주 나쁜 극단적인 결정을 했으면 어쨌겠소? 생각해보면

참말로 아슬아슬하구만이라우."

전봉준은 얼굴이 화끈 뜨거워졌다. 이토는 지금 내가 혀를 물어 끊고 자결하지 않고 있음을 진정으로 고마워하고 있는 것이다.

이토가 목울음 섞인 목소리로 말했다.

"제 제안을 받아주신 것, 참말로, 참말로 감사합니다요. 제 아버지 이토 히로부미 각하는 굉장히 든든한, 하늘같이 높고 큰 어른이셔라우."

전봉준은 눈살을 찌푸렸다. 이토는 전봉준의 얼굴을 흘긋 살피고 나서 말을 이었다.

"제 아버지 이토 히로부미 각하는 누군가를 한번 봐주려고 하면 끝까지 친아들 이상으로 봐주는 어른이셔라우. 장군하고 마음으로 통하기만 하면, 장차 조선 땅 전체를 통째로 장군 손에 맡기실 것이오."

전봉준은 고개를 숙인 채 다시 깍두기 한 조각을 입으로 가져갔다. 단단한 것을 힘주어 씹었다. 오도독오도독 소리가 났다.

이토는 한동안 후룩후룩 국밥을 먹었다. 입술 부딪치는 소리가 쩝쩝 요란스러웠다. 콧물이 나오는지 훌쭉 마셨다. 깍두기를 한 조각 가져다가 입에 넣고 씹었다. 그것을 삼키고 난 이토가 다시 눈을 오랫동안 감고 있다 뜨면서 코를 찡긋했다.

전봉준은 울컥하는 역한 감정을 억지로 참으면서 이토의 말을 기다렸다. 호랑이의 권세를 빌어 으스대는 여우를 생각했다. 이토가 어흠어흠 하고 헛목을 가다듬더니 말을 이었다.

"장군께서는 문과 무를 겸하셨어라우. 칼 쓰기, 창 쓰기, 말타기, 수벽치기, 시 짓고 글씨 쓰기, 경전 읽기를 다 통달하셨다고 들었구만이라우…… 그런데, 제 아버지 이토 히로부미 각하도 문무를 겸한 어른이셔라우. 우리 대일본제국 안에서 총리대신을 두 번이나 하신 제 아버지 이토 히로부미 각하는 영국말도 기막히게 잘하셔라우."

전봉준이 가장 견딜 수 없는 것은, 이토가 늘어놓는 말 사이사이에 '제 아버지 이토 히로부미 각하'라는 것을 끼워 넣곤 하는 것이었다.

밥을 다 먹고 나자 중노미가 국밥 그릇과 깍두기 그릇과 숟가락 젓가락 들을 치웠다. 밥상 위에는 아무것도 없었다. 전봉준의 오른쪽 위편의 어금니 사이에 무엇인가가 끼어 있었다. 깍두기 줄기인 듯싶었다. 그것 파낼 궁리를 하다가 그는 "여봐라!" 하고 중노미를 불렀다. "네잇!" 하고 중노미가 달려왔고, 전봉준이 말했다.

"부엌 아궁이 옆에 있는 장작 부스러기들 가운데 쪼그마하고 뾰쪽한 꼬챙이 두어 개만 좀 가져오너라."

"네잇!" 하고 중노미가 달려갔다.

전봉준은 어금니 사이에 낀 것 때문에 입 전체가 뻐근했으므로 얼굴을 일그러뜨렸다. 발등과 정강이의 아픔과 아랫배의 답답하고 묵직함에다가, 이토의 동어반복, '제 아버지 이토 히로부미 각하'란 말이 그의 신경을 날카롭게 벼려놓았다.

그때 이토가 손가락 하나를 입속으로 넣어 이빨 사이에 박혀 있는 무엇인가를 파내고, 눈을 오랫동안 감고 있다가 뜨면서 코를 찡긋한 다음 말했다.

"제 아버지 이토 히로부미 각하는 외교에 아주 능해서 국제정세를 손바닥 들여다보듯이 해라우."

순간 전봉준의 오른손이 번쩍, 이토의 얼굴을 향해 날아갔다. 이토의 왼쪽 볼에서 '철썩' 소리가 났다. 이토의 상체가 모로 기우뚱했다. 전봉준의 손에 호되게 맞은 이토의 왼쪽 뺨이 새빨개졌다. 그것을 본 사람은 아무도 없었다. 멀지 않은 곳에서, 다나카가 뺨따귀 치는 철썩 소리를 듣고 전봉준과 이토를 번갈아 보았다.

전봉준은 언제 그렇게 손찌검을 했느냐 싶게 태연히 고개를 떨어뜨리면서 소리쳤다.

"조선에 있는 아버지는 어디다 두고 말끝마다 '제 아버지 이토 히로부미 각하, 제 아버지 이토 히로부미 각하'라고 씨부렁거리는 것이냐!"

"하앗!"

이토가 재빨리 무릎을 꿇고 앉으면서 전봉준을 건너다보았다.

"조선에 계시는 아버지는 다만 제 몸을 낳아주셨을 뿐이고, 일본에 계시는 아버지 이토 히로부미 각하에게서 더 많은 은을 입었으므로 제 영혼의 아버지는 어디까지나 이토 히로부미 각하이구만이라우. 저는 제 아버지 이토 히로부미 각하를 위해 제 목숨을 바쳐야 혀라우."

전봉준은 눈앞이 캄캄해졌다. 전봉준의 뇌리와 눈에서 번개처럼 푸른 광선이 번쩍했고, 가슴 한복판에서 불덩이가 하나 터졌고, 겨드랑이에선 전율이 일었다. 그는 자기도 모르는 사이에 이토의 뺨을 다시 한 번 모질게 후려쳤다. 이토는 모로 쓰러졌고, 코에서 피가 흘렀다. 봉놋방 출입문 가에 앉아 국밥을 먹고 있던 다나카가 칼을 뽑아 들고 전봉준 앞으로 달려왔다.

"바카야로!" 하면서 전봉준 목에 칼끝을 들이댔다.

이토가 재빨리 일어나 두 팔을 십자로 벌리고 다나카의 칼을 가슴으로 막으면서 도리질을 했다.

"다나카 중위, 전봉준 장군과 나 사이의 모든 것은 어디까지나 나의 책임인게 나한테 맡기시오."

가마꾼 보충

 아침을 먹고 난 다나카가 하사에게 부족한 가마꾼을 보충하라고 명령했다. 하사가 군인 둘을 데리고 옆 마을로 들어갔다.
 이토가 몸살감기 든 곰보 관노에게 말했다.
 "자네는 얼른 고향으로 돌아가! 그렇게 감기 든 몸으로는 가마를 메고 달릴 수가 없어."
 곰보 관노가 이토를 향해 무릎을 꿇고 두 손을 싹싹 비비면서 울음 섞인 목소리로 통사정을 했다.
 "살려주시오. 나 감기 다 나았어라우. 가마 넉넉히 메고 갈 수 있어라우."
 이토는 고개를 저었다. 다나카가 어눌한 조선말로,
 "빨리 가!" 하고 명령했다.
 군인 하나가 그 곰보 관노의 목덜미를 잡아끌었다. 곰보 관노는 어찌할 수 없이 끌려갔다. 군인이 그의 등을 산모퉁이 쪽으로 떠밀었다. 얼굴 창백하고 호리호리한 곰보 관노는 몸을 웅크린 채 산모퉁이 쪽으로 걸어갔다. 산모퉁이 쪽으로 뻗어 있는 자드락길에는 억새풀이 무성했다. 억새풀의 흰 꽃들이 바람에 출렁거렸다. 그 숲 속에 경계를 서기 위해 일본군 후발대 둘이 은신하고 있었다. 얼마쯤 뒤 산모퉁이 저쪽의 억새숲에서 으악 하는 비명소리가 들려왔다.

한참 뒤에 마을로 들어간 하사 일행이 건장한 사내 넷을 데리고 왔다. 가마를 본 사내들은 손사래를 치기도 하고, 도리질을 하기도 하면서 뒷걸음질했다. 이토가 끌려온 네 사내에게 말했다.

"저기 저쪽 고을에 가서 가마꾼들을 구할 때까지만 수고를 좀 하드라고이."

상투가 유달리 뭉툭한 건장한 사내가 이토에게 말했다.

"나는 보내주시오. 집 사람이 만삭이라 제가 옆에 있어주어야 혀유."

이토는 아랑곳하지 않았다.

"어서 가마를 메라."

새로이 끌려온 장정 넷이 가마를 메고 갔고, 철동이와 담양의 관노 셋이 뒤를 따랐다. 이토가 가마꾼들에게 소리쳤다.

"달려라!"

가마꾼들이 발을 맞추어 달렸다. 논두렁 밭두렁에 마른풀들 무성한 들판을 건너고, 살얼음 언 내를 건너고, 산모퉁이를 돌았다.

겨울 해는 짧았다. 서쪽 하늘에서 새빨간 노을이 타올랐다. 서

203

쪽 하늘을 왼쪽에 끼고 나아갔다.

"싸게 달려!"

말 위의 이토가 가마꾼들을 독려했다. 날이 저물기 전에 밤을 새울 주막을 찾아야 했다. 소나무 무성한 나지막한 재를 넘었다. 군인들은 사방을 경계하면서 가마를 호위했다. 무성한 솔숲에서 땅거미가 파도처럼 기어 나왔고, 그것들이 서쪽의 빨간 노을을 잡아먹었다.

재를 넘자 들판이 나왔고, 들판 한가운데에 주막이 있었다. 이토가 다나카에게 속삭이고 가마꾼들에게 "멈추어라!" 하고 명령했다.

가마가 섰고, 척후병 둘이 총을 겨눈 채 그 주막을 향해 갔다. 잠시 후 주막에서 괴나리봇짐을 진 나그네 둘이 나왔다. 척후병들이 그들을 쫓아냈다. 나그네 둘은 주막을 등진 채 노을이 사그라진 서쪽 들판을 향해 걸었다. 그들이 한 이백여 보 갔을 때 척후병 중 하나가 그들을 향해 총을 쐈다. 하나가 쓰러졌다. 남은 하나가 도망을 쳤다. 다른 척후병이 총을 쏘았고 도망치던 그도 쓰러졌다. 주막 안을 수색하고 나온 척후병 하나가 다나카를 향해, 이제 아무 일 없으니 어서 오라는 수신호를 보냈다.

가마가 주막을 향해 움직였다. 주막 안에는 몸과 볼에 군살이 붙은 늙은 주모와 알상투 바람인 늙은 남정네와 앳된 중노미가 있었다.

가마 호송하는 군인 일행과 가마꾼들은 그 주막 하나를 통째로 차지했다. 가마꾼들이 짊어지고 온 곡식 한 자루와 고기 한 덩이를 주모에게 주고 밥을 지으라고 명령했다. 군인들과 가마꾼들은 여느 밤과 마찬가지로 마당에 모닥불을 피우고 노숙을 했고, 이토와 전봉준과 다나카는 봉놋방에서 잤다.

중도에서 끌려온 건장한 사내가 봉놋방으로 들어와 이토에게 징징 울며 통사정을 했다.

"나리, 제발 저는 보내주시오. 우리 각시, 체구는 참새만 한데 배가 동산만 하게 불러 있어라우."

이토가 문 앞에서 집총한 채 지키고 있는 군인에게 턱짓을 했다. 작달막한 군인이 건장하고 상투 뭉툭한 가마꾼을 밖으로 끌어냈다. 밤이 깊어가고 있었다. 밖에서 모닥불 타는 소리가 들려왔다. 모닥불 옆에서 건장한 사내가 계속 징징 울고 있었다.

"아이고 어쩔까, 우리 각시, 아이고 하느님, 우리 각시 좀 살려주시오."

겉보리 닷되

 모닥불 속에 밤나무 장작들이 들어 있는 모양인지 총포 터지는 듯한 소리가 났다. 전봉준이 이토에게 말했다.
 "저 건장한 가마꾼은 돌려보내지그래요?"
 이토가 도리질을 했다.
 "장군은 아무것도 상관하지 말고 그냥 모른 체하시오. 세상 모든 사람들은 제 생김새와 깜냥에 따라 이리 쓰이기도 하고 저리 쓰이기도 하는 것이어라우."
 전봉준은 이토가 가증스러웠다. 조선의 피를 받은 이 사람 속에 웬 잔혹스러움이 그렇듯 들어 있을까. 누가 이토를 이렇게 만들었을까. 조선의 관리와 관리 밑에 사는 졸개들이 이 사람을 잔인하게 만들었다. 오죽하면 일본으로 건너가서, 이토 히로부미가 양아들을 삼겠다고 하는 대로 자기 몸뚱이와 영혼을 통째로 내주었겠는가. 이토 겐지는 일본인보다 더 잔혹하다. 만일 나도 이토가 주선하는 대로 일본으로 건너가서 일본인이 되어 조선으로 돌아온다면, 일본 사람보다 더 잔혹해질지 모른다. 전봉준은 진저리를 쳤다. 장작불 소리가 잠잠해졌을 때, 무슨 새 한 마리가 울면서 날아가는 듯싶었다. 전봉준은 이토에게 무슨 이야기이든지 하고 싶어졌다.

'애초에 내가 왜 조병갑을 징치하겠다고 나섰는지 아시오?' 하고 이토에게 물으려다가,

"우리 조선 땅에는, 이른 봄의 서릿바람 부는 밤하늘을 '꺼포리 타훗데, 꺼포리 타훗데' 하고 우짖으며 나는 새가 있소." 하고 말했다.

이토가 벌떡 일어나더니 전봉준 머리맡에 무릎을 꿇고 앉아 머리를 조아렸다. 전봉준에게 뺨을 모질게 얻어맞은 뒤부터 이토는 말조심 몸조심을 했다. 전봉준의 오른쪽 손목을 묶은 포승이 두 자쯤 뻗어 가다가 이토의 왼쪽 손목에 묶여 있었다. 다나카는 출입문 쪽에 누운 채 고개를 창문 쪽으로 돌리고 있었다. 전봉준은 조선 사람들의 한스러운 정서를 이토의 가슴에 심어주고 싶었다.

"가난하디 가난한 홀아비 집에 열두 살 난 딸 하나가 있었는디, 그 홀아비가 흉년에 얼마나 배가 고팠던지, 딸을 한 부잣집 늙은 영감에게 겉보리 닷 되에 팔아버렸소. 그 영감은 밤이면 다시 회춘을 할 욕심으로, 그 동녀 배꼽하고 자기 배꼽하고를 마주 붙인 채 끌어안고 자곤 했는디, 어느 날 밤 그 동녀가 배가 아프다면서 측간엘 가겠다고 했어요. 부잣집 늙은 영감은 측간에 간 동녀가

하마나 올까 하마나 올까 하고 기다리고 있었지요. 그런디 측간에 간 동녀는 목을 매달고 죽어버렸어요. 그랬는디 그다음 날 새벽부터 그 동녀 혼령이 새가 되어서, '겉보리 닷 되, 겉보리 닷 되' 하고 울면서 저렇게 날아다닙니다."

이토가 낮은 목소리로 탄성을 질렀다.

"하아, 네!"

전봉준은 혼잣말처럼 중얼거렸다.

"바로 그것이, 내가 조병갑이를 징치하겠다고 나선 사람들의 우두머리가 된 이유요."

이토가 다시 탄성을 질렀다.

"하아, 네!"

도둑

이토에게 겉보리 닷 되 이야기를 하고 나자 질매마을에서 훈장을 하고 있을 때의 일이 떠올랐다. 몇 년 째 흉년이 계속되던 해 봄의 보릿고개였다. 한 집씩 두 집씩 굶는 집들이 늘어났다. 골목길에서는 사람 그림자를 보기 힘들었다. 모두들 부황이 들어 방 안에서 엎드려 있는 것이었다.

배들마을 전봉준의 집 식구들도 굶주리기는 마찬가지였다. 전봉준은 대궐 같은 집을 짓고 사는 부잣집에서 곡식을 구하기로 마음먹었다. 그 부잣집에는 소아마비로 한쪽 다리를 제대로 쓰지 못하는 아들이 하나 있었다. 서당에서 아이들을 가르치다가 저녁 무렵에 찾아가서 그 불구인 아들의 독선생 노릇을 해주고 저녁밥을 얻어먹고 서당으로 돌아오곤 하였으므로 그는 그 집 어른을 잘 알고 있었다. 그 아이의 글공부를 보아주고 저녁밥을 얻어먹은 다음 전봉준은 주인장에게 어려운 청이 있다고 말했다. 주인장이 그 청

을 말해보라고 했다. 전봉준은 배들마을의 집안 식구들이 굶주리고 있음을 이야기하고는,

"곡식 한 말만 적선해주십시오." 하고 말했다.

주인장은 선뜻 허락하며 머슴에게 명령했다.

"여봐라, 또바우야, 광에서 보리 한 말 반만 퍼 담아가지고, 훈장 선생님 가시는 데까지 짊어져다 드리고 오너라."

스무 살을 갓 넘긴 또바우가 보릿자루를 짊어지고 앞장섰다. 바야흐로 개밥바라기가 서쪽 하늘에 떠 있었다. 전봉준은 주인장에게 정중하게 고맙다는 인사를 올리고 또바우의 뒤를 따라갔다. 소나무 숲이 칙칙한, 별로 높지 않은 재를 앞둔 산언덕에 이르렀을 때는 깜깜한 밤이었다. 전봉준이 또바우에게 말했다.

"그거 여기다 내려놓고 또바우 너는 돌아가거라. 이 재만 넘어가면 우리 마을인데, 너는 질매마을까지 다시 되돌아가려면 한참을 더 가야 하니까……"

또바우가 주인이 댁에까지 가져다드리라고 했다면서 고집을 부렸지만, 전봉준은 한사코 보릿자루를 빼앗고 나서, 또바우를 돌려세우고 등을 떠밀었다. 또바우는 하직의 절을 하고 등을 돌리자마자 냅다 달려갔다.

밤하늘에는 푸른 별 누른 별 붉은 별들이 초롱초롱했다. 전봉준은 보릿자루를 한쪽 어깨 위에 걸치고 재를 올랐다. 하루에 반 쪽박씩을 갈아서 죽을 쑤어 먹는다면, 아내와 자식들이 최소한 두 달 동안은 부황 들지 않고 넘길 수 있으리라는 생각을 하자 곡식

자루가 무겁지를 않았다.

땀을 뻘뻘 흘리며 재의 꼭대기에 이르렀을 때, 어두운 숲 속에서 덩치 큰 남정네가 식칼을 들고 걸어 나와 그의 앞을 막아섰다.

"야, 이놈, 너, 목숨이 아까우면 그것 놓고 가거라!"

숨을 가쁘게 쉬면서 올라온 전봉준은 어깨 위의 보릿자루를 땅바닥에 내려놓고 그 강도와 마주 섰다. 금품을 탐하지 않고 곡식자루를 탐하는 것으로 미루어, 식구들이 굶고 있는 강도임에 틀림없었다. 전봉준은 거칠게 숨을 내뿜으면서, 칼을 든 큰 허우대를 향해 굽실거리며 통사정을 하듯 말했다.

"내 집은 저기 배들마을에 있는데, 거기에 굶는 식구가 다섯이나 있소. 그 식구들한테 먹일라고 이것을 구걸해 오는 길이오."

강도가 칼을 들이밀었다.

"여러 말 말고 그것 얼른 놔두고 가기나 해!"

전봉준은 별빛에 비친 강도의 두 눈과 손에 든 칼과 앞으로 내디딘 발을 재빨리 살폈다. 강도는 자기의 칼과 큰 허우대만 믿고, 체구 작달막한 전봉준 앞으로 바싹 다가서서 칼끝을 목에 가져다 대고 으름장을 놓았다.

"이, 이 사람이 카, 칼 무서운 줄을 모르고!"

남자의 목소리가 부들부들 떨리고 있었다. 자세히 보니 다리도 떨고 있고, 손에 들고 있는 칼끝도 떨리고 있었다. 초보 강도이고, 마음이 순하고 착한 자임을 알 수 있었다.

전봉준은 어린 시절에 아버지에게서 수벽치기와 칼 쓰기와 씨름 기술을 익힌 바 있었다. 체구 작달막한 전봉준은 발재간과 손재간이 여느 누구보다 재빨랐다. 그는 무서워서 뒤로 한 발 물러서는 체하며 재빨리 한쪽 발로 강도의 정강이를 걷어차면서, 칼 잡은 손목을 힘껏 쳐버렸다. 강도가 어이쿠 하면서 칼을 떨어뜨리고 주저앉았다.

전봉준은 상대의 멱살을 잡아 끌어 올렸다가 힘껏 뒤로 밀쳐버렸다. 오랫동안 굶주린 강도는 몸에 힘이 없었다. 맥없이 뒤로 나동그라진 강도는 버리적거리다가 간신히 상체를 일으키고, 전봉준 앞에 무릎을 꿇었다. 강도가 두 손을 싹싹 비볐다.

"아이고 제발 목숨만 살려주시오. 새끼들이 굶는 것을 보다 못해 이렇게 나섰소. 양반 나리, 제발 이 곡식자루에서 한 됫박만 퍼주시면, 부황으로 죽어가는 새끼들을 살려놓을라요. 뼈가 가루가 되더라도 은혜를 잊지 않을 텐께, 제발 한 됫박만 적선하고 가십시오."

전봉준은 빌어대는 허우대 큰 강도를 한동안 내려다보다가 말했다.

"그럼 바지를 벗어서 자루를 만드시오. 나하고 이 곡식을 반으로 나눕시다."

강도가 벌벌 떨면서 바지를 벗어 자루를 만들었고, 전봉준은 그 바지자루 속에다 자기의 곡식자루의 입을 대고 주르르 따라주었다. 아랫도리를 벗은 강도는 가랑이 사이에 양물을 달랑거리면서 곡식자루를 끌어안고 전봉준에게 절을 하고 또 한 번 절을 한 다음, 그것을 어깨에 걸치고 재 아래로 도망치듯이 내려갔다.

전봉준이 반으로 줄어든 곡식자루를 어깨에 걸치고 막 재 아래로 내려가려는데, 숲 속에서 또 한 강도가 나와 앞을 막았다. 키가 땅딸막한 그 강도는 애초부터 칼을 거꾸로 들고 머리를 깊이 조아리면서 애걸했다.

"나리, 제발 우리 집 새끼들도 좀 살려주십시오."

먼젓번의 강도가 전봉준에게 당한 다음 곡식을 얻는 과정을 숲 속에서 지켜보고 있었던 그 강도는, 미리 아랫도리를 벌거벗고, 홑바지로 만든 자루를 손에 든 채 부들부들 떨고 있었다.

"아이고, 양반 나리, 적선 좀 하시오! 제 새끼들도 굶어서 다 죽어가요. 그 곡식 가운데서…… 많이도 말고, 저한테는 꼭 한 됫박만 좀 퍼주시오."

전봉준은 도깨비같이 나타난 가련하고 착한 강도를 앞에 두고, 웃지도 울지도 못한 채 멍히 하늘을 쳐다보았다. 물 머금은 푸르고 붉고 노란 별들이 눈을 끔벅거리며 눈물을 흘리고 있었다. 전봉준은 자기 곡식자루의 주둥이를 가련하고 착한 강도의 홑바지로 만든 자루에 처넣고 부어주었다. 보리알들이 다 흘러 들어가고 그의 자루에는 겨우 두어 됫박만 남았다. 가련하고 착한 강도는 전봉준에게 열 번도 더 머리와 허리를 굽실거리면서 고맙다는 인사를 하고 자드락길을 달려 내려갔다. 전봉준은 쏟아지는 별빛 아래서, 아랫도리를 벌거벗은 강도가 가랑이 사이의 양물을 달랑거리며 산기슭을 벗어나고, 밤안개 자욱한 들판 저쪽으로 사라져가는 것을 바라보고 서 있었다.

　전봉준은 겨우 두어 됫박만 담긴 보릿자루를 어깨에 걸친 채 재를 내려가면서, 별들이 수런거리는 밤하늘을 쳐다보며 허허허허 하고 웃었다. 그 웃음은 울음이 되고 있었다. 그는 눈물 흘리는 별들을 향해 "으헉, 으헉" 하고 울면서 집으로 갔다. 돌멩이를 걷어차며 걸으면서 소리쳤다. 아, 한울님, 용천하시는 한울님, 저 사람들을 저렇게 슬픈 강도로 만든 것이 누구입니까.

밥이 하늘이다

 아침이었다. 바야흐로 떠오른 치자색 햇살이 문틈으로 새어들었다.
 지난밤에 건장하고 상투 뭉툭한 가마꾼이 도망을 치다가 죽었다. 그럼에도 불구하고 해는 변함없이 떴다.
 중노미가 고깃국 두 그릇과 밥 두 그릇을 들고 와서 전봉준과 이토 앞에 놓아주었다. 이토가 전봉준에게 말했다.
 "드십시오."
 전봉준은 숟가락을 들고 건더기는 젖혀놓고 국을 한 모금 떴다. 그 건장하고 상투 뭉툭한 가마꾼이 죽었지만 나는 이렇게 밥을 먹어야 한다. 밥 한 숟가락을 입에 떠 넣고 씹었다. 그래, 먹자. 많이 먹어야 변비도 해소된다. 살아 있는 한에는 건강하기 위해서 먹어야 한다. 건강하게 살아서 어찌하자는 것인가. 내가 일어선 것, 사람들이 벌 떼처럼 일어난 것이 밥, 이것 때문이라는 것을 한양에

사는 벼슬아치들에게 말하자는 것이다.

 밥이 하늘이라고 했다. 사람들은 모두 밥을 만들려고 산다. 밥을 쟁취하려고 싸운다. 더러운 밥이 있고, 깨끗한 밥이 있고, 떳떳한 밥이 있고, 부끄러운 밥이 있다. 내가 일어선 것, 고부 사람들이 관아로 몰려가 사또에게 대든 것, 아버지가 사람들의 소두로서 항거하다가 곤장을 맞고 장독으로 죽은 것, 호남 일대의 사람들이 죽창을 들고 일어선 것이 다 이 밥 때문이었다. 일본 사람이 조선 땅에 들어온 것도 조선 사람의 밥을 빼앗아 가려고 온 것이다. 조선 사람에게는 쭉정이만 먹이고 저희는 알곡을 탈취해 가려고 그러는 것이다. 전봉준은 국물을 후루룩후루룩 마시면서 생각했다. 나는 죽을 때 죽더라도, 그 슬픈 밥에 대하여 모두 말하고 나서 죽어야 한다.

우금치

 이날 아침에 전봉준은 피 섞인 변을 보았다. 변을 보고 나니 살 것 같았다. 눈발이 날리고 있었다. 검은 구름장들이 하늘을 두껍게 덮고 있었다.
 전봉준을 태운 가마가 우금치를 넘어갔다. 길은 가팔랐고 오불꼬불했고 잔설로 인해 미끄러웠다. 그 길에 들어서면서부터 전봉준은 가슴이 아리고 쓰렸다. 다른 길도 있는데 이토는 왜 하필 이 우금치를 경유하여 나를 호송하고 있는 것인가. 이곳, 개미 떼처럼 기어 올라가던 우리 흰옷 입은 동학도들이 산마루에서 날아오는 일본군의 기관총탄으로 인해 모두 죽어 넘어진 이 원한 맺힌 우금치.
 구름처럼 밀려가는 동학군의 모습이 눈에 밟혔다. 그들이 질러대는 아우성이 들렸다. '지기금지 원위대강, 시천주조화정 영세불망만사지!' '와와!' '가보세 가보세. 갑오년에 가보세, 을미적

을미적 하다가는 병신 되어 못 가네.'

그들을 향해 날아오는 일본군의 기관총탄들이 보이는 듯했다. 그 총탄에 동학도들은 쓰러지고 쓰러졌다. 적진을 향해 달려가다가 죽어간 자들의 원한 소리, 신음과 비명. 거듭되는 환청 때문에 그는 거듭 진저리를 쳤다.

재가 높은 데다 산구렁이 음험하고 깊어, 소를 끌고 가다가는 은신한 도둑들에게 목숨을 잃곤 한다 하여 우금치라고 이름 붙인 고개였다. 그때 나는 왜 동학군을 이끌고 이 고개를 기어이 넘으려고 하였던가. 우금치를 넘어가기만 하면 공산성을 쉽사리 접수할 수 있을 듯싶어 그랬다. 공산성을 접수한 다음, 관군과 협상을 벌이려고 그랬다. 협상이 여의치 않으면 한양까지도 치고 올라가려고 그랬다.

일본군이 끼어들 것이라는 것을 전혀 예상하지 못한 것이 큰 실책이었다. 관군하고만 전투를 하리라 생각했는데, 갑자기 일본군이 가로막고 나선 것이었다. 그런데 그는 일본군의 기관총탄이 비처럼 쏟아짐에도 계속 공격 명령을 내렸다.

"달려가서 저 기관총 사수 한 놈만 죽여라! 기관총만 빼앗으면 우리가 이긴다."

고개의 중간쯤 올라가는데 눈발이 굵어졌다. 숲은 흰 눈에 덮였다. 집총한 채 가마를 호송하는 군인들의 옷과 모자에 눈이 쌓였다. 가마꾼들의 머리에도 눈이 쌓였다. 가마꾼들이 비틀거렸다.

지친 데다 눈 쌓인 길이 미끄러웠던 것이다. 가마가 흔들렸고, 전봉준은 멀미를 느꼈다.

산의 중턱쯤에 이르러서 이토가 "멈추어라." 하고 명령했고, 가마꾼들이 발을 멈췄다.

"교대해주어라."

가마꾼들이 가마채를 벗고 물러나고, 뒤따르던 장정 넷이 나아가 가마채를 멨다.

그때 전봉준이 이토에게 오줌을 누고 싶다고 했다. 등이 땀으로 촉촉하게 젖은 가마꾼 철동이가 그를 보듬어 들고 끌어냈다. 철동이에게서 물씬 땀내가 났다. 산골짜기를 향해 서서 허리띠를 풀었다. 숲을 헤치면서 날아온 눈보라가 그에게 덤벼들었다. 그의 눈앞에 하얀 세상이 너울거렸다. 죽음과 절망의 냄새가 콧속을 파고들었다. 눈보라 속에 희끗한 것이 보였다. 둘이 포개졌다. 셋이 포개지고 넷이 포개졌다. 죽창을 들고 있었다. 등판마다 '궁궁을을'이란 부적들을 붙이고 있었다. 그날 우금치 산등성이 위의 일본군을 공격하다가 죽은 동학도들. 펑펑 쏟아지는 눈송이들이 그 시체들을 덮고 있었다. 까마귀가 머리 위를 "까욱! 까아욱!" 하고 울며 날았다.

"동학군은 애초에 일본군의 상대가 되지 않았어라우. 죽창하고 기관총하고…… 그것은 장난도 뭣도 아녀라우."

이토의 말이 귀에 들리는 듯싶었다. 전봉준은 아, 하고 신음했다. 이토는 나를 더한 참담함 속으로 밀어 넣으려 한다. 이를 악물었다. 지금 나 이렇게 살아 있어야 하는 이유가 있는가. 혀를 물어 끊고 자결을 해야 하는 것 아닌가. 아니다. 죽어서는 안 된다. 지금 죽는 것은 무책임한 것이다. 그러면 살아 어찌할 것인가. 한양으로 가야 한다. 몇 천 냥씩에 벼슬을 팔아먹은 탐관오리들, 나라를 썩어 문드러지게 한 벼슬아치들의 얼굴에 내 피를 뿌려주어야 한다. 잘린 내 목을 종로 네거리 한복판에 내걸어, 세상 사람들에게 보여주라고 해야 한다. 아니다. 이토의 말대로, 일본으로 건너가 이토 히로부미의 양아들이 되어야 한다. 영국이나 미국이나 프랑스로 유학을 가서 새 문물을 공부하고, 전혀 새 사람이 되어 조선으로 되돌아와, 나리를 이 꼴로 썩어 문드러지게 해놓은 자들을 징치해야 한다. 새로운 조선을 만들어야 한다. 그리하려면 일본의 개가 되어야 한다. 일본의 개가 된 다음, 조선을 망하게 한 사람을 이토보다 더 잔인하게 물어뜯어야 한다.

흥선대원군

가마꾼들의 가쁜 숨소리가 가마 안까지 들려왔다. 가마가 왼편으로 기우뚱했다. 뒤쪽 왼편의 가마꾼이 눈에 미끄러졌다가 몸을 일으키면서 사력을 다해 가마를 들어 올렸다. 고갯길이 가파른 데다 길바닥에 쌓인 얼부푼 낙엽 위에 눈이 쌓인 것이었다. 고갯마루에 이르러 이토는 다시 가마를 멈추라고 명령했다. 가마문 틈으로 눈 쌓인 자드락길이 보였다. 흰 꽃 같은 눈송이들이 계속 흘러내렸다.

"잠시 쉬어 가자."

가마를 호위하는 군인들이 거총한 채 사방을 경계했다.

산 아래로 공산성이 내려다보였다. 성은 하얀 눈에 덮여 있었다. 저 성을 넘겨다보지도 못한 채 우리 동학군은 퇴각해야 했다. 일본군 기관총은 이 고갯길 양옆 능선에 매복한 채 우리 동학군을 향해 총탄을 퍼부었을 터였다.

일본군이 참전하지 않고, 우리가 이 고개를 무사히 넘었다면 어찌 되었을까. 공산성을 손에 넣은 다음 강을 건넜을 것이다. 한양으로 진격하여 궁궐을 에워쌌을 것이다. 궁궐 안으로 밀고 들어가 임금을 친견했을 것이다. 흥선대원군으로 하여금 확실하게 섭정을 하도록 못을 박아주었을 것이다. 흥선대원군은 동학군이 한양으로 올라오기를 얼마나 간절하게 기다리고 있었을까.

흥선대원군은 전봉준보다 키가 한 뼘이나 더 컸다. 머리 하나쯤의 높이가 더 있는 셈이었다.

한양으로 진격할 작정을 하고 이차 봉기를 하기 이전에 전봉준은 흥선대원군을 만나기 위하여, 방술에 능한 사람으로 변장을 하고 상경했었다. 테가 넓은 낡은 갓을 쓰고, 괴죄죄한 흰 바지저고리에 짚신을 신고, 괴나리봇짐을 지고 한강 나루를 건넜다. 흥선대원군의 사저를 찾았다.

흥선대원군은 운현궁 안에 연금되어 있었다. 집총한 병사들이 주위를 경계하고 있었다. 허리에 칼을 찬 장교가 대문 앞을 지키고 있었다. 전봉준은 당당하게 장교 앞으로 나아갔다. 이승룡이라는 호패를 내보이며 말했다.

"저는 흥선대원군의 곁다리 조카 이승룡이라는 사람인디, 전라감영 경기전 마당이나 쓸어주고 살면서 허리 아픈 사람들한테 침 놓고 뜸 떠주면서 호구를 잇고 삽니다. 우리 당숙이신 대원위 대감께서 허리통 때문에 고생을 하고 있다는 기별을 받고 올라오는 길이오니, 들어가서 치료해드릴 수 있도록 해주십시오."

콧수염과 턱수염을 기른 장교는 전봉준의 두 눈을 응시하고 얼굴과 행색을 살피고 나서, 무뚝뚝하게 기다리라고 말한 다음, 대감의 청지기를 불러 귀엣말을 했다. 바랜 쪽빛 두루마기에 테 좁은 갓을 쓰고, 양쪽 소매 속에 손을 넣은 등허리 약간 구부정한 청지기가 전봉준의 행색을 살피고는 반색했다.

"아이고, 종친 어르신, 그렇지 않아도 대감께서 며칠 전부터 기다리고 계십니다." 하며 자기를 따라오라 하며 앞장서 갔다. 그리해놓고 사랑채 앞마당에 다다르자 전봉준에게로 몸을 팩 돌리고, 불량한 눈길로 노려보며 따져 물었다.

"이승룡이라고 했소? 내 그런 종친이 찾아온다는 말 들어본 적이 없는데?"

청지기의 두 눈이 살모사 눈처럼 번뜩거렸다. 혹시 대감을 해치려는 자객이 아닌지 의심하는 것이었다. 전봉준은 낮은 목소리로 근엄하게 말했다.

"사실은 내가 전라도 고부에서 온 전봉준이오. 얼른 대감에게로 안내하시오."

그 말에 청지기가 머리와 허리를 굽실하고 나서, "대감마님, 전주 경기전에서 왔다는 이승룡이란 종친이 알현을 청합니다." 하고 큰 목소리로, 대문간의 장교에게 들리도록 아뢰고는 얼른 방문 앞으로 가까이 다가가 지극히 낮은 목소리로 속삭이듯 아뢰었다.

"사실은 전라도 고부에서 온 전봉준이랍니다."

"어서 안으로 모셔라."

안에서 흘러나온 것은 쨍한 쇳소리가 섞인 굵은 목소리였다.

방바닥에서 난을 치고 있던 흥선대원군이 몸을 일으켜 전봉준을 맞았다. 전봉준이 엎드려 절을 하려 했지만, 흥선대원군은 그의 손부터 잡아 흔들었다. 두 사람은 마주 서서 서로의 눈을 건너다보았다. 네 개의 눈동자가 서로의 가슴속으로 화광 같은 빛을 쏘아댔다.

"좌정하십시오, 대감."

흥선대원군이 아랫목의 두꺼운 방석에 앉고, 전봉준이 엎드려 절을 했다. 시송이 차를 늘여왔고, 흥선대원군이 말했다.

"내가 중국에서 가져온 승설차인데 향이 아주 좋네, 들어보게나."

전봉준은 배릿하고 고소한 향이 맴도는 차를 한 모금 마시고 나서 말했다.

"보내신 서찰 잘 받들어 읽었습니다."

흥선대원군이 말했다.

"편지를 보낸 때와 지금은 또 상황이 많이 다르네."

흥선대원군은 전주화약을 하도록 권한 것을 후회하고 있었다. 전봉준은 흥선대원군의 얼굴에 새겨진 주름살들과 희끗거리는 머리털과 수염을 보았다. 검푸른 빛이 도는 처진 눈두덩과 흐려진 눈빛을 보았다. 이 늙은 흥선대원군에게 힘을 실어주면 과연 세상은 바로잡힐까. 이 늙은이가, 기왕에 밀려들고 있는 미국, 영국,

프랑스, 러시아의 힘을 이용하여, 중국이나 일본의 야욕을 견제할 수 있는 묘책을 강구하고, 썩어 문드러진 벼슬아치들을 숙청하고, 정신 올바로 박힌 청신한 사람들을 기용하여 도탄에 빠진 백성들을 구해낼 수 있을까.

전봉준은 홍선대원군에게 따지고 들었다.

"임금 주위에는, 나라야 어떻게 되든지 조병갑이 같은 자들에게 벼슬을 팔아 영달을 누리는 사람들로 가득 차 있습니다. 배고픔과 학정을 견디지 못하고 아우성치며 일어선 우리 동학군의 봉기를 평정시키겠다고, 밖에서 들어온 늙은 호랑이 무리하고 바다를 건너온 젊은 늑대 무리가 싸우고 있습니다. 우리 순한 동학군은 그들의 싸움을 멈추게 하고 제 나라로 돌아가게 하려고 잠시 봉기를 멈추고 고향으로 돌아들 갔습니다. 과연 호랑이와 늑대가 싸움을 멈추고 순순히 제나라로 돌아들 갈까요?"

홍선대원군이 말했다.

"동학군이 봉기를 멈추면 그들이 돌아가리라 한 것은 착각이었네. 그들은 싸웠고, 일본이 이겼네. 이제는 일본이 궁성을 장악했네. 지금 우리 정부 안에는 그것을 견제할 힘이 없네."

"그 견제할 힘이 되어줄 세력은 우리 동학군뿐이겠군요."

홍선대원군은 전봉준의 두 손을 끌어다가 잡았다. 잡은 손아귀에 힘을 주었다. 전봉준은 두 손을 홍선대원군에게 맡긴 채 그가 치다 놔둔 난을 보았다. 난의 잎사귀들이 하늘의 눈을 찌르고 있었다. 그 기상이 늙지 않은 그의 가슴을 말해주었다.

눈이 그쳤다. 구름 틈새로 하늘이 드러났다. 이토가 말고삐를 잡은 채 가마꾼들에게 명령했다.

"가자."

가마꾼들이 가마채를 멨다. 가마가 흔들거리면서 공산성 쪽의 자드락길을 내려갔다. 전봉준은 눈을 감았다. 흥선대원군에게 힘을 실어주려고 몸부림친 그 일은 하나의 슬픈 꿈이었다.

곰나루

 지평선 너머로 해가 떨어졌다. 시뻘건 피 같은 노을이 타올랐다. 노을에 물든 눈 덮인 산하는 핏물을 뿌려놓은 것 같았다. 가마가 나루터에 이르렀을 때는 어지럽게 흩날리던 눈이 멎었다. 서북풍이 불었다. 강의 가장자리는 얼었는데, 강심은 붉은 노을에 젖은 채 흐르고 있었다. 상류에서 굽이돈 강줄기는 하류 쪽으로 가면서 내천(川) 자를 넙데데하고 질펀하게 그리었다. 강변에는 갈대숲이 무성했다. 갈대숲에서 개개비들이 조급한 목소리로 개개, 개개개 하고 울어댔다. 강의 동남쪽 나루터를 앞둔 곳에서 이토가 가마꾼들에게 "멈추어라." 하고 명령했다. 가마가 땅바닥에 내려앉았다.

 척후병 둘이 먼저 나룻배에 올랐다. 두 병사는 건너편 나루를 향해 거총한 채 배의 널빤지 바닥에 납작 엎드렸다. 뱃사공은 그들 두 병사만을 싣고 노를 저었다.

건너편 나루에는 흰옷 입은 사람 예닐곱이 나룻배를 기다리고 있었다. 두루마기에 갓을 쓰고 괴나리봇짐을 짊어진 남정네도 있고, 도붓장수도 있고, 처네를 쓴 아낙도 있고, 나귀를 끄는 종도 있고, 갓을 쓴 상전도 있었다. 나룻배가 강 한가운데에 이르렀을 때, 배 안의 병사 둘이 건너편 나루터 사람들을 향해 총 한 방씩을 쏘았다. 나루터 사람들이 도망쳤다. 도붓장수가 도망치다가 발을 헛디디고 쓰러졌다. 병사들은 도망치는 사람들을 향해 거듭 총을 쏘았다. 도붓장수는 짐을 짊어진 채 짐승처럼 기어 도망쳤다.

나루터는 텅 비었다. 타던 노을이 꺼지고 땅거미가 쏟아졌다.

나룻배가 나루에 닿았다. 척후병 둘이 비호같이 나루터로 뛰어내렸다. 주변을 살피면서 주막으로 달려갔다. 주막 안에서 총소리가 들려왔다.

한 병사가 주막 북쪽을 경계하고 다른 한 병사가 나루터로 나와, 전봉준의 가마가 멈추어 있는 맞은편 나루를 향해 건너와도 된다는 수신호를 해 보였다.

나룻배가 가마 있는 동남쪽의 나루로 되돌아왔다. 나루터에 고물을 댔고, 가마꾼들이 가마를 멘 채 나룻배에 올랐다. 전봉준은 가마 안에 타고 있었다. 뱃머리와 고물에 집총한 병사들이 탔다. 가마 옆에 이토와 다나카가 탔다.

나루터 인근의 땅거미는 검푸르렀다. 땅거미는 검은 구름장 덮인 하늘 쪽에서 눈 쌓인 대지 위로 쏟아지기도 하고, 눈벌판 속에서 솟구쳐 오르기도 했다. 배는 조금씩 기우뚱거리며 나아갔다.

배 다니는 길에만 얼음이 깨져 있었다.

전봉준은 가마 안에서 멀미를 느꼈다. 우금치의 일본군을 물리치고 동학군을 앞장세운 채 이 강을 건넜어야 했다. 가마를 실은 배를 흔들어대고 있는 강물에서 전봉준은 신성(神性)을 느꼈다.

이 나루는 신의 나루다. 강은 백제의 고도를 향해 흘러간다. 이 곰나루에 미리 와서 고사라도 넉넉히 지냈어야 했을까. 한울님을 모신 우리 동학군은 우금치에서 한울님을 미워하는 신의 저주를 받았다. 결국 이 땅의 싸움은 신들의 싸움이었다. 바다를 건너온 새까만 기관총의 신과 조선 땅 안에 뿌리를 내린 죽창 신의 싸움.

우리에게는 왜 기관총이 없었는가. 기관총이 있었다면, 일본군을 물리치고 한양으로 진격할 수 있었으리라. 한강을 건넌 다음 흥선대원군의 영접을 받고, 그를 앞장세우고 궁궐로 들어가 조병갑 같은 자들에게 벼슬을 팔아 치부를 한 관리들을 징치하고 새로이 나라를 세울 수 있었으리라.

건너편 나루터에 배가 닿았다. 가마꾼들이 가마를 메고 나루터로 내려섰다. 그 과정에서 가마가 기우뚱거렸다. 가마가 주막 마당에 멈추어 섰다.

가마 메지 않은 가마꾼들은 다음 배에 말 세 마리를 싣고 건너왔다. 이토는 가마꾼들에게 전봉준을 봉놋방 안으로 모시라고 명령했다. 중노미가 소태기름불을 밝혀주었다. 방바닥이 냉랭했다. 이토가 밖을 향해 "빨리 불을 지펴라." 하고 명령했다.

전봉준은 몸이 으슬으슬 추웠다. 몸을 웅크리자, 이토가 요를

깔아놓고 "장군, 이리 누우십시오." 하고 이불을 끌어다가 덮어주었다.

가마꾼들이 주막 마당에 모닥불을 피웠다. 주모의 치맛귀와 중노미의 엉덩이에서 휘파람이 일었다. 가마꾼들이 봉놋방 아궁이에 불을 지폈다. 하사는 또 군인 둘과 가마꾼 둘을 데리고 옆 마을로 들어가서 닭과 돼지를 잡아 왔다.

군인들이 사방을 경계했고, 가마꾼들이 닭의 모가지를 비틀고 털을 뜯고, 돼지의 모가지를 칼로 찔렀다. 봉놋방 아궁이에 걸린 가마솥의 펄펄 끓는 물을 퍼다 거적때기 위에 누운 돼지의 몸에 뿌리고, 털을 벗겼다. 돼지의 몸이 하얘졌다. 얼굴이 세모꼴인 가마꾼은 백정처럼 익숙하게 칼질을 했다.

전봉준이 허공을 향해 말했다.

"한울님, 저들의 잔혹한 만행을 절대로 용서하지 마시옵소서."

통치마

주모는 흰 저고리에 쪽물 들인 통치마를 입고 허리에 띠를 잘록하게 조여 매고 있었으므로 실팍한 엉덩이가 도드라졌다. 얼굴이 갸름하고 호리호리하지만 강단져 보이고, 굳게 다문 입모습과 눈이 총명해 보였다.

전봉준은 그 주모를 막 대하면서 아내의 얼굴을 연상했다. 첫 번째 아내를 여읜 뒤로 이씨 집안에서 그와 동갑인 청상과부를 두 번째 아내로 맞았다. 키가 크지는 않지만 몸이 오동통하고 젖가슴이 실팍했다. 젖이 많았고, 아들 둘을 낳아 튼실하게 키워냈다.

홀어미로 살면서 길쌈과 바느질을 배운 아내는 아이들의 글공부를 돌보면서, 부잣집의 바느질, 양반집의 혼수 마련 마름질과 바느질, 초상집 수의 짓기를 도맡아 했다. 눈썰미가 출중한 아내는, 마름질이 정밀하고 한 땀 한 땀 떠가는 바느질 솜씨가 곱다고 소문이 나 있었다.

그는 훈장 노릇을 한다고는 했지만 쌀 한 됫박도 제대로 들여다 주지 못했다. 서당에 드나드는 떠돌이들하고 어울려 주막을 출입하거나, 들락거리는 나그네들한테 엽전 한두 닢씩을 잡혀주어야 하기 때문에 돈이 주머니에 담겨 있을 새가 없었다.

그렇지만 아내는 불평하지 않고 살림을 꾸려갔다. 이 집 저 집 다니면서 길쌈해주고, 바느질하고, 그새 중간에 쪽 심어서 물들이느라고 바쁜 아내는 자락치마를 입으려 하지 않았다. 일하기 편하다고 통치마를 입곤 했다.

전주화약을 맺자마자 배드실 집으로 간 날 밤, 아내는 그의 가슴에 얼굴을 묻고 흐느껴 울었다. 전처소생인 딸 둘이 벌써 처녀 티가 완연해졌다고, 그 아이들의 혼수를 미리 준비하고 있다고, 들판 저쪽에서 와와 소리가 나거나, 먼 데서 천둥소리가 들리면 가슴이 우둔거린다고, 한사코 몸조심하라고 하면서. 그는 아내의 풍성한 젖무덤에 두 손바닥을 얹은 채 미리 유언을 했다.

"나는 오래전에 이미 목숨을 한울님한테 맡겼소. 만일 내가 잡혀 들어갔다고 하거나 죽었다고 하거든, 한사코 멀리 도망을 치시오. 나라에서는 역적질을 한 사람의 삼족을 멸한다는 것을 명심하시오. 당신은 눈썰미 있고, 총명하고, 길쌈 잘하고, 바느질 잘하고, 싹싹하니 어디엘 가든지 연명할 수 있을 것이오. 난을 피해 왔노라고 말하되, 반드시 아이들의 성을 김씨로 바꾸어 부르도록 하시오. 철든 딸들은 깊은 산속 절에 공양주 보살로나 맡겨버리고, 아들 둘만 데리고 다니시오."

아내는 그의 가슴을 파고들면서 소리 없이 울기만 했다. 눈물이 그의 가슴과 팔뚝을 적셨다. 밖에서는 소쩍새가 울고 있었다.

강의 울음

 이토가 옷의 안감 여기저기에 제충국 가루를 뿌려준 뒤로는 신통스럽게 이들이 사라졌으므로 잠자리가 편안했다. 일본 사람들이 쓰는 제충국 가루 그것을, 왜 우리 조선 사람들은 창안하거나 개발해서 쓰지 못하는 것인가. 동학도들은 양지바른 곳에서 앉아 쉴 때면 옷을 벗고 이들을 잡아내곤 했다. 일본군한테는 기관총이 있는데, 우리에게는 왜 없었는가.
 밤이 깊어가고 있었다. 모닥불 튀는 소리 사이사이로 어디선가 누군가가 흐느끼는 듯한 소리가 들려왔다. 목소리 걸걸한 남자와 목소리 가느다란 여인이 무슨 말인가를 주고받으면서 으흑, 끄으윽 하고 흐느끼는 듯싶었다. 누가 울까. 전봉준은 소리 나는 쪽으로 귀를 쫑그렸다. 소리는 강변 쪽에서 들려왔다. 누군가가 울고 있음에도 불구하고 경계를 선 군인들은 그것을 제지하지 않았다. 내가 잘못 들었는지 모른다. 아니다. 틀림없이 누군가 두 사람이 말을 주고받으면서 울고 있다. 한이 많은 귀신들일지도 모른다. 전봉준은 눈을 떴다. 모닥불이 창문에 빛의 얼룩무늬를 그려댔다. 전봉준은 몸을 일으켰다. 이토가 따라 일어났다. 그의 손목에 묶여 있는 포승이 이토의 손목을 당긴 것이었다.

"장군! 소피 보실랍니까?"

"누군가가 울고 있네."

"어디서라우?"

전봉준은 대답하지 않고 귀만 기울였다. 이토도 귀를 기울였다.

창문에 어른거리는 빛의 얼룩무늬를 보면서, 전봉준은 "아하!" 하고 탄식했다. 그것은 표면이 언 강물이 우는 소리였다. 오르록 뽀르록, 오르록 뽀르록…… 강이 혼자서만 알 수 있는 말을 중얼거리면서 흐느껴 울고 있었다.

"무슨 소리를 들으셨소?"

"조선의 강들은 밤이면 저렇게 슬피 우네."

백성들 가슴에 한이 서려 있으면 강이 운다. 순창, 담양, 고창, 나주, 영광, 영암, 해남, 강진…… 남도 일원의 긴긴 잠행을 하다가 장흥의 남상면 묵촌의 접주 이방언에게서 그 말을 들었었다.

이방언은 전봉준을 반갑게 맞았다. 그는 양반이었는데, 남상 묵촌 마을의 부자였다. 집에는 종들이 열둘이나 되었다. 종들은 문간의 별채에서 살고 있었다. 그렇지만 종들은 이미 종의 신분이 아니었다. 진작에 면천해주었지만 그들이 갈 곳이 없다면서 머슴처럼 붙어사는 것이었다.

 전봉준과 이방언은 사랑채의 대청에서 수인사를 한 다음 곧 형제의 의를 맺었다. 이방언은 전봉준보다 열여섯 살이나 위였다. 쉰여섯 살인 이방언은 청년처럼 혈기가 방장했다. 기름한 얼굴에 화기가 돌았고, 눈빛이 해맑았고, 어깨가 드넓었다.

 "내 오늘, 아우에게 필히 보여주어야 할 것이 있네."

 그는 전봉준을 진한 그의 밤색 말 뒤에 태우고 길을 나섰다. 서북쪽의 자울재를 넘어 장흥읍성을 향해 갔다. 강줄기의 서북쪽에 머리 토란 같은 산이 있고, 그 중턱에 금방 하늘로 날아오를 듯한 정자가 하나 있었다. 그 정자에서 아련한 풍악 소리가 울려왔다. 전봉준은 실망했다. '아아, 나를 저 풍악놀이판으로 안내하려는 것이다. 이 한심한 세상 속에서 풍악놀이나 즐기며 산다니……' 그러나 그것은 잘못 판단한 것이었다.

 이방언은 풍악놀이판을 향해 가다가 강변에 말을 세웠다. 수양버드나무 가지에 말을 매놓고 풀밭에 앉았다. 강은 굽이돌아 서남쪽으로 흘렀다.

 "이 강이 탐진강일세. 보림사가 있는 가지산에서 흘러 저기 보이는 장흥성과 저쪽 동남쪽에 보이는 억불산 밑의 한들, 석대들을 가로질러 남쪽에 있는 강진 고을로 흐르고 있네. 저 정자가 '사인정'인디, 날마다 풍악이 끊일 날이 없네. 장흥, 강진의 시인 묵객들이 먹을 것 걱정 없는 몇몇의 양반 떨거지들하고 어울려 저러는 것이지. 가끔은 장흥부사나 강진현감이나 병영의 영장들도 저 정자로 기생풍악패들을 거느린 채 행차를 하곤 하네."

금방 날아오를 듯한 정자는 무성한 적송에 둘려 있고, 강변에는 수양버드나무 가지들이 늘어져 있었다. 꾀꼬리들이 짝을 지어 날면서 노래했다.

이방언이 말을 이었다.

"저 장흥성 안에 사는 부사와 아전들의 탐욕과 포학이 끊이지 않는데 저러한 풍악 소리가 이어진다면, 이 탐진강은 즐길 탐(耽) 자, 참 진(眞) 자를 써서 탐진강이라고 할 수 없고, 탐진치(貪嗔痴)의 탐진강이라고 불러야 하네. 나는 여기 올 때마다 강이 우는 소리를 듣네. 백성들 가슴에 한이 서려 있으면 그 대지를 흐르는 강이 우는 것이여."

이방언은 말에 올랐고, 전봉준을 끌어 올려 뒤에 태웠다. 그리고 천천히 말을 몰았다.

"백성들이 도탄에 빠져 있는 이 각박한 세상에서도, 양반들은 갓을 쓰고 도포 자락을 펄럭거리고 다니면서 풍월을 하네. 말이나 나귀를 타고 종을 이끌고, 정자로 가서 진달래꽃 꺾어다가 화채놀이를 하고, 기생을 불러 가야금 퉁기고 장구 치고 니나노 소리 지화자 소리를 하면서 춤을 추게 하고…… 그런 양반들은 선비라고 할 수가 없네."

이방언은 거침없이 말을 이어갔다.

"선비는 사업을 해야만 비로소 선비라고 말할 수 있는 것이네. 사업이란 말은 주역에 있는 것 아닌가. 성인의 가르침인 어짊(仁)

과 착함(善)에 따라 백성들에게 이익이 가도록 알맞게 실천하는 것이 사업 아닌가…… 백성들이 탐학에 시달리고 있는데 저렇게 풍월을 즐기기만 하는 양반들은 선비가 아닐세. 공맹의 먹물은 들었지만, 그것을 백성들에게 실천하지 않는 그들은 탐관오리하고 한 패거리인 거야. 강진에서 유배살이를 한 다산 정약용 선생이 그랬어. 아이가 물에 빠진 것을 보고 짠한 마음이 생겼음에도 달려가 구하지 않으면 어질고 착한 선비라고 말할 수 없다고 말이여."

전봉준은 생각했다. 세상에 이방언 같은 양반들만 있다면 이 나라는 썩어 문드러지지 않았을 것이다.

장흥성 앞의 섶다리를 건너면서 이방언은 말했다.

"장흥부의 자잘한 아이들이 동요를 부르는데, 그 내용이 어떤 것인지 아는가? '벽사(역)원님 밥상에는 콩잎 반찬이 열두 가지요, 만호원님 밥상에는 감태 반찬이 열두 가지라' 이것이네. 콩잎 반찬, 감태 반찬이 열두 가지씩인데, 그 밖의 반찬은 얼마나 많겠는가. 강진 고을, 보성 고을, 해남 고을에는 호랑이가 한 마리씩만 사는데, 장흥부에는 웬일인지 세 마리가 사네. 장흥성 안에 사는 부사가 그 한 마리요, 강 건너에 있는 벽사역의 찰방이 또 한 마리요, 남쪽 바닷가 회진성의 만호가 다시 또 한 마리네. 장흥부 사람들은 그 세 마리나 되는 호랑이한테 잡아먹히지 않으려고 가진 것들을 모두 바쳐야 하므로 유달리 원한이 많네. 그래서 이 탐진강이 밤이면 우는 것이여."

이방언은 잠시 말을 끊었다가 울분 어린 목소리로 계속했다.

"장흥부사, 벽사역 찰방, 회진 만호는 한양의 높은 벼슬아치들에게 몇 천 냥씩 바치고 그 벼슬을 사가지고 부임을 하네. 그들은 다음 사람이 발령을 받아 오기 전에 얼른 본전을 뽑아야 하니까, 착취하고 세금을 축내고 창고에 쌓인 양곡을 모두 탕진해버리고 장부상에만 몇 백 석이 있다고 기록을 해놓네. 찰방은 찰방대로 역졸들을 관내 부자들한테 보내가지고, 역 운영 자금으로 쓸란다고 곡식을 착취하는 것이야. 곡식을 내놓지 않으면 잡아다가 물고를 내는 것이지. 벽사역 찰방은 아홉 개의 역승 역을 거느리고 있어. 들리는 말로는, 종육품인 벽사역 찰방이 임기를 마치고 떠나면서 싣고 가는 것이, 종사품인 장흥부사가 싣고 가는 것보다 훨씬 많다고 하네."

억불바위

　이방언은 억불산 아래서 말을 멈추었다. 소나무 그늘 아래에 앉아 손으로 억불산을 가리켰다. 얼핏 보면 소의 머리 같은 억불산이었다.
　이방언이 말했다.
　"저 바위가 억불바위네. '인민 억(億)' 자하고 '부처님 불(佛)' 자를 써서 억불이네. 앞으로 돌아올 세상에 인민을 구제하는 억불 말이네."
　이방언의 말을 듣고보니, 그 바위는 자비로운 얼굴로 세상을 내려다보는 미륵 부처 같았다. 이방언이 말했다.
　"저 바위에 얽힌 전설이 아주 슬프네."
　전봉준은 산마루에 앉은 억불바위를 말없이 쳐다보기만 했다. 이방언이 말을 이었다.
　"장흥뿐 아니고, 이 세상에 몇 년 동안 흉년이 심하게 들었는데,

부자들이 대문과 마음과 곳간의 문을 열어주지 않아 가난한 사람들이 다 굶어 죽어가는 판이었네. 그때 관세음보살이 환생한 스님께서 이 마을 저 마을을 돌면서 시주를 얻어 가난한 사람들을 구휼하려 하는데, 박씨와 임씨들이 자자일촌 하는 마을의 한 색시가 오직 혼자서, 시가 식구들 모르게 듬뿍 시주를 주었지. 스님이 시주를 받고 나서 색시에게 말했네. '곧 엄청나게 큰 비가 오고 홍수가 져서 세상의 모든 더러운 것들이 다 떠내려갈 터이니, 빨리 저 앞산으로 몸을 피하시오. 산으로 올라가면서는, 뒤쪽의 들판에서 어떤 일이 일어나든지 절대로 뒤돌아보지 마시오.' 스님이 사라지자마자 큰 비가 쏟아졌고, 색시는 비를 맞으면서 산으로 올라갔네. 홍수가 져 모든 마을의 집들이 다 떠내려갔네. 박씨와 임씨들이 사는 큰 마을도 마찬가지였지. 색시의 시가 식구들도 떠내려가며 살려달라고 비명을 질렀지. 색시는 산 정상쯤에 이르렀을 때, '나 혼자 살면 무얼 할 것이냐, 저들을 구제해서 함께 살아야 한다'는 자각이 생겨 뒤로 돌아섰는데, 그 순간 번개와 벼락이 쳐서 색시를 거대한 바위로 만들었지. 그 바위는 세상을 구제하고 싶어 하는 구세주, 즉 억불, 미륵부처의 모습이 되어버렸네."

전봉준은 아, 하고 탄성을 지르며 억불바위를 향해 고개를 끄덕거렸다. 심호흡을 하고 나서 이방언이 말을 이었다.

"나는 이 말을 타고 향교에 오갈 때마다 저 바위를 쳐다보면서 마음을 다지곤 하네. 나 혼자서만 잘 먹고 잘 살면 무엇을 할 것인가. 백성들과 함께 잘 살아야 한다. 공맹의 가르침에 따라 사는 내가 가슴에 한울님을 모시고 사는 동학에 입도한 것이 그 까닭이네. 우리 동학은 도탄에 빠진 백성들을 구하는 단체가 될 것이네. 장흥부의 백성들은 너도나도 동학의 한울님 밑으로 들어서고 있어. 한울님이 자기 한풀이를 해줄 거라고 믿고 있는 것이여."

회천면 구교철의 집 앞에 이르러 전봉준은 말에서 내렸다. 구교철을 만난 다음 보성, 화순을 거쳐 담양으로 갈 참이었다. 헤어질 때, 이방언이 전봉준의 소매를 잡아 흔들었다.

"사랑하고 존경하는 조선 천하의 내 아우, 전봉준 공, 자네의 이 잠행의 성과가 곧 하늘을 찌를 것이야. 언제든지 통문만 돌리게나. 그러면 이 노구를 이끌고 달려갈 테니까. 장흥 남쪽의 대동면에는 이인환 접주가 있고, 서북쪽 산중에는 이사경 접주가 있고, 장흥성 밖에는 강봉수 접주가 있고, 동쪽의 회천면에는 구교철 접주가 있네. 여차하면 밀고 올라가서 흥선대원군에게 큰 힘을 실어주어야 하네."

기습

　봉놋방 창문 밖 마당에서 모닥불이 타고 있었다. 방바닥은 따스했다. 전봉준은 잠을 이룰 수 없었다. 관군들에게 잡혀 가는 아내와 아들딸의 모습이 눈에 보이는 듯싶었다. 가슴이 쓰라렸다. 눈을 힘주어 감으면서 고개를 저었다. 다 잊고 잠이나 자자. 까무룩 잠이 들었는가 했는데, 총포 터지는 소리가 들렸다.

　동학군이 기습을 해왔다. 경계를 서는 일본 군인들을 사살하고 다나카와 하사와 여타의 군인들을 죽였다. 봉놋방으로 뛰어든 사람은 김개남이었다. 이토는 김개남에게 무릎을 꿇고, 자기는 조선 사람이라고, 목숨만 살려달라고 애걸했다. 김개남은 이토의 목을 쳐버리고 전봉준을 구출했다. 김개남은 쑥대머리 같은 머리칼을 휘날리며 그를 구해 업고 달렸다. 멀리서 일본군이 추격해왔다. 억새밭으로 뛰어들었다. 억새를 헤치면서 달렸다. 억새의 흰 꽃들이 밟혀 누웠다. 김개남은 자기 말 뒤에 전봉준을 태운 채 달리고 또 달렸다. 산모퉁이를 돌고, 산을 넘고, 개울을 건넜다. 사람들이 우글거리는 장바닥을 관통했다. 대바구니전과 옹기전을 헤치며 달렸다. 등 뒤에서 콩을 볶는 듯한 총소리가 들려왔다. 김개남은 씨근거리면서 말을 몰았다. 말 등에서 땀이 촉촉이 흘렀다. 장바닥을 벗어났다. 허허벌판으로 달렸다. 구름처럼 도망쳐 가는, 죽창을 든 동학도들이 보였다. 등 뒤에선 일본군의 기관총 소리가 들려왔다. 앞에서 달리던 동학도들이 짚뭇처럼 쓰러졌다. 그들은 쓰러지면서도 '시천주조화정 영세불망만사지' 하고 주문을 외워 댔다. 전봉준도 주문을 외웠다. 김개남도 주문을 외우며 말을 몰았다. 한데 기관총탄이 말의 허벅다리를 맞혔고, 말은 곤두박질쳤다. 전봉준은 논두렁에 처박혔다. 일본군이 쫓아와서 절뚝거리는 그의 팔을 잡아끌었다. 전봉준은 개처럼 끌려갔다. 강변에 말뚝이 한 줄로 박혀 있고, 그 말뚝에 흰옷 입은 동학군 한 사람씩이 묶여 있었다. 그도 그 말뚝에 묶였다. 조선의 관군들이 그의 아내와 두 딸과 두 아들을 끌고 와서 말뚝에 묶었다. 아내가 그를 향해 "여보!" 하고 울부짖었다. 딸들 아들들이 그를 향해 "아버지! 살려주셔요!" 하며 몸부림을 치고 발버둥을 쳤다. 관군 하나가 그를 향해 "잘 봐라. 네놈의 씨를 말려주겠다." 하며 칼을 빼들었다. 다른 관군들이 칼을 빼들고 아내와 딸들과 아들들에게 다가갔다. 그는 "안 돼!" 하고 소리를 질렀다. 그 소리를 아랑곳하지 않고 관군들은 치켜든 칼로 아내와 딸들과 아들들의 목을 내리쳤다. 그들의 목에서 피가 솟구쳐 흘렀다. "안 돼, 안 돼!" 하고 소리를 치는데

누군가가,

"장군!" 하면서 가슴을 흔들었다. 이토였다.

창 밖에서 두런거리는 소리가 들려왔다. 경계를 서는 일본군들이 교대를 하고 있었다.

노을

 전봉준이 잠을 이루지 못하고 엎치락뒤치락하는데, 팔목에 묶인 포승이 켕기었다. 포승의 끝에 이토의 손목이 묶여 있었다. 아, 지금 나는 묶이어 한양으로 간다.
 이토는 자기의 양아버지 이토 히로부미가 나를 살려줄 것이라고, 희망을 가지라고 회유한다. 내가 내 의지에 따라 죽지만 않으면, 이토 히로부미의 의지에 따라 나는 살게 된다. 일본으로 건너가면 이토 히로부미의 의지에 따라 나는 전혀 새 사람이 될 것이다. 성을 이토로 바꾸고 상투를 자르고, 일본말과 일본 행실과 일본 풍습을 배우고, 일본 옷을 입어야 한다. 영국이나 미국으로 유학을 가야 한다. 유학을 마치고 돌아와서는, 이토 히로부미에게서 은전을 입은 만큼 보답을 하기 위해 이토 히로부미와 일본에 충성을 다해야 한다.
 전봉준은 흔들리고 있었다. 아, 내가 정말로 살아날 수 있을까.

살아서 아내와 아들딸들을 다시 볼 수 있을까. 전봉준은 이를 악물었다. 살아 있다는 것이 치욕이었다. 혀의 한가운데를 이로 물어보았다. 이곳을 힘껏 물어뜯어버린다면 여기서 피가 철철 흐를 것이다. 그러면 결국 빈사 상태에 이르러 죽을 것이다. 죽으면 치욕으로부터 벗어난다.

도리질을 했다. 지금 죽어서는 안 된다. 수도 없이 벼슬 장사를 하여 나라를 썩어 문드러지게 한 사람들에게 왜 내가 죽창을 들고 일어섰는가를 외치고 나서 죽어야 한다. 죽으려 하면 영원히 살고, 지금 비굴하게 살려고 하면 두 번 죽고 세 번 죽고 네 번 죽는다. 열 번, 백 번을 죽는다.

창문에 새빨간 노을이 떴다. 핏빛을 연상하게 했다. 노을 색깔을 바라보노라면 어지럽다. 술에 취한 듯싶다. 왜 아침에 뜬 것도 노을이라 하고, 저녁에 지는 것도 노을이라고 할까. 아침에 뜨는 노을은 살아나는 것이고, 저녁에 뜨는 것은 죽어지는 것이다. 나의 시간, 나의 계절은 아직 아침나절이고 아직 초여름인데, 나는 칼을 맞고 죽어가야 한다.

날이 번히 밝아졌다. 눈을 감은 채 엎치락뒤치락하는 전봉준의 모습을 지켜보는 이토 역시 잠을 이루지 못했다.

사람들이 부산스럽게 움직였다. 측간에 가서 숙변을 보고, 물을 떠다가 얼굴을 씻고, 국밥 한 그릇씩을 먹고, 한양을 향해 길을 떠날 차비를 하고들 있었다.

이토가 먼저 몸을 일으켰다. 전봉준은 눈을 감고 누워 있었다.

한양으로 가면 죽게 되는데, 한양 길을 서둘러야 할 이유가 무엇인가. 이토가 전봉준에게 말했다.

"기침하시고, 길 떠나실 차비를 하셔야 하는구만이라우."

전봉준은 대변이 마려워 몸을 일으켰다. 대변을 쉽게 할 수 있을까. 이제부터는 발등과 정강이의 아픔과 더불어 변비와도 싸워야 한다.

이토가 전봉준 앞에 머리를 깊이 숙이면서 속삭이듯이 진정으로 말했다.

"살아 계셔주셔서 참말, 참말로 감사합니다이."

목울음 섞여 있는 이토의 말이 가슴 한복판을 비수처럼 찔렀다. 이 간교한 놈에게 이러한 수모를 당하고 살아야 하는가. 그러나 살아야 한다.

"포승을 풀어주시오. 오늘은 나 혼자서 측간엘 가겠소."

이토가 무릎을 꿇고 머리를 조아렸다.

"안 돼라우. 제가 따라가야 혀라우."

전봉준은 더 우기려 하지 않고 곤혹스러운 말을 뱉었다.

"측간으로 데려다주시오."

여느 때처럼 이토는 철동이를 불러주었다. 철동이와 또 하나의 가마꾼이 달려왔다. 그들이 전봉준의 어깨 하나씩을 잡아 올려 목에 걸쳤다. 전봉준은 몸이 동동 들린 채 밖으로 나갔다. 측간에서 그는 그들에게 몸이 들린 채 허리띠를 풀었다. 그들이 그의 다리 하나씩을 팔뚝에 걸치고, 엉덩이를 측간으로 향하게 해주었다. 전봉준은 대변을 하기 위해 안간힘을 썼다. 그렇지만 대변은 쉬이 나오지 않았다. 아래쪽에서는 찬바람과 더불어 오물의 흉한 냄새가 올라왔다. 이토는 측간 밖에 서 있었다. 이토는 끔찍스러운 충견이었다. 전봉준은 이를 악문 채 안간힘을 썼다. 이마에 땀이 솟았다. 겨우 염소똥만 한 것 몇 개를 배설할 수 있을 뿐이었다. 뒤가 개운치 않았지만 나머지는 다음의 숙제로 남겨놓기로 했다. 뒤처리를 하고 측간 밖으로 나온 전봉준은 이토에게 손을 씻고 싶다고 말했고, 철동이는 전봉준을 부엌문 앞에 앉혀놓고, 봉놋방 아궁이의 노구솥에서 따스한 물을 나무 물통에 받아 왔다. 손을 씻고, 얼굴을 씻고 나서 그는 또 예의 둘에게 동동 들린 채 봉놋방 쪽으로 갔다.

마당에서 체조를 하던 다나카가 전봉준을 흘긋 보았다. 전봉준은 집총한 채 사방 경계를 하고 있는 군인들의 준엄한 자세를 둘러보고 봉놋방으로 들어갔다. 그의 귀에 이토의 말이 살아났다.

"살아 계셔주셔서 참말, 참말로 감사합니다이."

소리

 가마가 달렸다. 흔들렸다. 가마 안의 전봉준은 어지러웠다. 말을 타거나 배를 타면서도 느끼지 않은 멀미를 가마 안에서 느꼈다. 한 식경쯤을 달렸다. 가마꾼들의 가쁜 숨소리가 들려왔다. 이제 한 번 쉬었다가 갈 만도 한데 이토는 가마꾼들에게 멈추라고 명령하지 않았다. 가마꾼들을 혹사시켰다. 지난밤에 먹인 돼지고기와 아침에 먹인 국밥의 기운을 다 쏟아놓게 했다.

 가파른 고개 밑에 이르렀을 때 가마꾼들은 교대를 했다. 가마는 곧 출발했다. 가파른 고개를 올라가는 가마꾼들의 숨이 가빠졌다. 이토가 뒤따르는 가마꾼들에게 말했다.

 "누가 육자배기나 한 자리 하소이. 덜 뻗치게 말이여."

 뒤따르는 가마꾼들은 아무도 소리를 하려고 하지 않았다. 이토가 담양에서부터 온 키 헌칠하고 목이 긴 관노에게 말했다.

 "어이, 꺽다리! 자네가 한번 혀! 모가지가 찔룩헌 것이 육자배기 잘하게 생겼구만그려!"

꺽다리라고 불린 관노가 도리질을 하면서 "내 소리는 맛이 안 들었어라우." 했다.

이토가 말했다.

"맛 안 든 육자배기일지라도, 그것 듣는 재미는 거짓말하고 뺨 맞기보다는 훨씬 낫어. 얼른 한번 내놓소. 소리 안 내놓을라면은 자네가 대신 가마 메. 시방 메고 가는 누군가 보고 소리를 하라 하고."

꺽다리가 어찌할 수 없이 "고나아, 헤에!" 하고 육자배기의 허두를 빼더니, 고개를 황새처럼 길게 늘이고 소리를 뱉었다.

> 사람이 살면은 몇 백 년이나 살더란 말이냐
> 죽음에 들어서 남녀노소가 있느냐
> 살아생전에 각기 맘대로 놀기나 할거나 헤에

구슬프면서도 유장한 육자배기의 소리는 치올라가는 듯하다가 꺾이고 휘돌아 흐르면서 간장을 아리게 했다. 꺽다리는 한숨을 돌리고 이어 소리를 했다. 맛 들어 있지 않다는 자기의 소리에 자기가 이미 취해 있었다.

> 연다앙으 밝은 달 아래 채련하는 아이들아
> 십리장강 배를 띄우고 물결이 곱다고 자라앙을 마라

그 물에 잠든 용이 깨고 나면 풍파일까 염려로구나 헤에

 전봉준은 눈을 감았다. 절망이 몸을 무력하게 했다. 용은 잠들지 않았지만, 날개를 모두 잃고, 두 다리가 꺾이었으므로 풍파를 일으킬 수가 없다. 앞쪽에서 가마를 메고 가는 오동통한 가마꾼이 숨을 가삐 쉬면서 그 소리를 받았다. 그는 가마채를 탕탕 두들기면서 가쁜 숨 사이로 소리를 뱉어냈다.

새벽 서리 찬바람에 울고 가는 저 기럭아
너 가는 길편에 내 한 말 들어다가
한양성중 들어가서 그리던 벗님께 전하여 주려무나 헤에

 애원성을 기막히게 잘했다. 전봉준은 가마꾼들이 가마에 실려 가는 그의 한스러운 마음을 풀어내고 있다고 생각했다. 뒤따르는 꺽다리가 다시 소리를 받았다.

꿈아 꿈아 무정한 꿈아, 오시는 님을 보내는 꿈아
오시는 님은 보내지를 말고 잠든 나를 깨워나 주지
이후에 유정한 님 오시거든 님 붙들고 날 깨워줄거나 헤에

 고개 위에 올라섰을 때, 이토가 잠시 쉬어 가자고 했고, 가마꾼들이 가마를 내려놓았다. 가마꾼들이 이마의 땀을 훔쳤다. 시키지

도 않았는데, 철동이가 가마를 등지고 퍼질러 앉은 채 산등성이의 흰 눈을 바라보며 소리를 했다.

　　산천은 험준하고 수목은 총잡한디

　이 소리를 듣는 순간 전봉준은 그의 남여를 메었던 키 작달막한 동학군을 떠올렸다. 그가 그 소리를 했었는데, 철동이가 지금 똑같은 소리를 하고 있는 것이다. 아, 그렇다, 지금 저 철동이가 바로 그때의 그 동학군이다. 철동이는 소리를 계속했다.

　　만학은 눈쌓이고 천봉에 바람이 칠 적에
　　화초목실 없었으니 새가 어이 울랴만은
　　적벽에 객사원귀 고향생각 한조(恨鳥)들이 조승상을 원망하여 지저귀면서 울더니라. 귀촉도 귀촉도 불여귀는 슬피 울어⋯⋯ 백만 군사를 자랑터니 금일 패군이 웬 말이오⋯⋯

　전봉준은 가슴이 쓰라렸다. 앙가슴에서 더운 김과 찬 김이 섞바뀌었다. 백만 군사를 자랑터니 금일 패군이 웬 말이오. 그는 진저리를 치면서 속으로 울었다. 철동이가 눈밭에서 죽어간 동학도들의 한을 노래하고 있었다.

회유

 땅거미가 질 무렵에, 전봉준이 탄 가마를 호송하는 일본군은 들판 한가운데에 있는 주막으로 밀고 들어갔다. 봉놋방에 짐을 풀고 밤을 새우려 하는 중년의 나그네 둘을 무자비하게 추방했다. 나그네들은 일본군이 빼든 칼과 겨눈 총 앞에 벌벌 떨면서 괴나리봇짐을 짊어지고 하릴없이 노을 타오르는 길을 나섰다. 그들이 주막을 나선 지 오래지 않아 그들의 비명이 들려왔다. 비명 들려온 들판으로, 누르고 푸르고 붉은 별들이 쏟아져 내렸다.

 이토는 가마꾼들을 동원하여 봉놋방 아궁이에 불부터 지폈다. 하사는 군인 둘과 가마꾼 셋을 이끌고 옆 마을로 갔고, 거기에서 닭 세 마리와 고깃살 부드러운 돼지새끼 한 마리를 강탈해 왔다.
 마당에는 모닥불이 타올랐고, 모닥불 가장자리에서 잔치가 벌어졌다. 전봉준은 전과 마찬가지로 고기 먹기를 거부했고, "나로 인해, 나로 인해…… 연일 저렇게 슬픈 잔치가 벌어지고 있다." 하고 자책했고, 허공을 향해 "한울님, 저들의 잔혹한 만행을 직시하시고 저들의 죄를 용서하지 마시옵소서." 하고 중얼거렸다.

군인들과 가마꾼들의 배부름 속에서 겨울밤은 깊어갔다. 봉놋방은 설설 끓었고, 공기는 건조했고, 전봉준은 이토와 나란히 포승에 묶인 채 아랫목에 드러누웠다. 잠이 오지 않았다. 그것은 가마를 타고 오면서, 이토가 담양에서부터 넣어준 누더기 이불로 몸을 덮은 채 토막잠을 자곤 했기 때문일 터였다. 잠도 멀미 때문에 오는지 모른다. 흔들리는 가마 안에 앉은 그는 밀려오는 잠을 이겨낼 수 없어 문틀에 기대 누워 자곤 했다. 가마꾼들이 교대를 하기 위해 잠깐 멈추어 섰을 때나, 그가 가마꾼들에 의해 밖으로 들려 나가 오줌을 눌 때 깨곤 할 뿐, 그는 거듭 잠을 잤다. 몸이 밑으로, 밑으로 가라앉거나, 허공을 날아가는 어질어질한 기분 속에서 잤다. 잠이 들었다 깨면 기다란 시간 한 토막이, 가마꾼들이 달려온 만큼의 공간과 더불어 사라지고 없었다. 가마꾼들이 땀을 뻘뻘 흘리고 씨근덕거리면서 달리는 동안 가마 안에서 잠을 잔다는 것은 죄스러운 일이었다. 그러나 어쩌랴. 한양으로 달려가는 가마에 실려 가는 것이나 잠을 자는 것은 그의 의지와 별개의 것이었다.

창밖의 마당에는 모닥불이 타고 있었다. 군인들은 어둠 속에서 경계를 섰고, 한 시간마다 교대를 했다. 가마꾼들은 모닥불 가장자리에서 새우처럼 웅크리고 잤다.

이토는 전봉준이 눈을 감고 있기는 하지만 잠들지 못하고 있다는 것을 알고, 입을 열었다.

"장군, 제가 이야기 한 자리 하게 들어보십시오이."

전봉준은 심호흡을 했다.

"일본에서는 무사들이 게다라는 묘한 신을 신고, 한 발이나 되게 기다란 칼을 들고 다녀라우. 게다는, 나무로 깎은 것인디, 굽이 무지무지 높아라우. 그것을 질질 끌고, 조선 두루마기 같기는 한디 자락이 훨씬 짧은 옷을 입고, 맨다리를 내놓고, 사타구니에는 훈도시만 차고 다녀라우. 훈도시라는 것은, 양물하고 똥구멍만 싸매는 부드러운 천이어라우…… 그런디, 얼마 전에 칼을 귀신같이 잘 쓰는 오만한 무사가 하나 있었다고 합디다. 길거리를 걸어가는 디, 맞은편에서 아주 너덜너덜한 누더기 옷을 입고 흉측한 냄새를 풍기면서 오는 거지가 있었어라우. 그 거지는 밥 한 덩이를 손에 들고 먹으면서 왔는데, 그 거지의 입과 손에는 밥알이 붙어 있었어라우. 그 밥알들과 흉측한 냄새 때문에 무사는 속이 왈칵 뒤집혀버렸어라우. 무사는 순간적으로 칼을 뽑아서 거지의 목을 쳐버렸어라우. 얼마나 날쌔게 쳐버렸는지, 거지는 아무런 낌새도 채지 못하고, 손에 들고 있는 밥 한 덩이를 뜯어 먹음스롬 걸어갔어라우. 얼마쯤 뒤 개천에 이르러 외나무다리를 건너가다가, 그 다리가 출렁하는 바람에 거지의 모가지가 떨어져서 개천 바닥으로 툭 떨어졌어라우. 모가지가 없는 거지의 아랫도리는 외나무다리를 다 건너간 다음에 픽 거꾸러졌당만이라우."

잔혹한 이야기를 시부렁대고 있음에도 불구하고 이토는 얼굴과 목소리에 웃음을 담고 있었다. 전봉준은 천장을 쳐다보았다. 문틈으로 날아든 불그레한 모닥불 빛이 천장에서 어릿어릿 춤을 추고 있었다.

"일본이란 나라 참으로 알 수 없는 나라여라우. 기생들이 얼마나 야들야들 이쁜지 아시오? 활짝 웃으면서, 말을 아주 간이 살살 녹도록 사근사근하게 하고, 사미센을 뜯음스롬 노래를 코멍멍이 비슷한 소리로 불러라우. 그 노래 가사들은 또 얼마나 멋진지 아시오?"

이토는 잠시 뜸을 들였다가 심하게 떨리는 목으로 노래를 했다.

"미야기벌(宮城野) 휘휘 부는 찬 이슬바람아, 이 밤들어 다 꺾일라 그 가냘픈 싸리꽃!"

이토는 군침을 삼키고 나서 말을 이었다.

"……짧지만 그 얼마나 멋지면서도 가슴 아프요? 조선에는 가슴 아리게 하는 그런 짧은 노래가 없어라우…… 일본에는 그런 노래들이 얼마든지 있어라. 더 들어보실라요?"

이토는 또 심하게 떨리는 목으로 노래를 했다.

"한 많은 방울벌레 목을 놓아 울어도, 긴긴 밤 다함 없이 흐르는 눈물이여…… 구름 위를 가는 달도 눈물을 흘리는데, 어떻게 지새우는가 풀밭 속 오두막은!"

이토가 마른 입술에 침을 바르고서 말했다.

"……사미센을 뜯으면서 노래를 부르면 가슴이 저릿저릿 녹아 들어라우."

전봉준은 눈을 감은 채 듣고만 있었다. 이토가 잠시 뜸을 들이고서 말을 이었다.
 "장군, 그렇게 야들야들 좋은 세상을 놔두고 어떻게 나이 사십에 멀리멀리 암흑 같은 저승으로 떠나간단 말이오?"

한밤중

　전봉준은 붕대로 싸매놓은 발등과 정강이가 아리고 쑤셨다. 배변을 시원스럽게 하지 못한 아랫배가 더부룩하고 무거웠다.
　모닥불 앞에서 새우잠을 자는 가마꾼들이 안쓰러웠다. 그들은 무슨 죄를 지어 나를 가마에 태워 가느라고 그 고생을 한단 말인가. 발과 다리만 성하다면 내 발로 끌려갈 터인데…… 내일 아침밥을 먹은 다음에는 다시 측간에 가봐야겠다. 이번에는 시원스럽게 배변을 해버려야 한다.
　이토는 전봉준이 잠들지 못하고 있다고 생각하고 입을 열었다.
　"장군하고, 제 아버지 이토 히로부미 각하하고는 묘한 인연인 모양이어라우. 제 아버지의 키는 오 척 삼 촌쯤밖에는 안 돼라우. 작달막하지만 체질이 차돌같이 굳세고 강단져라우. 체구가 장군하고 아주 비슷할 것이오. 아마 일본 땅의 제 아버지 이토 히로부미 각하가 조선 땅의 장군에게 관심을 가지신 것도, 당신하고 생김이 비슷하기 때문인지 모르겠어라우. 제 아버지 이토 히로부미 각하는 체구가 작달막하기는 해도, 얼마나 정력이 센지, 밤이면 잠을 많이 주무시지를 안 혀라우. 항상 밤중이 훨씬 지난 다음에 주무시고, 아침에는 아주 일찍 일어나셔라우. 뜻이 맞는 친구나 친지를 만나면 나란히 누운 채 밤을 새워서라도 이야기를 하려고 해라우. 불을 끄고 나란히 누워서 이리 묻고 저리 묻고, 이 이야기를 하고 저 이야기를 하고…… 저를 양자로 들인 다음에는 가끔 저를 불러서 옆에 재우는데, 저의 어린 시절에 살아온 이야기를 한없이 들으려고 해라우. 보통 정력이 아녀라우."

전봉준은 그런 점에서는 이토 히로부미라는 사람이 자기와 비슷하다고 생각했다. 이토가 말을 이었다.

"제 아버지 이토 히로부미 각하가 관계를 맺은 여자가 아마 열 명 가까이나 된다고 하더라고라우. 물론 모두가 기생들이지라우. 첫 번째 여자가 당신의 정치적인 동료의 여동생이었는데, 알 수 없는 이유로 이혼을 했어라우. 들리는 말로는 그 첫 번째 여자가 제 아버지 이토 히로부미 각하의 정력을 감당하지 못하고 이혼을 하자고 했다는 것이어라우. 그래서 그랬는지, 그 여자하고 이혼을 하고는 금방 아주 예쁜 기생하고 결혼을 했어라우. 그 기생이 지금의 아내인디요. 부부 사이는 금슬이 한없이 좋아라우."

이토는 전봉준 쪽으로 돌아누웠다.

"지금의 아내, 제 양어머니는 보통으로 마음이 넓고 담대한 여자가 아녀라우. 젊은 시절, 새 명치천왕 즉위 직전에, 제 아버지 이토 히로부미 각하가 정적들에게 쫓기고 있을 때, 이런 일이 있었다고 합디다. 오랜만에 집엘 숨어 들어갔는디, 건장한 무사 둘이 한밤중에 쫓아 들어왔어라우. 제 아버지 이토 히로부미 각하는 미처 달아나지 못하고, 다다미방 밑에 있는 비밀 은신처로 몸을 피해 엎드려 있었어라우. 젊은 기생 출신인 제 양어머니는 자객들에게, 그 양반이 들어오지 않았다고 시치미를 떼고 도리질을 했는데, 자객들은 기다란 칼끝으로 다다미 바닥을 저 안쪽 구석에서부터 쿡쿡 찔러왔어라우. 제 아버지 이토 히로부미 각하가 들어가 있는 은신처는 바깥쪽 구석 밑인디, 무사들은 거기까지 계속 쑤셔갈 참이었어라우. 제 양어머니는 무사들이 땀을 흘리고 있는 것을 보고, 재빨리 물 한 잔을 떠가지고 와서 들이밀면서 '물부터 한잔 마시고 나서 천천히 수색을 하라'고 했어라우. 물 잔을 받아든 무사가 한동안 제 양어머니의 눈을 바라보다가, 물을 벌컥벌컥 들이켠 다음, 다다미 바닥 쑤시기를 그만두고, 옆의 무사를 데리고 나가버리더랍니다요…… 그런 담대하고 머리 명석한, 생명의 은인인 제 양어머니를 두고도 제 아버지 이토 히로부미 각하는 다른 새파란 기생들을 만나고 또 만나고 그래라우. 그만큼 제 양어머니는 마음이 너그러운 분이신 것이고, 제 아버지 이토 히로부미 각하는 정력이 말할 수 없이 센 것이지라우."

전봉준은 심호흡을 했다. 정력이 세다는 것도 자기와 비슷하다고 생각했다. 먼저 저 세상으로 떠나간 첫째 부인은 그와 더불어 방사를 치르다가 지쳐 말했었다.

"여보, 당신 기생한테 좀 다니시오. 저 절대로 시샘하지 않으께라우."

그러나 서당 훈장을 하는 사람이 무슨 돈이 있어 기방 출입을 할 것인가.

이토는 전봉준이 자기의 말을 흥미롭게 듣고 있다고 생각하며 말을 이었다.

"제 아버지 이토 히로부미 각하는 틈만 나면 책을 읽어라우. 시도 짓고 글씨도 써라우. 장군도 책을 그렇게 부지런히 읽고 시를 잘 짓고 글씨를 아주 잘 쓴다고 들었구만이라우. 다만 한 가지에서, 장군과 제 아버지 이토 히로부미 각하가 다른디, 그것은, 장군이 한문에만 능하고 중국의 경전만 읽는 반면에, 제 아버지 이토 히로부미 각하는 중국 경전에도 능하지만 영어를 아주 잘해라우. 또 하나 다른 점은, 장군이 조선 땅 안에서만 사신 반면에, 제 아버지 이토 히로부미 각하는 영국에 유학을 다녀왔다는 것이어라우. 제 아버지 이토 히로부미 각하는 영국이나 미국에서 날아온 신문을 척척 읽고, 어떤 기사는 일본말로 번역을 해서 동료 정치인들에게 돌려 읽힌답니다."

전봉준은 "으흠!" 하고 나서 탄식을 했다. 나의 실패, 우리 동학군 지도자들 모두의 실패는 우물 안 개구리였던 때문이다. 진작에 밖으로 눈을 돌렸어야 했다. 영어를 배우고, 바다 밖의 나라에서 은밀하게 기관총을 들여다가 동학군을 훈련시켰어야 했다. 그래, 그렇다. 우리는 넓은 세상에 눈이 어두웠고, 일본에 대해서 너무 몰랐고, 준비가 부족했다.

"모든 면에서 제 아버지 이토 히로부미 각하하고 비슷한 장군은 반드시 살아서 일본으로 건너가 신학문을 배워야 혀라우. 영어를 배우신 다음에, 영국이나 미국으로 건너가 새 문물에 대하여 공부하고 새 사람이 되셔야 혀라우. 지금, 겨우 마흔 살에 세상을 접어버리기에는 너무 아까운 인물이어라우."

전봉준은 천장에서 어른거리는 모닥불 빛을 향해 눈을 부릅떴다. 내가 살겠다고 마음을 먹으면 살아날 수 있을까. 이토 히로부미의 도움으로 영국과 미국엘 가서 새 세상 새 문물을 배우고 전혀 다른 새 사람이 되어 조선으로 되돌아와 새로이 한세상을 살 수 있을까.

이토가 말했다.

"역사적으로 볼 때, 조선에서는 농투성이 백성들이 일으킨 모든 반란은 성공하지 못했어라우. 장군께서 일으킨 동학란도 실패로 끝났어라우. 장군이 세상을 바꾸려면 제 아버지 이토 히로부미 각하가 쓴 방법을 써야 혀라우. 장군은 일본으로 건너가서 전혀 새로운 사람이 되어가지고 조선 땅으로 와서 정부 요직에 파고 들어가야 할 것이오. 그래가지고, 테러를 해야 하는 것이어라우. 정치적인 폭력을 써야 혀요. 은밀하게, 그야말로 귀신같이 지금의 임금을 죽여 없애고, 장군의 입맛에 맞는 명석한 사람을 임금으로 앉혀놓고, 그 임금을 시켜서 개혁적이 아닌 사람, 먼 앞날을 내다보지 못하는 불량한 탐관오리들을 제거하게 하면 되는 것 아니겠소?"

농투성이가 아닌, 양반의 자제인 김옥균 일당이 정치적인 폭력으로 이루어낸 갑신정변이라는 삼일천하도 실패로 끝나지 않았는가, 하고 전봉준은 의문을 제기하며 마른 입술에 침을 발랐다. 이토가 전봉준의 속마음을 읽고 말했다.

"김옥균 일당은 참으로 잘하기는 했는데, 준비가 너무나 부족했고, 주도면밀하지를 못했어라우. 우리 일본군 일 개 소대의 도움만으로써 어떻게 그 거사가 성공할 수 있었겠소? 그 실패를 거울삼아, 장군은 진작에 이빨 빠진 늙은 호랑이나 다름없는 홍선대원군을 젖혀버리고, 일본으로 은밀하게 건너가서 제 아버지 이토 히로부미 각하와 손을 잡았어야 했어라우."

전봉준은 눈을 힘주어 감으면서, 숨을 깊이 들이마셨다가 내뿜었다.

"그렇지만, 한 번 실패한 것은 실패한 것이고…… 장군, 이제라도 늦지 않았어라우. 장군은 절대로, 어떠한 수단 방법을 쓰든지, 살아서 일본으로 건너가야 혀라우. 장군이 마음만 굳히신다면 제가 뒤에서 작용을 해서…… 일본 변호사를 대가지고, 일단 사형을 면하게 한 다음, 제 아버지 이토 히로부미 각하가 부리고 있는 사무라이나 천우협이라는 단체를 이용해서 은밀하게 감옥을 부수고 장군을 일본으로 빼돌릴 것이오. 일본으로 가시기만 하면 제 아버지 이토 히로부미 각하의 양자가 되어 성명을 바꾼 다음 영국 유학부터 해야 혀라우."

이토는 잠시 뜸을 들였다가 말 한 마디 한 마디에 힘을 주어 말했다.

"지금 장군의 나이, 이제 마흔 아녀요? 지금 그 젊은 나이에 세상을 버리기에는…… 너무 억울한 일이어라우. 이 나라를 이 모양 이 꼴로 놔두고…… 장군의 세상이 끝장나서는 안 돼라우."

새벽

 화륜선을 탔다. 집 몇 채를 한데 합쳐놓은 것 같은, 거대한 뱃전의 옆구리에 붙은 바퀴가 빙글빙글 돌아가면서 물을 뒤로 밀어내며 달리는 화륜선. 배의 기관이 구르릉구르릉 소리를 냈다. 그 배에는 검은 옷을 입은 사람들이 타고 있었다. 그들의 얼굴에는 표정이 없었다. 돌이나 나무로 깎아놓은 듯 얼굴 표정이 굳어 있었다. 전봉준은 맨발에 게다라는 일본 신을 신고 있었다. 두루마기 같은 일본 옷을 입었을 뿐 아랫도리에는 아무것도 입지 않았다. 사타구니에 훈도시라는 것을 찼다. 옆에 탄 이토가 "지금 장군하고 저하고는 영국으로 유학을 가고 있어라우." 하고 말했다. 이토와 함께 배에서 내렸다. 그런데 이토는 어디로 갔는지 보이지 않았다. 검은 옷을 입은 사람들이 그를 안내했다. 어디로 안내하는 것일까. 지금 어디로 가고 있는 것이냐고 물어도 안내하는 사람들은 아무 대답도 없이 그냥 앞장서 갈 뿐이었다. 얼마쯤 가다보니 전라도 장흥의 탐진강에서 본 섶다리가 나왔다. 통나무로 교각을 만들고, 교각과 교각 사이에 아름드리 통나무를 걸치고, 그 위에 소나무의 섶과 자갈과 흙을 깔고 떼를 입혀놓은 섶다리였다. 다리 위로 올라섰다. 다리 아래는 팥죽 같은 진흙물이 흐르고 있었다. 진흙투성이가 된 사람들이 무엇인가를 잡고 있었다. 자세히 보니, 그들은 무엇을 잡고 있는 것이 아니고, 목이 묶인 채 이리저리 이끌려 다니고 있었다. 겁이 났다. 그곳은 지옥이었다. 나는 지옥에 가면 안 된다. 몸을 돌려 도망을 쳤다. 검은 옷 입은 사람들이 쫓아왔다. 더 잽싸게 달려야 하는데 발이 말을 듣지 않았다. 이를 악문 채 힘껏 발을 옮기는데 발등에서 통증이 일었다.

소스라쳐 일어났다. 한쪽 손목에 포승이 묶여 있었다. 포승의 끄트머리는 이토의 손목에 묶여 있었다. 천장에는 문틈으로 새어 들어온 모닥불 빛이 어른거렸다. 동창은 불그레한 먼동에 물들어 있었다. 이토가 그의 얼굴을 들여다보았다.

"악몽을 꾸신 모양이구만이라우."

오줌통이 부풀어 있었다. 오줌 때문인지 양물이 꼿꼿이 발기해 있었다. 새벽임에도 불구하고 양물이 꼿꼿이 발기하지 않는 사내는 쓸모가 없다는 말을 생각했다. 나는 아직 쓸모가 있는 사내이다. 오줌을 누고 싶었다. 이토가 알아채고 아랫목에 있는 요강을 끌어다주었다. 그때 손목에 묶여 있는 포승이 켕겼다. 전봉준은 일어나 앉았다. 이토가 그의 허리띠를 풀고, 옷을 엉덩이 아래로 끌어 내린 다음, 몸을 번쩍 안아 들어올려 요강에 앉혀주었다. 소피를 보았다. 오줌줄기가 요강 바닥에 뻗쳤고, 그 소리가 봉놋방 안을 울렸다. 강한 오줌줄기는 정력이 강하다는 것을 말해준다. 여자와 방사를 잘 치를 수 있다는 것이고, 그것은 활력이 넘친다는 것이다. 이토의 말이 떠올랐다. '제 아버지 이토 히로부미 각하는 지금의 부인 말고도 기생 열 명하고 관계를 가지고 살아라우.' 지리면서도 고소한 오줌 냄새가 콧속으로 밀려들었다. 그가 소피를 다 보고 나자, 이토가 그를 안아 들어 방바닥으로 내려놓고 소피를 보았다. 이토의 오줌줄기 뻗치는 소리는 그의 오줌줄기 뻗치는 소리보다 가늘고 여린 듯싶었다. 그만큼 오줌을 누는 시간도 길었다. 전봉준은 다시 자리에 누웠다. 도시락을 보내주곤 하던 젊은 홀어미의 얼굴이 떠올랐다.

막힌 기

그 홀어미가 보낸 도시락 속에 언문으로 흘려 쓴 편지가 들어 있었다.

소녀는 온몸이 땅 밑으로 가라앉는 듯싶으면서 맥이 없고 두통이 끊이지 않는데, 밤이면 그 통증이 더욱 심해서 잠을 이룰 수가 없습니다. 제 몸 여기저기에 기가 막혀 있는 듯싶사옵니다. 선생님의 침과 뜸이 영험하다고 하는데, 어려운 청인 줄 아옵니다만, 잠시 오셔서 이 미천한 저에게 그 영험한 방술(方術)을 써주시면 안 될까요? 낮에는 주위의 이목이 있어, 거북스러우므로 인적이 끊어진 깊은 밤에 오셔주셨으면 하옵니다.

편지를 읽는 순간 전봉준은 가슴이 떨렸다. 홀로 사는 여인이 몸에 맥이 없고 두통이 심하다는 것은 뻔한 증상이었다. 그것은 생리적으로 기가 막혀 있음인 것이다. 그 기는 침이나 뜸으로 터 줄 수 있는 것이 아니다. 남성과 몸을 질탕하게 섞는 일 이상 좋은 것이 없는 것이다. 그는 그녀가 유혹을 하고 있다고 생각했다. 무엇보다 걱정되는 것은 그녀의 아들이었다. 그 아들은 그녀가 도시락 속에 편지를 써 넣곤 한다는 것을 이미 알고 그것을 훔쳐 읽고도 모른 체하고 있었다.

그는 바쁨을 핑계대고 그녀의 집에 가지 않았다. 그런데 어느 황혼이 핏빛으로 타오를 무렵, 그녀의 아들이 편지 한 장을 전봉준 앞에 내밀고는 도망치듯 나가버렸다.

선생님께 한 말씀 올리옵니다. 제 어머니는 오래전부터 홀로 되셨는데 저 하나만 보고 세상을 사시옵니다. 한밤에 어머니께서 신음하시는 소리를 들으면 괴롭고 슬픕니다. 선생님의 방술은 근동에서 소문나 있습니다. 제발 제 어머니의 병을 치유해주시옵소서. 오늘 밤 저는 동무들하고 함께 남촌 주막엘 가기로 했습니다. 거기 갔다가 집으로 들어가지 않고 그냥 서당으로 와서 자겠습니다. 제가 제 집 사랑방에서 자고 있으면, 혹시라도 어머니께서 선생님으로부터 치유받으시는 것을 불편해하실까 싶어서입니다. 선생님, 제 어머니와 이 못난 아들을 불쌍히 여겨주십시오. 불효자 윤약선 올림

그것을 펼쳐 보는 순간 얼굴이 뜨거워지고 가슴이 우둔거렸다. 효성 지극한 아들의 편지를 받고서도 그녀의 청을 거절한다면 죄

악일 듯싶어 그는 밤이 깊어지기를 기다렸다가, 침과 뜸의 기구를 가지고 그녀의 집으로 갔다. 그녀가 아무리 유혹을 할지라도, 그 어떠한 변수가 생길지라도 침을 놓거나 뜸만 떠줄 참이었다.

초봄이었고, 묽은 안개 낀 달밤이었다. 세상은 교교한데 산에서 소쩍새가 음산하게 울고 있었다. 그녀의 집 대문은 반쯤 열려 있었다. 마당으로 들어서자 마당 가장자리에 서 있는 배꽃이 하얗게 수줍어하고 있었다.

그녀는 술상을 마련해놓고 기다리고 있었다. 윗목의 은색 촛대에는 황색 촛불이 흔들거렸다. 그를 아랫목에 모시고 난 그녀는 촛불을 반쯤 등진 채 무릎을 꿇고 앉았다. 흰 저고리에 묽은 쪽색 치마를 입고 있었다. 동백기름을 바른 머릿결이 촛불 빛을 받아 빛났다. 노련한 화공이 그려놓은 그윽한 미인도 한 폭이 떠올랐다. 오뚝한 코와 검은 눈과 붉은 입술과 흰 볼과 하얀 귓바퀴가 음음한 촛불 음영과 더불어 고혹스러운 분위기를 만들어냈다. 가뜩이나 그녀에게서 풍겨오는 새물내 어린 체취가 그의 가슴을 서늘하게 하던 차였다.

"아드님 효성이 지극하더군요. 기어이 과거에 입격해서 어머니를 기쁘게 해드리겠다고 아주 열심히 책을 널리 깊게 읽습니다. 시도 잘 짓고 글씨도 아주 잘 씁니다. 바야흐로 문리를 터득한 듯싶고, 감수성이 아주 대단합니다."

그녀는 대꾸하지 않고 고개를 수그린 채 호리병을 술 사발에 기울였다. 그는 술 사발을 들어 마셨다. 알싸하면서도 향기로운 청주였다. 눈앞이 어질어질했다. 그녀의 미모와 체취에 취하고, 맑고 향기로운 술에도 취했다. 그는 안주를 한 입 먹으며 일렁거리는 촛불을 향해 말을 이었다.

"추사 김정희 선생이 인재설(人才說)이란 글에서 이렇게 말했어요. 대개의 모든 아이들이 좋은 자질을 가지고 태어나지만, 그 아이들을 부모나 훈장들이 다 버려놓는데 그 까닭은 이러하다는 것입니다. 아이를 과거에 합격시키기 위하여, 과거에 출제될 예상 문제들을 족집게처럼 잘 집어내는 독선생이란 자들이, 논어 중용 대학에서는 이러이러한 대목만 읽어라, 하고 가르치고, 이번 시험관은 이러저러한 사람들인데, 그 사람들이 출제할 문제는 이런 것일 터이므로, 시경의 이 대목, 서경의 이 대목, 주역의 이 대목만 달달 외워버려라…… 이런다는 것입니다. 그러니까 아이들은 책 전편을 관광(寬廣)하게 깊이 읽지를 않는 까닭으로 편협한 절름발이 선비가 된다는 말입니다."

그는 잠시 말을 끊고 심호흡을 했다.

"그런데 부인, 저는 그러한 족집게 독선생은 아닙니다. 책을 한 사코 관광하게 깊게 읽힙니다. 부인의 아드님은 영특하고 책을 그렇게 널리 깊게 읽는 까닭으로 앞으로 큰 동량재가 될 것입니다."

고개를 숙인 채 그의 말을 듣던 그녀의 눈에서 눈물방울 하나가 방바닥으로 떨어졌다. 그는 '아차!' 했다. 취하기 전에 미리 진맥을 하고 침부터 놓자고 생각했다. 그녀를 향해 "먼저 진맥을 해야겠습니다." 하고 나서 앉은걸음으로 다가갔다. 그녀가 고개를 바람벽 쪽으로 돌린 채 한쪽 손을 내밀었다. 그가 한 손으로 그녀의 손을 잡고 다른 한 손으로 맥을 짚었다. 그녀는 떨고 있었다. 그녀의 맥은 팔락팔락 뛰고 있었다. 맥에서 가슴의 뜨거움과 끓고 있는 사랑의 감정이 만져졌다. 그에게 손과 손목을 맡기고 있는 그녀는 붙잡힌 참새처럼 숨을 가쁘게 쉬고 있었다.

"기가 막혀 있습니다."

그가 말을 했을 때 그녀는 그의 무릎 위로 허물어지면서 "흑!" 하고 흐느껴 울었다. 그녀도 스스로의 병이 어떤 것인가를 이미 잘 알고 있었다. 상사와 열애의, 병 아닌 병이라는 것.

그는 그녀의 막힌 기를 뚫는 데 있어 침이나 뜸이란 것이 필요 없다는 것을 잘 알고 있었다. 오직 뜨거운 사랑이 필요할 뿐이라는 것을 알고 있었다. 그는 망설이지 않았다. 사랑을 시작하는 동안 그녀는 내내 울고 있었다. 울음이 번개와 우레와 환희로 바뀌고, 그녀의 막힌 기가 "아흐!" 하는 탄성으로 터지기까지는 그리 긴 시간이 필요하지 않았다.

보쌈

　그녀는 온몸이 땀에 흠뻑 젖은 채로 잠들었다. 밖에는 소쩍새가 울며 날고 있었다. 그도 그녀 옆에서 잠에 떨어졌다. 눈을 떴을 때 그녀가 장롱 속에서 하얀 옷 한 벌을 꺼내놓았다. 저고리와 바지와 버선과 두루마기였다. 그의 몸에 바지를 입히고 저고리를 입혔다. 그의 몸을 일으켜 세우고 두루마기를 입혔다. 장롱 안쪽에서 숨겨두었던 갓집을 꺼냈다. 뚜껑을 열자 새 갓이 나왔다. 제주산 말총으로 만든 값비싼, 테두리 넓은 갓이었다. 이마에 새 망건을 두르고, 그 위에 새 탕건을 얹고 그 위에 갓을 씌워주었다. 갓끈을 조심스럽게 매주었다. 검정 갓끈에는 파란 호박 붉은 호박 노란 호박 두 쌍씩이 달려 있었다. 그를 일으켜 세운 다음 위아래를 훑어보았다. 두 사람의 눈길이 마주쳤다. 그녀가 그의 허리를 끌어안으면서 얼굴을 앙가슴에 묻었다.
　"이제 선생님은 천지간에 하나밖에 없는, 이년의 드러나지 않은 고운님이십니다."

아랫목의 촛불이 한 몸이 되어 있는 그들을 지켜보면서 몸을 외틀었다. 그녀가 그를 술상 앞에 앉히고 술을 권했다. 그가 술 석 잔을 거듭 마시고 나자 그녀가 필묵을 꺼냈다. 벼루에 물을 떨어뜨리고 먹을 갈았다. 그의 손에 붓을 잡혀준 다음 흰 속치마 자락을 펼쳐 보였다.

"시조 한 수를 써주시든지 한시 한 구절을 써주시든지 낭군님 알아서 하십시오. 이것은 소녀가 관 속에 들어갈 때 천금지금으로 써달라고 유언을 할 것입니다."

전봉준은 망설이지 않고 붓을 들었다.

　서러워하는 배꽃을 훑고 들어온 봄밤의 달빛 한줄기, 울며 흐르던 깊은 강물에 풍덩 빠졌는데

한 줄을 더 쓰고 싶은데 말이 막혔다. 머뭇거리는데 그녀가 속삭였다.

"아으, 황감하여라, 그 짙푸른 강물, 달빛을 닮은 이무기를 낳아 용으로 날려 보내는 꿈을 꾸고 있네."

그녀의 말을 받아쓰는 전봉준의 가슴에서 뜨거운 불길이 일었다. 그녀는 전봉준의 가슴을 끌어안은 채 전율했다. 그의 갓과 두루마기를 벗겼고, 그에게서 뜨거운 불비를 받고 싶어 했다. 꼬끼오 하고 첫닭이 울었을 때, 그녀는 아쉬워하면서 얼굴을 그의 가

슴에 묻고 푸념을 늘어놓았다.

"젊고 얼굴 반반하고 몸매 고운 과부들이 살아가는 데에는 어려움이 아주 많습니다. 몸단장 얼굴단장을 곱게 하고 나들이를 하면 안 되고, 콧노래를 흥얼거려도 안 되고, 술을 마셔도 안 되고…… 그렇게 사는 여인에게 무슨 즐거운 일이 있겠습니까마는, 웃음소리가 담을 넘어가도 안 됩니다. 밖에 나갈 때는 처네를 쓰고 다녀야 하고, 남정네를 만나면 그가 젊든지 늙든지 쳐다보면 안 되어라우. 밤이면 문을 단단히 걸어 잠가야 합니다. 젊은 머슴을 부려서는 절대로 안 되고, 부리고 싶으면 반드시 빡빡 늙은 드난살이 남정네를 부려야 합니다…… 그렇게 저렇게 억울하고 한스럽게 살아가는데, 저를 보쌈해 가겠다는 제의가 들어왔어요."

그가 "보쌈 제의라니요?" 하고 되물었다. 그녀가 울음 섞인 목소리로 말했다.

"과부도 사람이니까, 혼자서 수절하고 살아가다 보면 어려움이 한두 가지가 아닙니다. 그래서 에라 모르겠다, 팔자를 고쳐버리자, 여자 팔자는 두름박 팔자란다. 남정네 하나 잘 만나면 고대광실에서 호의호식할 수도 있고, 잘못 만나면 흙 속에 파묻혀 살 수도 있단다…… 그런데 처녀를 시집보낼 때는 매파를 들여보내지만, 개가하고 싶어 하는 과부인 경우에는 그럴 수가 없지라우. 애초에 그 과부가 개가를 꿈꾸고 있는지 그렇지 않은지부터를 알 수가 없어라우. 어쨌든지 과부들은 개가하고 싶은 마음이 굴뚝같아도 사회적인 체면, 친정 쪽이나 시가 쪽 가문의 처지 때문에 입도

벙긋할 수 없는 것 아닙니까? 그렇기 때문에 과부들의 세상에서는 보쌈이라는 것이 생겼어라우. 보쌈은 그야말로 과부의 의사 따위는 처음부터 떠보지도 않고 어느 날 갑자기 돈 많고 지체 높은 홀아비 남자 쪽에서 머슴이나 종들을 시켜 한밤중에 치고 들어가 커다란 자루로 싸 짊어지고 와서 가두어놓고 아내로 삼거나 작은방 여자로 앉혀버리는 그런 것이지라우."

그는 천장을 쳐다보면서 "하아!" 하고 탄성을 뱉었다. 그녀가 말을 이었다.

"보쌈이란 것은 도둑질이기는 하지만, 어떤 과부가 보쌈을 당하면 다시 예전의 집으로 되돌아갈 수가 없어라우. 어찌할 수 없이 그 남정네를 지아비로 모시고 살아야 해라우. 세상 사람들도 그냥 그렇게 한 쌍의 부부가 만들어졌는가 보다 해버리는 것이니까, 그것은 공공연한, 합법 아닌 합법이 되어 있어라우."

전봉준은 말없이 고개를 끄덕거렸다. 잠시 뒤에 그녀가 말을 이었다.

"과부들은 뜻하지 않는 그런 보쌈을 당하지 않으려고 문단속을 야무지게 하고 살어라우. 그런데 그러한 과부들한테는 은밀하게 보쌈 제의가 들어오는 수가 있어라우. 매파가 와서, 아무 데 사는 아무 영감인데, 일찍이 혼자가 되어 살고 있으니까, 아무 날 아무 시에 보쌈을 하러 오면 오는 대로 그냥 눈 딱 감고 당해버려라. 그러면 한 평생 호의호식하게 될 것이다. 어쩔래? 꼭 그렇게 해라잉…… 이러는 것이어라우. 저한테도 몇 차례 그런 제의가 들어

왔어라우."

그가 물었다.

"어떠어떠한 자리에서 들어왔어요?"

그녀가 말했다.

"한번은 금방 초상이 난, 갓 마흔 살인 이방의 집에서 들어오고, 또 한번은 환갑을 앞둔 자리에서 들어오고, 다시 또 한번은 부잣집 작은방 자리에서 들어왔어요."

그가 물었다.

"금방 초상이 난 이방의 집에서 보쌈 제의가 들어오다니요?"

그녀가 말했다.

"갓 마흔한 살인 이방인데, 아내가 오래전부터 울떡증을 앓다가 죽었어라우. 원래 상처한 젊은 남정네는 죽은 아내의 관이 나가기 전에 중매가 들어와야만 무탈하게 살아갈 수 있다는 믿음이 있어라우. 매파 말이, 이방이 진작부터 저를 점찍어놓은 터이라고, 그 자리에 들어가기만 하면 평생 배 안 곯고 산다고, 들어가서 할 일이란 것은 전처가 낳아놓은 자식들 셋만 키워 시집 장가를 보내면 된다고 했어요. 그런데 제가 마다고 했어요. 제 가슴속에는 오래전부터 은애하는 어른이 있어서."

"그게 누구인데요?"

그 물음에 그녀는 대답을 하지 않고, 그의 가슴에 얼굴을 묻고 두 팔로 허리를 끌어안았다.

뱀

 이토는 요강을 아랫목으로 밀어놓고 덮개로 덮은 다음 말했다.
 "이제 먼동이 트고 있으니까 한잠 더 주무셔도 되겠구만이라우."
 한번 깬 잠이 더 올 리 없다, 하며 전봉준은 눈을 감은 채 누워 있었다. 이토는 전봉준이 잠들지 않은 줄 알고 말했다.
 "일본에서 천황과 신하의 관계는 물과 물고기에 비유돼라우. 제 아버지 이토 히로부미 각하의 행운은 천황의 두터운 신임 속에 살고 있다는 것이어라우. 천황은 제 아버지 이토 히로부미 총리대신을 얼마나 신뢰하는지, 측근에게 이렇게 말했다 하는구만이라우. 이토의 상소를 제대로 알아듣기 위해서는 한학 공부를 많이 하지 않으면 안 되고, 깊이 숙고하지 않으면 안 된다고요. 제 아버지 이토 히로부미 각하는 천황의 넉넉하고 따스한 물속에서 마음 놓고 헤엄을 치는 것이지라우…… 뿐만 아니라 일본 국민들에게서도 인기가 절대적으로 높아라우. 몇 년 전에 일본 곤니치(今日)신문에서 전국의 유명 인사들에 대한 인기투표를 했는데, 정치가들 가운데서 제 아버지 이토 히로부미 각하가 일등을 했어라우. 그러니까 제 아버지 이토 히로부미 각하는 하늘을 나는 용인 셈이어라우. 하늘나라를 다스리는 하느님의 신임을 얻고 있을 뿐 아니라, 하늘에 떠다니는 모든 구름들을 날개처럼 달고 있는 용이란 말이오. 제 아버지 이토 히로부미 각하는 조슈(長州) 출신이기는 하지만 조슈 출신만을 휘하에 두려 하지 않고, 또 사사로운 당을 만들어 그 당의 우두머리로 행세하려고 하지 않는 것을 긍지로 삼고 계시는 것이어라우. 그러니까 저 같은 조선 사람을 양아들로 삼기까지 하는 것이고, 또 조선 사람인 장군을 기어이 살려내서 전혀 새 사람으로 만들어야 한다고 마음먹은 것이어라우. 장군이, 그러한 제 아버지 이토 히로부미 각하의 애정 어린 관심 속에 들어 있는 것은 그야말로 천운이어라우."

전봉준은 생각했다. 조선의 대역죄인인 나를 일본국으로 빼내 갈 수 있도록, 이토 히로부미의 힘이 그렇게 대단한 것일까.

"저는 일본에 있는 동안 줄곧 제 아버지 이토 히로부미 각하의 저택인 창랑각에서 살았어라우. 저택 안에는 천황이 내린 하사품들이 가득했어라우. 사시사철, 철이 바뀔 때마다 천황이 새로운 산해진미들을 보내오는 것이었어라우. 제가 날이면 날마다 잘 먹고 잘 자면서 하는 일은 책을 읽는 것이었어라우. 제 아버지 이토 히로부미 각하는 저에게 일본의 라이산요(賴山陽)라는 사람이 쓴

'일본정기(日本政記)'하고 '일본외사(日本外史)'를 읽으라고 했어라우. 그 책들은 아주 재미있었어라우. 제 아버지가 왜 하필 그것들을 읽으라고 했는지 아셔요? 그 책들은 역사적인 사실보다는 시적인 감성적 사실을 더 중요시하는 때문일 것이구만이라우. 라이산요는 합리적인 것을 중요시하는 것이 아니고, 낭만적이고 감성적이고, 호걸스럽고 멋스러운 것을 더 중요시하는 사람이어라우…… 원래 일본 사람들은 조선 사람들에 비하여, 훨씬 감정적이고 감성적이고 단순한데, 라이산요란 사람이 바로 그 대표적인 사람이어라우. 일본 사람들의 성품이 그리된 것은, 아마 일본이란 나라가 바다 한가운데에 떠 있는 섬이라는 특수성 때문인 것이고, 불교의 영향을 많이 받은 때문인 것이고, 완벽한 것은 다 신적(神的)인 것이라고 숭앙하고 찬미하는 전통 때문인 것이어라우. 조선에서는 불교가 들어올 때 이차돈이란 사람의 목이 잘려나가고, 천주교가 들어올 때 수없이 많은 사람들의 목이 잘려나갔는데, 일본에서는 종교 때문에 그런 일이 일어나지 않은 것만 보아도 알 수 있어라우. 일본 사람들은 자기들이 받드는 신이 있으면서도, 불교하고도, 천주교하고도 허물없이 친히 살아라우."

전봉준은 허공을 향해 생각했다. 내가 정말로 살아서 일본으로 건너가 새로운 삶을 살게 될까. 그는 흔들리고 있었다. 이토가 전봉준의 흔들리는 마음을 감지하고 힘을 내어 말을 이었다.

"합리적인 사실, 즉 역사적인 사실과 사람의 마음을 움직이는 감성적이고 낭만적인 행동은 다른 것이어라우. 제 아버지 이토 히로부미 각하는 라이산요의 영향을 받은 것이고, 그래서 밤이면 술에 얼근하게 취해서 미녀들의 무릎을 베고 누워서, 그녀들이 사미센을 뜯으면서 부르는 노래나 읊조리는 하이쿠를 즐기고, 낮에 밖에 나와서는 호탕하게 정치를 하는 법을 몸에 익힌 것이어라우. 그래서 낭만적이고 감성적인 일본 국민들은 제 아버지 이토 히로부미 각하를 좋아하는 것이지라우."

전봉준은 머리에 이토 히로부미라는 키 작달막하고 강단진 일본의 정치가를 그려보았다. 내가 살아서 일본으로 건너간다면 그의 양자 노릇을 해야 하는데, 나는 그렇게 할 수 있을까. 그의 앞에 무릎을 꿇고 엎드려 절을 할 수 있을까. 그는 혀를 아프게 깨물었다. 아, 그러나, 어떻게 그럴 수 있단 말인가. 전봉준의 영혼 속으로 절망과 분노가 숯가루처럼 쏟아졌다.

이토가 말을 이었다.

"장군, 확실하게 일본으로 건너가시겠다는 마음을 굳히시고 마음속에서 흥선대원군이라는 존재와 동학군이라는 허깨비의 무리를 지우십시오. 엄정한 역사적인 사실이나 명분보다는 시적이고 감성적인 가슴으로 현실을 받아들이십시오. 조선 땅의 동학군이 전멸해버리고, 일본군이 사실상 조선 땅을 장악하고 있다는 사실을 감성적으로, 냉엄하게 받아들이십시오."

전봉준은 윗몸을 벌떡 일으키고 팔목에 묶인 포승을 힘껏 당겼다. 이토가 그의 옆으로 끌려왔다. 그는 이토의 뺨을 후려쳤다. 당황한 이토가 얼굴을 붉히면서 애원하듯이, "장군, 이러시면 안 돼라우!" 하고 낮은 소리로 말했다. 그것을 본 다나카가 칼을 빼들고 전봉준 앞으로 달려들었다.

"죽여라. 이 날강도 놈들아!"

전봉준은 다나카와 이토에게 소리쳐 말했다. 다나카가 칼을 허공으로 번쩍 들어 올렸다. 전봉준이 또 다른 못된 행동을 한다면 내리 긋겠다는 것이었다. 이토는 다나카에게 손사래를 쳤다. 다나카의 칼과 전봉준 사이로 얼굴을 들이밀었다. 다나카가 칼을 거두었고, 이토는 전봉준에게 두 손을 비비면서 사죄하듯이 말했다.

"장군, 역정을 거두시고 냉철해지십시오. 지금 동학군은 전멸했고, 조선 땅은 일본군이 장악하고 있고, 흥선대원군은 진작부터 종이호랑이가 되어 있는 그 한가운데에 장군이 서 계신다는 것, 그것이 장군의 실존이어라우."

보고서

 전봉준을 태운 가마는 과천을 지나 한양으로 달려가고 있었다. 길은 평평했고, 가마는 전보다 빨리 달려가고 있었으므로 전봉준은 더 심한 멀미를 느꼈다. 눈앞이 어질어질한 데다 가벼운 구역질 기미까지 있었다. 눈을 감은 채 흔들리는 가마의 율동에 몸을 맡겼다.
 수원에서 하룻밤 지낸 전봉준 호송 일행은 말을 바꾸어 타고, 새로운 가마꾼 여덟 사람을 구하고, 전에 짐승처럼 부리던 지친 가마꾼들은 모두 돌려보냈다. 한겨울 혹한의 날씨 속에서 노자 한 푼도 주지 않고 보냈다.
 "너희들은 고만 고향으로 돌아가거라." 하고 이토가 말했을 때, 가마꾼들은 이토와 다나카에게 무릎을 꿇고 두 손을 파리처럼 빌며 "살려주십시오." 하고 울며 애걸했다. 그들에게 걸려들었다가 풀려난 가마꾼들 가운데서 아직까지 제대로 살아 돌아간 자가 한 사람도 없다는 것을 그들은 알고 있었다. 그것을 절감하고 있는 철동이는 이토 앞으로 바짝 다가서며 "아이고 일본 나리, 장군을 한양까지 모시고 가게 해주시오." 하고 애걸했다.

이토는 그들을 향해 해치는 일 없을 테니까 어서 돌아가라고 말하고, 가마채를 멘 새 가마꾼들에게 채찍질하듯 말했다.

"가자!"

놓여난 가마꾼들은 가마와 호위하는 군인들과, 말을 탄 다나카와 이토와 하사가 지나갈 때까지 무릎을 꿇은 채 두 손을 비비며 목숨을 애걸했다. 전봉준이 가마문 틈으로 내다보며 이토에게 "저들을 살려 보내시오." 하고 말했고, 이토가 대답했다.

"장군 염려 마십시오. 다나카에게 해치지 말라고 말했습니다. 수원 이북으로는 동학이 성하지 않으니까라우…… 여기에서 풀려난 저 사람들은 행운이오."

전봉준은 가슴이 아렸다. 이토의 말대로 저들은 행운을 보듬은 것일까. 혹한 속에서 노자 한 푼 받지 못하고, 천 리 길을 가야 하는 저들 아닌가. 가뜩이나 서북쪽에서 밀려든 검은 구름장들이 하늘을 거멓게 덮고 있었다. 그 구름장들은 눈을 머금고 있었다. 머지않아 눈이 펑펑 쏟아질 듯싶었다. 전봉준의 머리에 하얗게 눈 덮인 들판이나 산길을 헤치고 나아가는, 풀려난 그들의 모습이 그려졌다.

전봉준은 눈을 힘주어 감으면서 한숨을 쉬었다. 지난밤 수원에서 잠을 자며 전봉준은 새로운 사실 하나를 발견했다. 봉놋방 구석에서 다나카와 하사와 이토가 일본말로 이야기들을 주고받았다. 다나카가 주로 묻고 이토가 대답을 하는 것이었고, 하사는 그 말들의 요점들을 적곤 했다. 그들의 표정으로 보아 호송 중인 죄인 전봉준의 행동과 심경 변화에 대한 이야기를 하고 있고, 그것을 보고서로 만들고 있는 모양이었다. 보고서를 어떻게, 무어라고 작성했을까. 전봉준의 심경에 변화가 일어났다고 썼을까. 과연 내 심경에는 어떤 변화가 일어났는가. 나는 지금, 살아서 일본으로 건너가 이토 히로부미의 양자가 된 다음 전혀 새 사람이 되어 개처럼 이용당하는 삶을 살겠다고 마음을 바꾼 것인가. 정말, 이토 히로부미가 노리는 대로, 내가 그의 양자가 되어 영국 유학이나 미국 유학을 한 다음, 이토 겐지처럼, 일본 이름 하나를 이마에 붙인 채 조선으로 건너와서 정치적인 폭력을 통해 지금의 왕을 제거하고 내 마음에 맞는 능력 있는 새로운 왕을 내세워 새 나라를 건설할까. 과연 그럴 수 있을까.

　아니다. 저들은 죄인 전봉준의 심경에는 전혀 변화가 일어나지 않고 있다고 보고서를 썼을 것이다. 맹수처럼 노려보며 저항을 한다고, 이토가 '제 아버지 이토 히로부미 각하'란 말을 입에 담기만 하면 얼굴을 일그러뜨리고 이토의 뺨을 후려치곤 한다고, 그러한 맹수를 양순한 사냥개로 길들일 수 있을 것인지 의심스럽다고 썼을 것이다. 그 보고서가 일본의 이토 히로부미에게 전해진다면, 나는 한양에 이르자마자 죽게 될 것이다.

그 생각을 하자, 전봉준의 가슴에 샘물처럼 솟구치는 생각이 있었다. 지금 죽는 것은 너무 억울하다. 살고 싶다. 이토 히로부미의 계략에 따라 살고 싶다. 개처럼 이용당할지라도 살고 싶다. '아아, 아아……' 전봉준은 흔들리고 있는 스스로가 한심스러웠다. '너 이놈, 봉준아, 살아서 어찌하자는 것이냐. 일본의 개노릇을 하자는 것이냐. 너는 죽어야 한다. 조선의 모든 뜻있는 사람들을 향해 피를 뿌림으로써 경종을 울리고 죽어야 한다.' 그는 스스로의 내부를 향해 이를 갈았다.

가마는 수레가 다니는 길을 따라 달리고 있었다. 가마꾼들은 땀을 뻘뻘 흘리면서 달렸다. 가쁘게 쉬는 숨소리가 가마 안으로 들려왔다. 너희들은 무슨 죄가 있어 이 곤욕을 치르고 있느냐. 전봉준은 가슴이 쓰라렸다.

진고개

 가마는 깜깜한 밤에 한강을 건넜고, 건너편 나루에 이르자마자 곧바로 남산 밑 녹천동의 일본 영사관 순사청으로 갔다. 전봉준은 독방에 갇혔다. 이때부터 영사관의 경계는 더욱 강화되었다.
 이토가 군의관 한 사람과 더불어 전봉준의 상한 발등과 정강이의 붕대를 풀고 약을 발라주면서 귀엣말을 했다.
 "장군, 지금부터는 정말로 냉철하고 신중해야 혀라우. 먼저 확실하게 살아야겠다는 마음을 가지십시오. 이때까지는 장군 옆에 이토만 있었지만, 이제부터는 장군을 바라보는 눈이 아주 많아라우. 혹시 마음에 들지 않더라도 성을 내고 소리를 지르면 절대로 안 돼라우. 특히 우치다 영사관의 눈에 들어야 혀라우. 영사관이, 장군의 심경에 변화가 일어났다는 확신을 가지도록 해야 혀라우."

이튿날 아침 일찍이 영사 우치다 사다즈치(內田定槌)가 전봉준을 취조실로 끌어냈다. 우치다 뒤쪽에 다나카와 이토가 앉았다. 우치다는 체구가 오동통했고, 얼굴이 둥글납작했고, 눈의 꼬리와 눈썹이 칼끝처럼 날카롭게 위쪽으로 치켜 올라가 있었다. 그가 독사의 눈처럼 매서운 눈빛으로 전봉준을 노려보았다. 전봉준은 그를 마주 보았다.

우치다는 조선말을 거침없이 구사했다. 우치다가 냉엄하게 물었다.

"너는 어디 사는 누구이냐?"

우치다의 목소리에는 쇳소리가 섞여 있었다.

전봉준이 천천히 또렷또렷한 목소리로 말했다.

"전라도 태인 산외면 동곡리 사는 전봉준이다."

전봉준의 목소리는 자그마한 독을 울려 나오는 듯 견고했다. 서기가 그 말들을 적었다. 우치다가 다시 물었다.

"너는 조선인민의 한 사람으로, 민란을 일으키고 관을 짓밟은 자이다. 조선 나라의 법에 따라 역적질을 하였으므로 목이 잘려 죽게 된다는 것을 알고 있느냐?"

전봉준이 대답했다.

"알고 있다."

우치다가 물었다.

"죽는 것이 억울하지 않느냐?"

전봉준이 대답했다.

"죽는 것은 억울하지 않지만, 역적이라는 죄를 쓰고 죽는다는 것이 억울하다."

"우리 대일본제국의 군대는 지금 조선 땅 전체를 장악하고 있다. 조선의 정부는 대일본제국의 군대가 하려고 하는 어떠한 일도 거역할 수 없는 형편에 놓여 있다. 만일 대일본제국의 군대가 그대를 살려 본국으로 데리고 가려 한다면 조선 정부가 막을 수 없을 것이다. 혹시 우리 대일본제국 군대의 힘을 빌려 살고 싶지 않느냐?"

전봉준은 잠시 뜸을 들이고 있다가 대답했다.

"나는 조선의 백성으로서 조선의 당연한 형벌을 받을 것이다."

우치다가 서기에게 일본말로 지시를 한 다음, 전봉준의 얼굴을 한동안 노려보다가 말했다.

"대일본제국의 어느 유력한 정치인이 너의 목숨을 살려내려 하고 있다. 그 정치인의 힘은 조선을 장악하고 있는 대일본제국의 군대와 영사인 나 우치다에게 미쳐 있다. 지금 내가 그분의 뜻을 받들어, 너에게 살 수 있는 기회를 주고 있는 것을 거역하고 나서 후회하지 않겠느냐?"

전봉준이 말했다.

"조선 법에 따라 죽을 일을 저질렀으므로 죽는 것이 당연하다. 후회하지 않는다."

우치다는 전봉준을 독방에 가두고 나서 이토와 독대했다. 우치다가 빨간 혀끝을 내밀어 마른 얄따란 입술에 침을 발랐다.

"이토 상의 아버지인 이토 히로부미 각하의 뜻은 참으로 갸륵한데, 그 뜻이 무산되었습니다. 저 맹수는 마음을 바꾸려 하지 않소. 어찌할 수 없는 전형적인 지독한 조선의 족속이오. 그 지독스러움 때문에 그 많은 동학도들을 이끌고 봉기한 것이고, 조선의 강산을 피로 물들인 것이오. 그렇게 보고서를 작성하도록 하겠습니다."

이토가 우치다에게 애걸했다.

"조금만 더 기회를 주십시오. 지금은 우리 영사관 순사청에 감금이 되어 있는 까닭으로 흥분하여 저럴 것이오. 제가 나주에서부터 한양으로 오면서 줄곧 관찰을 한 바로는 심경의 변화가 일어난 것이 분명합니다. 제 아버지 이토 히로부미 각하의 뜻을 좀더 확실하게 전달한다면 충분히 가망이 있습니다. 저에게 맡겨주시기 바랍니다."

우치다가 한동안 생각에 잠겨 있다가 말했다.

"그럼 오늘 밤까지 회유하도록 해보시오. 내일 아침에 판단해서 전보를 치도록 하겠습니다."

심경 변화

도쿄 아사히신문(東京朝日新聞) 기자와 곤니치신문 기자가 전봉준을 인터뷰하겠다고 영사관으로 달려왔다. 우치다는 도리질을 했다. 조선 정부의 양해 없이는 취재를 허락할 수 없다는 것이 그 핑계였다. 기자들은 이토에게 빌붙었다. 이토는 취재를 허락하는 것이 전봉준에게 유리하다고 생각했다. 일본 안에서 전봉준이라는 비범한 인물에 대하여 여론화된다면, 전봉준을 동정하는 물결이 일어날지 모르는 것이다. 이토는 우치다에게 찾아가서 그냥 모른 체하고 취재를 허락해버리자고 했다. 우치다가 말했다.

"내일 아침, 전봉준의 심경 변화를 확인하고, 이토 각하에게 전보를 친 다음, 우리 군의 감시하에 조선 법무아문으로 넘길 때에 잠시 취재를 허락합시다."

이토는 조급해졌다. 조선 법무아문에 넘기고 나면 더는 회유할 수 있는 기회가 없는 것이다. 오늘 밤 안으로 전봉준의 마음을 돌려놓아야 한다. 다음 날 아침까지 그의 심경에 변화가 있음을 확인해야만 적극적으로 구명작전을 벌일 수 있다. 이토는 우치다에게 말했다.

"오늘 밤에도, 이때껏 제가 해온 대로, 전봉준과 함께 자도록 허락해주십시오."

우치다는 고개를 끄덕거렸다.

이토에게 좋은 수 하나가 생겼다. 손화중과 최경선에 대한 정보를 얻은 것이다. 그는 전봉준이 갇힌 방으로 들어가 저녁 식사를 함께 했다. 식사를 마치고 나서 이토가 말했다.

"조금 전에 손화중이하고 최경선이가 도착했다고 하는구만이라우."

전봉준은 얼굴이 일그러지고 눈동자가 파르르 떨렸다. 그들은 어떻게 끌려와서 얼마나 처참한 모양새를 하고 있을까. 이토는 전봉준의 가슴에 심한 파장이 일어난 때를 놓치지 않았다.

"장군, 손화중이하고 최경선이하고를 어떻게 압송해 온 줄 아시는가라우? 제가 장군을 모시고 왔듯이 가마에 태워 압송해 온 줄 아시오? 그것이 아녀라우. 손을 뒤로 돌려 포승을 채우고, 개처럼 목에 포승을 묶어 끌고 왔어라우. 말을 탄 사람이 끌기도 하고, 사람이 끌기도 하고…… 그 사람들 시방 반송장이 되어 있어라우. 전봉준 장군의 경우는, 수단과 방법을 가리지 말고 기어이 살려서 일본으로 모시고 오라는 제 아버지 이토 히로부미 각하의 뜻이 전달되었기 때문에 그랬지만, 손화중이 최경선이의 경우는 전혀 다르지라우. 그들은 끌고 오다가 죽어도 그만 살아 있어도 그만이므로 그렇게 한 것이어라우."

그날 밤 전봉준은 잠을 이루지 못했다. 개처럼 끌려 왔다는 손화중 최경선의 이야기는 그에게 큰 충격이었다. 마음을 굽히고, 이토 히로부미의 뜻에 따라 살아서 일본으로 갈 것이냐, 마음을 굽히지 않고 조선의 법에 따르겠다고 고집을 부리다가 그냥 목이 잘려 죽을 것이냐. 그 두 가지 생각이 그의 영혼을 흔들어댔다.
이토가 마지막으로 회유하기 시작했다.
"장군, 깊이 생각해보십시오. 이 하잘것없는 이토라는 놈을 신뢰하라는 것이 아니고, 대일본제국 정계의 막강한 실력자이신 제 아버지, 총리대신인 이토 히로부미 각하를 신뢰하라는 것이어라우. 제 아버지 이토 히로부미 각하가 어떤 사람인지 단 한 가지 일화로써 말할게 들어보시오."
전봉준은 말없이 천장을 쳐다보기만 했다. 이토가 말했다.
"제 아버지 이토 히로부미 각하는 바둑을 아주 좋아하시는데, 실력이 일급쯤 되셔라우. 바둑을 두다가 세가 불리하면 당장에 졌다고 손을 들어 승복을 해버리지, 결코 상대방의 실수를 바라면서 끈질기게 끝내기까지 두려고 하시지 않아라우. 성격이 미지근하고 우유부단한 것이 아니고, 화끈하면서도 시원시원한 것이지라우."
한동안 침묵이 흘렀다. 바람벽 저쪽으로부터, 전보를 치고 받는

'쯔다 쯔쯔 다다' 소리가 아스라하게 들려왔다. 전봉준은 흔들리고 있었다. 이토의 뜻을 받아들여, 살아서 일본으로 건너가서 영국 유학이나 미국 유학을 다녀오고 전혀 새 사람으로 변신하여 조선으로 올 것인가. 아니면 조선 법에 따라 죽을 것인가.

이토가 말을 이었다.

"제 아버지 이토 히로부미 각하는 칼을 아주 좋아하셔라우. 여가가 있으면 숫돌에 천천히 칼을 갑니다이. 서슬이 멀건 칼날을 불빛에 비쳐보기도 하고, 손을 대보기도 혀라우. 제 아버지 이토 히로부미 각하는 칼같이 분명한 인물이어라우."

누군가의 "으흠" 하고 목 가다듬는 소리가 아스라하게 들리고, 전보 치고 받는 소리가 다시금 들려왔다. 이토가 말을 이었다.

"한번은, 사업을 크게 하는 어떤 사람이 제 아버지 이토 히로부미 각하에게 뇌물을 바쳤어라우. 아주 비싼 도자기로요…… 그것이 얼마나 비싼 것인지, 돈으로 환산을 할 수 없을 정도였어라우. 그런데 제 아버지 이토 히로부미 각하는 그것을 받아들자마자 땅바닥에 내던져 깨버리려고 하면서 당장에 가지고 가라고 소리를 쳤어요. 그 사업가는 부들부들 떨면서 도자기를 보듬고 돌아갔어라우."

다시 침묵이 흘렀고, 밤은 깊어갔다. 이토가 말을 이었다.

"그렇게 청렴하고 결백한 대일본제국의 최고 정치가인 제 아버지 이토 히로부미 각하가, 생판 얼굴도 모르는 소선인 전봉준 장군을 향해 마음을 여신 것은 무엇 때문이었소? 대일본제국과 조선을 이어놓는 가교로 장군을 활용하시려는 것 아니께라우? 장군, 절대로, 절대로 생각을 가벼이 하시지 마십시오. 장군은 절대적으로 조선인민을 위해 살아나야 혀라우."

한동안 침묵이 흘렀다. 이토는 무겁게 감도는 침묵을 들이마시다가, 마른 입술에 침을 바르고 나서, 깊이 가라앉은 목소리로 말을 이었다.

"장군, 이제 마지막이오. 저를 따라 일본으로 건너갈 것인지, 여기서 죽을 것인지⋯⋯ 잘라 말을 해주십시오. 지금 장군이 저에게 한 이 마지막 말씀을, 우치다가 내일 제 아버지 이토 히로부미 각하에게 전보로 칠 것입니다."

전봉준은 눈을 감았다. 흔들리고 있는 스스로의 마음을 다잡았다. 그리고 천천히 말했다.

"이토 히로부미 부자가 별스럽게 나를 회유하려고 할지라도 나는 오직 한마음일 뿐이다⋯⋯ 나는 이 땅에서 죽을 것이다."

이토는 말을 더 이어 하지 못하고 천장을 쳐다보면서 한숨을 쉬었다. 그렇지만 그는 절망하지 않았다. 다시 마른 입술에 침을 바르고 목을 가다듬었다.

세상의 실수

 옆방에서 괘종시계가 댕댕 두 번을 울리고 있었다. 전보를 치고 받는 소리는 아직도 계속되고 있었다. 이토는 희망을 잃지 않고 다시 말했다.
 "저도 서당에 다닐 때, 선생님이 출타하고 안 계실 때면 동무하고 도둑 바둑을 두곤 했었구만이라우. 그런디 저는 제 아버지 이토 히로부미 각하하고는 전혀 다른 바둑을 두었어라우. 저는 전세가 불리하여 이길 가망이 전혀 없을지라도 끝까지 절망하지 않고 두는 것이었어라우. 두다가 보면 상대가 실수를 할 수도 있고, 그래가지고 역전을 할 수도 있거든이라우. 잘 두고도 끝내기에서 엉뚱한 실수를 해가지고 바둑을 망치는 사람들이 아주 많거든이라우."
 전봉준은 천장의 어둠을 응시했다. 정몽주나 성삼문은 뻔히 질 줄 아는 바둑을 끝까지 두다가 진 사람이고, 이성계나 이방원은 바둑을 한참 두어가다가 세가 불리해지자 판 위의 알들을 싹 쓸어버리고 다시 두어 이긴 사람이다. 나도 바둑알들을 싹 쓸어버리고 다시 둘까. 그러면 이길 수 있을까.

이토가 말했다.

"장군님의 인생 바둑은 아직 끝난 것이 아녀라우. 다 진 듯싶은 바둑일지라도 계속 두다 보면 전혀 뜻밖에 죽은 말이 살아나버리는 일이 생겨라우. 바둑은 어떻게 이기든지 좌우간 이겨놓고 볼 일이어라우. 정몽주나 성삼문처럼 불리한 바둑임을 알고도 끝까지 두다가 져버리면 안 돼라우. 그런 바둑은 싹 쓸어버리고 다시 두어야 혀라우. 제가 생각하기로, 한명회의 바둑은, 옆의 힘 있는 자들을 이용해서 바둑을 싹 쓸어버리고 다시 두어서 이긴 바둑이어라우. 장군, 우리가 몸을 담고 있는 세상이란 것도 실수를 혀라우. 장군 앞에 놓인 세상이 실수하기를 기다리고 또 기다렸다가 다시 두면 되는 것이어라우. 장군이 두는 바둑의 승리를 위해서 세상이 실수를 하는 날이 분명히 올 것잉만이라우."

'아, 세상이 실수하기를 기다려야 하다니!' 전봉준의 가슴에서 살 것인가, 죽을 것인가 하는 싸움이 다시 치열하게 일어났다. 죽어간 수많은 동학도들을 배반하고, 살아서, 일본으로 건너가 이토 히로부미의 양자로 들어가는 치욕을 감수한 채 영국 유학이나 미국 유학을 하여 영어와 현대 신학문을 배우고, 전봉준이 아닌 '이토 아무개'라는 새로운 이름을 가진 사람으로서, 상투를 자르고 양복을 입고서, 금테 안경을 끼고, 일본 사람들처럼 팔자 콧수염만을 기르고, 조선으로 건너와 정부 요직에 들어가 테러를 통해 탐관오리들을 제거하고 새 조선을 만들 것인가. 지금의 이 시점에서 당장 죽은 다음 청사에 길이 영웅으로 남을 것인가. 전봉준은 정약용이 새롭게 해석한 《맹자요의》의 한 대목을 떠올렸다.

 사람은 늘 두 상반되는 의지가 동시에 일어나는 것을 경험하는 존재이다. 이 지점이 바로 사람과 귀신이 갈리는 관건이고, 선과 악이 나뉘는 기미로서, 사람의 마음과 도(道)의 마음이 교전하고 의리가 이길지 욕망이 이길지 판결이 나는 때이다. 사람이 이때 맹렬히 성찰하고 힘써 극복한다면 도에 가까이 다가갈 것이다.

그래, 그렇다, 하고 전봉준은 이를 악물었다. 나는 지금 이 시점에서 죽어야 한다. 지금 죽어야 영원히 살 수 있다.

이토는 전봉준의 결연한 마음을 읽고 절망했다. 그렇지만 그는 한 가닥의 가느다란 희망 줄을 잡고 다시 집적거렸다.

"지금 장군이 제 아버지 이토 히로부미 각하의 뜻을 받아들여, 살아서 일본으로 건너가신다는 것이, 이미 죽어간 수많은 동학도들을 배반하는 것이라고 생각지 마셔야 혀라우. 시방 당장은 배반한 것이라고 그럴지도 모르지만, 멀리 내다본다면, 오히려 그들의 원한을 풀어주는 일을 장군이 앞으로 하게 되는 거란 말입니다요. 장군이 전혀 새 사람이 되어 조선으로 건너온 다음, 정부 요직에 들어가서, 썩어빠진 관리들을 하나씩 둘씩 제거하고, 썩은 조선을 전혀 새로운 조선으로 바꾸어놓는다면 그것이, 죽어간 동학도들의 원한을 갚는 것 아닐까라우?"

전봉준은 눈을 감았다. 이토가 어떠한 감언이설을 말하더라도 자기의 마음은 흔들리지 않는다고 이를 악물었다. 이토는 절망하지 않고 말을 이었다.

"제 아버지 이토 히로부미 각하가 말씀하셨어라우. 오래 사는 자가 최후의 승리자인 것이라고라우. 조병갑이 같은 탐관오리들보다 더 오래 살아야 혀라우."

전봉준은 심호흡을 했다. 이토가 다시 마른 입술에 침을 발랐다.

"장군은 절망의 조선 천지간에 딱 하나의 희망의 표상이란 것을 아셔야 혀라우. 장군이 살아야 조선은 희망이 있는 나라가 되는 것이어라우. 장군이 죽으면 조선은 영영 희망 없는 나라가 될 수밖에 없어라우."

전봉준은 도리질을 했다. 지금 내가 죽어야 조선은 희망 있는 나라가 된다.

눈

 일본 영사관인 우치다는 조선 주재 일본 기자들에게 전봉준과의 회견을 허락했다. 영사관 순사청의 넓은 홀이 회견장이었다. 회견 전에 일본의 군인들은 전봉준에게 포승을 채웠다. 두 손목을 한데 잡아 묶고, 나머지 포승으로 팔과 가슴을 칭칭 동여 묶었다. 발등과 정강이가 아직 치유되지 않아 혼자 걸을 수 없으므로 군인 둘이 전봉준을 부축했다. 팔걸이가 있는 의자 위에 그를 앉혔다. 전봉준은 흰 한복 바지저고리에 알상투 바람이었다. 쑥대처럼 긴 머리칼을 밑에서 정수리 쪽으로 걷어 올려 짠 상투는, 노구솥의 까만 솥뚜껑의 자루처럼 꼿꼿이 하늘을 찌르고 있었다. 이마는 넓었고, 입은 굳게 다물었고, 눈은 타오르는 듯한 빛을 내쏘았다.
 곤니치신문의 기자는 키가 땅딸막하고 얼굴이 동글납작했는데, 도리우치(헌팅캡)를 쓰고 수첩과 필기구를 들고 있었다. 그를 따르는 사진기자는 호리호리했는데, 사진기와 가방을 메고 있었다.

도쿄 아사히신문의 기자는 흰 와이셔츠에 검은 나비넥타이를 매고, 검정 외투를 입고 금테 안경을 끼고 있었는데, 손아귀에 쏙 들어가는 작은 수첩을 들고 필기구를 오른쪽의 귓바퀴 뒤에 찌르고 있었다. 그와 함께 온 사진기자는 키가 작달막했는데, 두툼한 가방을 어깨에 걸치고, 사진기와 화광 터뜨리는 기구를 손에 들고 있었다.

곤니치신문 기자가 전봉준을 향해 물었다.

"세상 사람들에게서 '녹두장군'이라고 불리는 전봉준 당신은 탐관오리를 쓸어내고 새 나라를 건설하겠다고 나선 민란의 우두머리로서 지금 우리 대일본제국의 군대에 의해 붙잡혀 있소. 십만여 명에 가까운 동학군이 죽은 너무도 엄청난 사건이므로, 앞으로 조선 정부로부터 문초를 받은 다음 역적의 죄로 죽게 될지도 모릅니다. 지금의 심정은 어떠한지 말해주시오."

전봉준이 거침없이 대답했다.

"나를 민란의 우두머리라고 지칭하지 마시오. 동학군은 탐학과 착취를 일삼음으로써 백성을 도탄에 빠지게 한 탐관오리들을 징치하기 위해 봉기한 의로운 혁명적인 군사들일 뿐이오. 그러므로 나는 의병의 장수인 것이오. 의로운 일을 하고 나서 역적질을 했다는 혐의를 받고 있는 것이 억울하고 분할 뿐이오. 더욱 분하고 슬픈 것은 일본군에 의해 우리의 옳은 일이 실패를 한 것이고, 나 또한 일본군에 의해 잡혀 있는 것이오."

도쿄 아사히신문 기자가 말했다.

"나는 도쿄 아사히신문 기자 와타나베 이치로요. 혁명적인 의병의 장수라고 불러달라고 하니 나는 당신을 그렇게 부르겠소. 전봉준 장군은 동학군이 봉기를 하게 된다면, 대일본제국의 군대가 관군을 도와 참전하게 될 것이라는 것을 미리 알지 못했는가요? 동학군이 가진 화승총과 죽창으로 대일본제국의 군대가 가진 스나이더 소총, 무라다 소총, 그리고 기관총을 이길 수 있다고 생각했는가요?"

전봉준이 대답했다.

"일본군이 우리 조선 왕궁을 침입하여 임금을 능멸하고 정치에 간섭을 하는 것 때문에 우리는 일어섰소. 우리는 일본군이 참전할 줄 알았지만, 단발 소총만 가지고 있는 줄 알았지 기관총을 가지고 있는 줄은 몰랐소."

곤니치신문 기자가 물었다.

"우리 대일본제국은 대동아 평화, 나아가서는 세계 평화를 위해 매진하고 있소. 전봉준 장군은 대단한 지략과 지도력을 가지고 있다고 알려져 있소. 대일본제국의 뜻있는 지도자들은, 전봉준 장군을 구제하여 대동아 평화, 나아가 세계 평화를 위해 일할 수 있는 기회를 주어야 한다고들 말하고 있소. 만일, 어떤 알 수 없는 힘에 의해서 전봉준 장군이 사면의 은전을 입는다면, 대일본제국의 대동아 공영과 평화를 위한 노력에 협조할 수 있는가요?"

전봉준이 대답했다.

"일본은 제국으로서의 조선 침탈 야욕을 버리고 군대를 철수시키고, 조선의 일을 조선인민들이 스스로 해결하도록 해야 합니다. 나는 장차 참수될 것이고, 내 피는 장차 벼슬을 팔아먹는 조선 정부의 요직에 있는 벼슬아치들, 백성들에게서 탐학과 착취를 일삼음으로써 나라를 썩어 문드러지게 한 세상의 모든 탐관오리들의 가슴에 뿌려질 것이오."

회견을 마친 기자들이 사진을 찍는 데 협조해달라고 우치다에게 청했다.

"죄인의 포승을 좀 풀어주시오."

우치다는 그게 곤란하다면서 고개를 저었다. 곤니치신문 기자가 말했다.

"전봉준 장군이 아주 자유로운 상태에서 심문을 받았음을 말해주는 사진을 만들어야 합니다."

우치다는 마지못해 허락했다. 영사관 밖 마당에 뚜껑 없는 남여가 기다리고 있었다. 전봉준을 조선 법무아문까지 태워 이동시키려는 남여였다. 기자들은 전봉준을 태운 남여가 골목길을 배경으로 멈추어 서 있도록 해놓고 포승을 풀어달라고 요청했다.

호송하는 일본 군인 둘은 총을 어깨에 멘 채 가마 옆에 서 있고, 다른 둘은 대여섯 걸음 떨어진 자리에서 거총하여 전봉준을 겨누었다. 만일 전봉준이 튀어 달아날 경우 발사를 할 태세였다. 일본 군인들 사이에는 전봉준이 도술과 축지법을 하는 기상천외한 사람으로 알려져 있었다.

도쿄 아사히신문 기자가 말했다.

"호송하는 군인들과 가마꾼들은 사진기를 보지 말고 앞만 보고 걸어가는 자세를 취해야 합니다. 그리고, 전봉준 장군은 사진기 렌즈를, 세상에서 가장 증오하는 탐관오리라고 생각하고 똑바로 노려봐주시오. 눈 깜빡이지 말고요. 자!"

전봉준은 그 기자의 말이 무엇을 뜻하는지 알고 있었다. 내 눈을 철창에 갇힌 맹수의 분노로 이글거리는 눈으로 만들려는 것이다. 그는 기자들도 조선을 삼키려는 일본 제국주의자들과 한 족속일 뿐이다, 하고 생각하면서 이를 앙다물면서 앞을 노려보았다.

"자아, 찍습니다. 이치(하나), 니(둘), 산(셋)!"

기자 둘이 한 손으로 발광기를 번쩍 터뜨리면서 동시에 사진기의 셔터를 눌렀다. 촬영이 끝나자 군인들은 다시 서둘러 전봉준에게 포승을 채웠다. 그때 이토가 다가와서 전봉준에게 귀엣말을 했다.

"장군, 무슨 일이 있어도 참고 또 참으면서 희망을 가지고 기다리십시오. 제 아버지 이토 히로부미 각하가 막후에서 장군을 도울 것인께라우."

그림자

 멀고 먼, 아득한 거무스레한 허공에서 흰 눈이 흘러내리고 있었다. 옛날이야기 속의 눈 시리게 하얀 시간 같기도 하고, 총 맞아 죽어간 흰옷들의 넋일 듯싶기도 한 꽃송이 같은 눈송이들.
 법무아문에 도착하자 관리들이 전봉준을 높은 담이 쳐진 마당으로 데리고 갔다. 최경선, 손화중이 형틀에 묶여 있었다. 그들은 이미 파김치처럼 짓이겨져 피투성이가 되어 있고, 숨이 겨우 붙어 있을 뿐 의식이 없었다.
 형리가 전봉준을 형틀에 올려 묶었다. 검은 구름장들이 법무아문의 기와지붕을 내리누르고 있었다. 눈송이들이 전봉준의 머리와 어깨 위로 원망하듯이 내려앉았다. 찬바람이 드높은 담을 문득 넘어오곤 했다.
 몸집이 큰 데다 콧등에 곰보 자국이 있는 판관 장백이 전봉준에게 성명과 나이와 사는 곳을 형식적으로 물어본 다음 문초를 시작했다.

"누구와 짜고 봉기를 했느냐?"

전봉준은 판관이 지금 자기를 누구와 한데 엮으려고 하는가를 알아차렸다. 흥선대원군의 이름이 그의 입에서 나오게 하려 한다고, 그는 생각했다. 전봉준이 도리질을 했다.

"나는 누구와 짠 바가 없다. 나는 탐관오리들에게 착취를 당한 문맹한 사람들이 억울함을 호소하는 소를 써달라고 해서 썼을 뿐이고, 그들이 우두머리로 삼기에 앞장을 섰을 뿐이다. 내가 우두머리가 된 것은 오직 사리판단에 밝고 글을 쓸 줄 알고 조리 있게 말을 할 줄 아는 때문이다."

장백의 볼이 실룩거렸다. 대답하는 말투로 보아, 전봉준이 이미 죽음을 각오하고 있다고 느꼈다. 당연히 그럴 터였다. 어차피 전봉준은 역적질을 한 죄인이므로 참수를 당할 것이다.

장백은 전봉준이 참수를 당하느냐, 당하지 않느냐 하는 것이 중요하지 않았다. 참수당하기 이전에 전봉준의 입에서 '흥선대원군'이라는 말이 흘러나오도록 하는 것이 중요한 것이었다. 청나라에 동학군을 토벌할 원군을 요청한 우의정 좌의정 영의정 모두가 그것을 바라고 있었다. 그는 윗선의 그들을 만족시켜야 하는 것이었다. 그렇다면 전봉준에게 고문을 가해야 하는 것인데, 그것은 참으로 내키지 않는 일이었다. 장백은 얼굴을 일그러뜨린 채 형리들에게 명령했다.

"저놈의 입에서 바른 말이 터져 나올 때까지 주리를 틀어라."

형리들은 죄인에게 주리 트는 데에 이골이 날대로 난 자들이었다. 그들은 익숙한 솜씨로 전봉준의 두 가랑이 사이에 장대를 들이밀고 주리를 틀었다. 어떻게 어느 쪽으로 젖혀 틀면 고문당하는 자가 더 못 견뎌 하는가를 잘 알고 있었다. 고문당하는 자의 맷집이 튼실하면 더 힘을 가했고 허약하면 덜 가했다. 가능하면 당장에 바른 말이 터져 나오도록 고문을 가했다. 고문하는 일에 그들의 밥줄이 걸려 있었다.

오른쪽의 형리는 박삼돌인데 청계천변에 살고 있었고, 왼쪽의 형리는 김부칠인데 수표다리 옆에 살고 있었다. 그들 둘은 손이 잘 맞았다. 한쪽이 지그시 조이면 다른 한쪽이 슬쩍 느슨하게 풀어주었다. 그들로 인해 파김치가 되어나간 죄인들이 수두룩했다. 박삼돌이와 김부칠이는 똑같이, 이날 전봉준을 고문하게 된 것에 대하여, '씨팔 재수 없게……' 하고 생각했다. 가끔 뒷줄이 든든한 놈을 고문하게 되면 뜻밖에 횡재를 하기도 했다. 살살 다루어주라는 뜻의 엽전 꾸러미가 연줄을 찾아 그들의 손에까지 미리 기어들기도 했다. 한데 이 전봉준이란 놈은 천 리 밖의 전라도 개땅쇠인 데다, 전봉준을 싸고돌던 놈들이 다 죽어나가고 없는 터이니 어느 놈이 살살 다루라고 턱 끼래진 엽전 하나 던져주겠는가. 그야말로 국물도 없었다.

박삼돌이는 가뜩이나 아침에 먹은 잡곡밥이 속에서 꿈틀거리고 있었다. 깡마른 데다 젖무덤이 절벽인 아내는 지난밤 잠자리에서 앙탈을 부렸다. 아내는 홍홍거리면서 색을 밝혔다. 그는 연일 방사에서 실수를 하곤 했다. 청계천 주막집 논다니가 하던 노래를 떠올렸다. 강원도 금강산의 공작딱따구리는 참나무 구멍도 뚫는다는디 우리 집 저 잡것은 뚫어진 그것도 못 쑤신다네. "에잇 쓰발!" 하며 박삼돌이는 이를 악문 채 주리를 틀어 조였다. 이 정도 틀었으면 죽는 시늉을 이미 하고도 남을 법한데, 이 전봉준이란 놈은 어찌된 일인지 송장처럼 무표정해 있다.

김부칠이는 아들의 머리에 난 부스럼이 마음에 걸렸다. 지네를 볶아서 참기름에 이겨 발랐는데도 낫지를 않았다. 오늘 돌아가서는 따스한 물로 머리를 감겨보아야 할 모양이다. 여편네는 어디를 싸다니는지 새끼의 부스럼 하나도 다스리지를 못한다. 논다니 이력을 가진 그녀는 아무래도 바람이 난 것이다. 얼굴에 분 바르고, 머리에 동백기름 바르고…… 이렇게 날마다 고문만 하고 있으니 그년의 뒤를 밟아볼 수도 없다. 그는 빌어먹을, 좆같이, 하고 속으로 소리치면서, 느슨하게 풀어주었던 주리를 힘껏 잡아 틀었다.

전봉준의 무릎이 쪼개지고 허벅다리가 짓이겨졌다. 비명을 내보아야 구해줄 누군가가 없다. 이를 뿌드득뿌드득 악물기만 하면서 고통을 삼켰다. 이토가 일본으로 건너가 새 사람이 되는 쪽으로 생각을 굳히라고 할 때 그렇게 하겠다고 할 것을 괜히 허튼 고집을 부렸다는 후회가 밀려들었다. 만일 내가 이토의 회유에 고개를 끄덕거렸다면 일본 영사관에서 일본으로 실어 갈 차비를 하느라고 나를 조선 법무아문으로 이렇게 넘기지 않았을지도 모른다. 설사 넘겼을지라도, 진짜로 고문하지 말고 고문을 하는 체만 하고, 대충 문초를 한 다음 다시 자기들의 영사관으로 보내라고 했을 것이다. 아, 하고 전봉준은 안간힘을 쓰면서 눈을 감았다. 마음이 흔들리고 있는 스스로가 가증스러웠다. 혀를 깨물었다.

판관 장백이 물었다.

"흥선대원군이 보낸 밀서를 받고 한양으로 진격하려 하지 않았느냐? 이미 최경선과 손화중이 그렇게 이실직고한 바이다. 너도 바른대로 그렇게 말하여라."

전봉준은 도리질을 했다.

"하늘에 맹세코 그런 것을 받은 바가 없다."

장백이 가까이 다가와서 낮은 소리로 말했다.

"어차피 죽을 목숨이다. 너를 고문하는 사람들을 힘들게 하지 말고, 이실직고하라."

장백은 잠시 뜸을 들이고 있다가 혀를 내둘러 마른 입술에 침을 발랐다. 전봉준을 고문하는 일이 고통스러웠다. 그는 전봉준이 왜 동학군을 이끌고 한양으로 진격하려 했는가 하는 속내를 잘 알고 있었다. 사실 전봉준 이놈이야말로 정신이 올바로 박힌 놈이다. 이런 놈들이 우의정 좌의정 영의정이 되어야 한다. 이런 놈들이 지방관을 해야 한다. 그러나 세상은 어긋나게 흘러가고 있으며 또 비비 꼬여 있다. 장백은 쓴 입맛을 다시고 나서 짜증스럽게 물었다.

"일본군의 도움을 받고 있는 관군이 우금치 고개를 굳게 지키고 있음을 알고도 기어이 그 고개를 넘어 한달음에 한양으로 진격하려고 한 것은 흥선대원군이 빨리 올라오라고 재촉한 까닭이 아니더냐?"

전봉준은 눈앞에 그림자 하나가 어른거리는 것을 느꼈다. 흥선대원군이었다. 이토의 말마따나 흥선대원군은 늙은 종이호랑이일 뿐이다. 나의 실책은 흥선대원군에게 힘을 실어주고, 그 밑으로 줄을 서려 한 것이다. 지금의 임금과 더불어, 일본 사람들이 암탉이라고 말하는 민비와, 또 그 민비와 각축하고 있는 흥선대원군마저도 척결하려고 들었어야 했다. 내가 왕이 되고, 이방언 같은 유학자들을 영의정으로 삼고, 김개남에게 병조판서를 시키고, 최경선을 이조판서로 삼고…… 전봉준은 분명한 어조로 말했다.

"흥선대원군의 사주를 받은 바가 없다. 사실은 그를 이용하려 했는데, 그는 너무 힘이 없었다. 흥선대원군을 믿을 수 없으므로, 나는 일단 모든 수단과 방법을 동원해서 공산성을 접수하고 싶었다. 그런 다음 관군과 대치하면서, 일본군을 물러가게 하라고 요구를 하려 했다."

장백은 형리들에게 더욱 혹독한 형을 가하라고 명령했다. 박삼돌과 김부칠의 몸에서는 식은땀이 흘렀다. 주리에 온갖 힘을 가하는데도 전봉준은 비명을 지르지 않는 것이었다. 그들은 사력을 다해 주리를 틀었다. 전봉준은 마침내 의식을 잃었다. 김부칠은 축 늘어진 전봉준의 얼굴에 찬물을 끼얹었고, 전봉준은 깨어났다. 눈이 내리고 있었다. 흰 꽃송이 같은 눈이 펑펑 쏟아지고 있었다.

장백은 그 눈송이에서 흰 달빛 아래 흐드러진 배꽃을 연상했다.

언젠가 새벽녘에 섬월(纖月)이라는 기생집에서 나오다가 본 담벼락 옆의 하얀 배꽃. 섬월의 맨살은 배꽃처럼 희었었다.

희망

    장백이 오늘 밤에는 섬월이를 찾아가야겠다고 생각하고 있을 때, 전봉준은 이토가 하던 말을 떠올렸다.
    "장군, 조선이라는 나라를 아직 희망이 있는 나라라고 생각하신 가라우? 그래서 일본으로 건너가, 제 아버지 이토 히로부미 각하의 양아들이 되는 것을 마다고 하시는가라우?"
    이토는 이제 막말을 하고 있었다.
    "조선은 희망이 없는 나라여라우. 조선은 사그리 망하고 새로운 조선이 태어나야 혀라우. 장군이 일본으로 가서 제 아버지 이토 히로부미 각하의 양아들이 되어 영국 유학이나 미국 유학을 가가지고, 서양의 새 학문을 공부한 다음 전혀 다른 사람이 되어 조선으로 건너와서 조선을 희망 있는 나라로 만들어야 혀라우."
    전봉준의 풀어 헤쳐진 머리칼 위에 눈이 하얗게 쌓이고 있었다. 판관 장백은 섬월이의 풍성한 젖가슴 위에 엎드린 채 시들어져버린 그의 양물을 원망하던 일을 떠올리며 소리쳐 물었다.

"이실직고하라. 너를 사주한 자가 누구더냐?"

전봉준의 머리에 이토의 말이 들려왔다.

"제 아버지 이토 히로부미 각하의 뜻에 따르지 않으면…… 일본으로 건너가지 않으면, 장군은 죽게 될 것이오. 나이 겨우 마흔 살일 뿐인, 앞길이 구만 리인 장군은 어떻게 하든지 살아야 허라우. 지금 돌아가시기에는 너무 아까운 사람이어라우. 우치다가 제 아버지 이토 히로부미 각하에게 보고서를 긍정적으로 희망적으로 작성할 수 있도록, 고개만 한 번 끄떡해주십시오. 제 아버지 이토 히로부미 각하의 뜻을 따를란다라고라우."

판관 장백이 다시 되풀이해서 물었다.

"이실직고하라. 너를 사주한 자가 누구냐?"

전봉준이 말했다.

"나는 누구의 사주를 받고 사고하거나 행동하는 사람이 아니다."

판관 옆에서 누군가가 지긋지긋하다는 듯 말하고 있었다.

"과연 민란을 일으킨 개땅쇠놈답구나!"

판관 장백이 물었다.

"그렇다면 손화중이나 김개남이나 최경선은 모두 전봉준 네놈이 시키는 대로 따랐다는 것이냐?"

전봉준이 말했다.

"그들이나, 나나, 죽창을 들고 일어선 모든 사람들은 누구의 사주에 의해서 행동하지 않았다. 자기 속에 들어 있는 한울님의 뜻에 따른 것이다."

판관 장백이 물었다.

"너희들이 봉기한 궁극적인 목적은 무엇이냐? 궁성을 함락하고 흥선대원군을 왕으로 앉히려는 것이었느냐, 아니면 네놈이 왕이 되려 한 것이냐?"

전봉준이 대답했다.

"세계 사람들은 다 조선은 희망이 없는 나라라고 말한다. 고부군수 조병갑이 같은 포학한 탐관오리들에게 몇 천 냥씩을 받고 벼슬을 팔아 호의호식하는 자들이 궁성 안에서 판을 치고 있는 한 조선에는 희망이 있을 수 없다는 것이다. 나, 나와 함께 뜻을 같이한 모든 사람들은 조선을 희망 있는 나라로 만들고 싶었을 뿐이다. 탐관오리들에게 벼슬을 팔아 호의호식하는 자들을 징치하고, 청렴하고 능력 있는 자에게 나라를 맡게 함으로써 희망이 있는 조선으로 만들고 싶었을 뿐이다."

판관 장백이 물었다.

"청렴하고 능력이 있는 자란 누구를 말하는 것이냐?"

전봉준은 말하려 하지 않았다. 판관 장백이 고쳐서 물었다.

"청렴하고 능력 있는 자란 흥선대원군을 말하는 것이냐?"

전봉준이 말했다.

"조선 안에는 흥선대원군만 능력 있는 사람이 아니다. 그는 너무 늙었다. 조선 땅의 산림(山林)들 가운데는 능력 있는 사람들이 아주 많다."

판관 장백이 오기스럽게 물었다.

"그럼 결국 네놈이 왕이 되겠다는 것 아니냐?"

전봉준이 말했다.

"나는 궁성 안에 갇힌 채, 권력의 노예 노릇을 하고 싶은 마음은 없었다. 인사는 만사라고 했다. 사람을 가려 쓰는 눈이 올바로 박힌 사람을 왕으로 모시고 살고 싶은 소박한 희망을 가지고 있었을 뿐이다."

판관 장백이 빈정거리듯이 말했다.

"너는 동학도들에게 '궁궁을을'이란 부적을 등에 붙이고 적진으로 뛰어들면 총탄이 피해 간다고 속이고, 그들을 관군에게 돌진하게 하여 죽게 만들었다. 혹세무민함으로써 많은 사람들을 죽어가게 한 죄는 죽어 지옥에 가서도 용서받을 수 없을 것이다. 어떻게 생각하느냐?"

전봉준이 말했다.

"더러운 세상을 바꾸고 싶어 봉기했다가 스러져간 의로운 영령들을 욕되게 하지 마라."

판관 장백이 말했다.

"어리석게도 무지몽매한 백성들을 혹되게 함으로써 불을 보고 날아든 불나비처럼 죽어가게 한 어리석은 짓을 후회하지 않느냐?"

전봉준이 말했다.

"추호도 후회는 있을 수 없다. 오직 의로써 일어났다가 역적의 누명을 쓰고 죽어가는 일이 억울하고 분할 뿐이다."

길

 눈이 솜이불처럼 수북하게 쌓였다. 마당에도 쌓이고, 지붕 위에도 쌓이고, 담 위에도 쌓였다. 눈은 계속 펑펑 내렸다.
 고문으로 파김치처럼 몸이 망가진 전봉준은 감옥 한가운데에 버려졌다. 감옥 바닥에는 짚북데기가 깔려 있었다. 고문으로 인해 몸이 뭉개진 사람들이 흘려놓은 오물과 핏자국과 머리카락들이 묻어 있고, 악취가 풍겼다. 바람벽과 기둥 사이는 틈이 벌어져 있고, 한겨울의 찬바람이 들락거렸다. 주리 틀린 양쪽의 정강이와 무릎과 허벅다리의 통증이 정신을 혼미하게 흔들었다. 짓이겨진 곳에서는 피와 진물이 흘렀다.
 이토가 감옥 안으로 들어와서 낮은 소리로, 그러나 다급하게 말했다.
 "장군, 지금이라도 늦지 않았소. 한 마디만 해주시오. 제가 장군을 구할 수 있는 빌미를 손톱만큼이라도 주시오. 만일 고개 한 번만 끄덕거려주신다면 제가 뒤에서 작용을 할랍니다."

이토는 옥리들을 구워삶은 다음, 감옥 안에 들어 있는 전봉준을 빼내는 사술을 쓰기로 주도면밀하게 계획을 짜놓았다. 만일 전봉준이, 이토 히로부미 각하의 뜻에 따르고 싶다는 말을 한 마디만 해준다면 그 사술을 쓰고 싶었다. 그런데 위험을 무릅쓰고 밖으로 빼낸 전봉준이 내 아버지 이토 히로부미 각하의 갸륵한 뜻을 배반한다면 어찌할 것인가. 기껏 살려놓았는데 일본으로 건너가 내 아버지 이토 히로부미 각하를 대면한 자리에서 내 아버지를 해치기라도 한다면 어찌할 것인가.

이토의 가슴에 전봉준을 신뢰할 수 없다는 절망의 새까만 어둠이 밀려들었다. 그렇지만 이토는 실오라기 같은 희망을 붙잡았다.

"장군, 제 아버지 이토 히로부미 각하의 힘은 막강해라우. 이런 사지에서도 장군을 문제없이 빼낼 수 있는 역량과 지략이 조선 땅 구석구석에까지 뻗쳐 있어라우. 어쩌실라요? 저하고 함께 일본으로 가실라요? 아니면 죽음을 택하실라요."

전봉준은 아득한 의식 속에서 생각했다. 이토 히로부미의 개노릇을 하겠다고 작정하고 일본으로 건너가서 이토 히로부미를 상면하는 자리에서 그놈의 명줄을 끊어놓고 죽을까. 그게 뜻처럼 될까. 만일 실패한다면 그야말로 개처럼 파김치가 되어 죽게 될 것이다. 전봉준은 조선의 땅바닥에, 아니 탐관오리들의 가슴에 피를 뿌려야 한다. 전봉준은 모깃소리처럼 가느다란 목소리로 말했다.

"나는 니놈처럼 개가 되지 않는다."

이토는 그의 앞에 엎드려 절을 하고 나서 말했다.
"장군의 길하고 저의 길하고는 절대로 겹쳐질 수가 없는 운명인 모양입니다."

독대

 조선의 법부대신 서광범은 재판장인 이재정과 판관 장백을 젖히고 은밀하게 전봉준과 독대했다. 서광범은 십 년 전에 김옥균과 더불어 갑신정변을 일으켰다가, 그게 실패하자 일본을 거쳐 미국으로 망명했는데, 내각의 수장인 김홍집과 내무대신 박영효가 불러서 귀국하여 법부대신의 자리에 앉은 서른여섯의 젊은이였다. 그는 전봉준의 인물 됨됨이에 대해 들은 바가 있었다.
 따지고 본다면, 십 년 전에 나라를 개화시키기 위하여 그들이 일으킨 갑신정변이나, 이번에 전봉준이 일으킨 동학란이나 비슷한 주의주장에 의한 것이라고 서광범은 생각했다. 그러므로 그는 만일 전봉준이 뜻을 굽힐 기미가 보이면 죽이지 않고 외국으로 빼돌릴 생각을 가지고 있었다. 조선에는 뜻이 굳세고 올바르고, 머리가 명석한 전봉준 같은 인재가 필요한 것이다. 서광범은 문초한다는 평계를 대고 전봉준을 시험해보려고 들었다.

서광범이 물었다.

"당신네 동학군들의 주의주장이 무엇이었소?"

전봉준이 대답했다.

"서양과 일본의 오랑캐들을 배척하고, 나라를 지키고 도탄에 빠진 백성들을 구제하려는 것이었소."

서광범이 물었다.

"전주화약 이후 동학군 주관으로 집강소를 운영하여 시정을 개혁한 바 있고, 새로이 발족한 내각이 모든 것을 개혁했으므로 당신들의 목적이 이루어졌을 터인데, 왜 또 이차로 봉기를 한 것이오?"

전봉준이 대답했다.

"당신 같은 친일대신들이, 조선의 궁성을 군사력으로 점령하고 임금을 희롱하고 모든 정사를 주물럭거리는 일본을 싸고돌기 때문이었소."

서광범이 물었다.

"그렇다면 당신 앞에 앉아 있는 나를 포함한, 지금의 모든 벼슬아치들이 당신들의 척결의 대상이라는 것이오?"

전봉준이 대답했다.

"그렇소."

서광범이 물었다.

"십 년 전 몇몇 개화파들은 당시의 썩어 있는 구세력을 척결하고 신선한 인물들로 정부를 구성하려다가 실패하고 일본이나 미국으로 망명했다가 이제 다시 귀국하여 새 개혁내각에 참여하고 있소. 나는 당신의 인물 됨됨이가 아깝다고 생각하오. 만일 기회가 닿는다면, 지금 일본이나 미국으로 망명을 했다가 몇 년 뒤에 다시 귀국하여 조선을 위하여 큰일을 하고 싶지 않소이까?"

전봉준이 대답했다.

"나는 당신들을 척결의 대상으로 생각하고 있소. 물론 나는 당신들이 주선하는 대로 망명하지 않을 것이오."

서광범은 독대를 마치고, 재판장 이재정과 판관 장백에게 법에 따라 재판하라고 명했다.

일본제국의 영사관 우치다가 배석한 가운데, 일본식으로 재판을 진행했다. 재판장 이재정이 미리 작성해 온 판결 선언서를 읽어 내렸다.

"전봉준, 전라도 태인 산외면 동곡리 거주자, 나이 사십일 세, 직업은 농업이고 평민인 이자와 관련된 형사피고사건을 심문하여 보니, 피고는 동학당으로서, 동학도들과 세상의 모든 불만 세력들을 수십만 명이나 끌어모은 동도의 괴수로서 스스로를 동학군대장이라 부르고 혹세무민하여 관과 나라의 법을 능멸하였다……그 소위는 '대전회통'의 형전 중에서 '군복기마작변관문자 부대시참(軍服騎馬作變官門者 不待時斬)'이라는 율에 따라 피고 전봉준을 사형에 처한다."

구명

 전봉준을 설득하는 데 실패한 이토는 조급한 김에, 일본의 극우 세력인 천우협의 다나카 지로와 더불어 전봉준을 설득하기로 의논을 했다. 그들은 옥리들에게 엽전을 쥐어주고 독방에 갇혀 있는 전봉준에게 접근했다.

 재판에서 사형선고를 받은 전봉준은 짚이 깔려 있는 옥방 바닥에 누운 채 죽음을 기다리고 있었다. 그의 몸은 고문으로 짓이겨져 있었지만 그의 정신은 또렷했다. 온몸이 쑤시고 아렸지만, 이를 악문 채 신음 소리를 내지 않았다. 이토가 전봉준의 머리맡에 무릎을 꿇고 앉으면서 다나카 지로를 소개했고, 다나카 지로가 전봉준에게 말했다.

 "저는 오래전부터 전봉준 장군을 존경하여온 대일본제국의 다나카 지로입니다. 저는 천우협이라는 단체에 소속되어 있습니다. 장군께서 만일 저의 뜻에 따라 일본으로 가시겠다는 말 한 마디만 하신다면 차후의 모든 일을 저와 천우협이 책임지고 안전하게 모시겠습니다. 그리고 일본에 가신 다음에는 이토 히로부미 각하께서 장군의 앞날에 서광이 비치도록 주선하실 것입니다."

이토가 말했다.

"장군, 이제 정말 마지막으로, 한 말씀만 더 드릴랍니다요. 장군께서 만일, 제 아버지 이토 히로부미 각하의 뜻에 따라 저와 함께 일본으로 가신다면 그것은 장군의 조국 조선을 배신하는 것이 아니여라우. 지금 조선의 김홍집 내각에서 내무대신을 하고 있는 박영효, 법부대신 서광범, 정부고문 서재필이 어떤 사람들이오? 십년 전에 정변을 일으킨 당시의 역적들 아니요? 그런데 그들이 일본을 거쳐 미국으로 망명을 했다가 다시 돌아와 조선을 개혁하는 중책을 맡고 있소. 장군께서도 지금 일본으로 잠시 망명을 해가지고, 영국 유학이나 미국 유학을 다녀오신 다음, 전혀 새 사람이 되어가지고 돌아와 조선을 위해 큰일을 해야 혀라우. 서재필, 서광범은 지금 미국 시민권을 가지고 있답니다요. 서재필은 이름을 미국 이름으로 바꾸었기 때문에, 서재필이라 부르지 않고, 필립 제이슨이라 부릅니다요. 장군께서도 제발 제 아버지 이토 히로부미 각하의 뜻을 받들어 저를 따라 일본으로 가셔야 혀라우. 장군은 지금 세상을 떠나기에는 너무 억울혀라우. 장군, 제발, 가장 오래 산 사람이 최후의 승리자란 말을 명심하시오."

전봉준은 몸을 일으키지 못하고 눈을 감은 채 말했다.

"더 듣고 싶지 않다. 나는 나를 따르다가 죽어간 수많은 영령들을 배신할 수 없다."

이토가 애걸하듯이 말했다.

"그 수많은 영령들의 한을 풀어주기 위해서라도 장군이 살아, 새 사람이 되어 돌아와야 허라우."

전봉준은 말없이 도리질을 했다. 이토가 울먹거리면서 말했다.

"장군이 아무리 싫다고 할지라도 우리는 파옥을 할 것이고, 장군을 억지로라도 일본으로 모시고 갈 것이오. 마음으로 작정을 하고 기다리십시오."

전봉준이 모깃소리처럼 작은 목소리로 말했다.

"일본으로 싣고 가다가 나를 바닷물 속의 외로운 혼령으로 만들 작정이라면 그렇게 하여라."

하늘 보고 땅을 보고

 형리들이 전봉준을 사방이 어둡게 막힌 곳으로 끌어냈다. 눈이 정강이를 덮을 정도로 쌓여 있었다. 그들은 전봉준을 주저앉혔다.
 법무아문에서는, 일본 정계의 실력자인 이토 히로부미와 일본군의 막강한 힘을 업은 이토 겐지가 천우협의 다나카 지로와 함께 일본군의 무력을 이용하여 파옥을 하고, 전봉준을 일본으로 빼돌리려 한다는 정보를 입수했다. 그리하여 형리들에게 전봉준을 일본군 모르게 재빨리 처형해버리라는 명령을 내렸다.
 전봉준은 고개를 쳐들고 하늘을 쳐다보았다. 검은 구름장 덮인 하늘에서 목화송이 같은 눈송이들이 흘러내리고 있었다. 그는 하얀 눈밭을 내려다보았다. 두꺼운 이불을 만들려고 바야흐로 타놓은 솜덩이 같은 눈밭이었다. 형을 집행하는 관리가 물었다.
 "마지막으로 남기고 싶은 말이 있으면 하라."
 전봉준은 말했다.

"대관절 무엇이 두려워 사방이 막힌 이 눈밭에서 꼭두새벽에 죽이려 하느냐? 나를 죽일진대 종로 네거리에서 목을 잘라 죽여라. 내 피는 종로 거리를 지나가는 모든 사람들의 가슴과 이 땅의 모든 탐관오리들의 가슴에 뿌려져야 한다. 그들의 가슴에 뿌려진 피는 우리 조선 사람들의 자자손손의 가슴으로 이어져서 이 땅에 탐관오리들이 기승을 부리지 못하게 막아야 한다."

 두 개의 횃불이 타오르고 있었다. 망나니가 숫돌에 칼을 갈았다. 술에 취한 채였다. 그는 너덜너덜한 넝마를 입었고, 검붉은 살갗에는 땟국이 어룽져 있었다. 형리가 꾸물거리지 말고 실수 없이어서 목을 베라고 명령했다. 재판관들은 단상에서 형 집행을 감시하고 있었다. 망나니는 칼날이 한사코 잘 벼려져야 한다고 생각하고 힘껏 공들여 칼을 갈았다. 그는 수표다리 밑의 거적때기 집 속에서, 한쪽 다리를 절뚝거리는 아내와 자식들 다섯과 더불어 살고 있었다. 전봉준의 목을 자르고 받은 돈으로 보리 몇 됫박을 사가지고 가야 하는 것이었다. 단칼에 목을 잘라야 한다고, 그는 생각했다. 지금 목 잘려 죽는 죄인이 이승의 고통스러운 삶에서 벗어나 한시라도 빨리 저승으로 가서 행복을 누리고 살도록 도와주는 일, 그것은 좋은 일이라고 생각했다. 좋은 일을 한 만큼 그와 그의 아내와 자식들도 장차 극락 세상에 가야 한다고 믿고 있었다.
 망나니는 형리가 내준 술동이에서 또 한 바가지의 술을 퍼서 들이켰다. 칼을 들고 몸을 일으켰다. 망나니에게는 가엾은 소망이 하나 있었다. 네 살배기인 막내아들의 머리에 난 종기가 큰 탈 없이 얼른 나았으면 하는 소망이었다. 아침에 나오면서 보니, 정수리의 종기에서 하얀 밥알 같은 것이 쏟아졌다.

종기는 쥐의 껍질을 붙여놓으면 쉽게 파종을 하게 된다 하여, 열흘 전에 그는 쥐를 잡아 껍질을 벗겼다. 피가 뚝뚝 떨어지는 그것을 종기에 붙여놓았는데, 지난밤에는 막내아들이 발버둥을 치면서 보채며 울어댔다. 얼핏 보니, 종기에 붙여놓은 쥐의 껍질이 꿈틀거렸다. 자세히 보니 거기에서 자잘한 흰 쌀밥 알맹이 같은 것들이 떨어졌다. 쥐의 껍질을 벗겨보니 하얀 구더기들이 우글거리고 있었다. 그것들을 털어내고 상처를 씻어냈다. 파종은 되었는데, 막내아들은 사색이 되어 있었다. 이제는 울지도 못하고 맥없이 누워 있다.

오늘 이자의 목을 쳐주고 받아 간 돈으로 약을 한 재 사가지고 가야 한다. 약을 달여 아들의 입에 넣어주어야 한다. 그놈을 반드시 살려내야 한다. 망나니는 전봉준의 눈앞에서 경중경중 뛰면서 너울너울 칼춤을 추었다. 체구 조그마한 이 죄인은 대관절 지은 죄가 어떤 것인데, 이렇게 꼭두새벽에 구경꾼 한 사람도 없는 비좁은 마당에서 목 베임을 당하는 것일까. 체구가 작으므로 목도 가늘 터이다. 힘이 훨씬 덜 들 터이다. 망나니는 체구 자그마한 이 죄인에게 최대한의 선심을 쓸 참이었다. 목을 치기 전에 죄인이 먼저 혼절하게 하는 것이 선심이었다. 혼절을 하면 무서움을 잃어버리고 나중에 막상 목을 벨 때 아픔을 느끼지 못하는 것이었다.

넋을 빼기 위하여 칼을 드높이 쳐들었다가 휘파람 소리가 나도록 내리 긋는 시늉을 했다.

 전봉준은 경중거리는 망나니의 칼 시위를 구경하듯이 보고 있었다. 그의 등신은 땅바닥에 꿇어앉아 있지만, 그의 넋은 이미 아버지의 무덤과 먼저 죽어간 아내의 무덤을 향해 가고 있었다. 그의 뒤를 아내와 네 아들딸들이 따르고 있었다. 하늘에서 꽃송이 같은 눈송이들이 흘러내렸다. 마침내 망나니가 칼로 그의 목을 베었다. 익숙한 칼솜씨였다. 목이 땅바닥에 떨어진 다음에도 아랫몸은 그대로 주저앉아 있었다. 목에서 피가 솟구쳤다.
 하늘에서 하얀 두루마기를 입은 아버지와 하얀 저고리에 흰 치마를 입은 어머니와 첫 번째 아내가 그를 손짓해 부르고 있었고, 그는 두 팔을 날개처럼 저으면서 하늘 자락 속의 그들을 향해 날아갔다. 그의 주위에서 칠보단장한 천사들이 공후인을 뜯으며 그를 반기었고, 그들 주위로 칠색의 쌍무지개가 떠 있었다. 금색과 은색과 연분홍과 주황의 꽃가루들이 반짝거리며 날고 있었다. 그를 따르다가 죽어간 수천수만의 하얀 혼령들이 천사의 날개를 저으면서, 그를 환영하는 노래를 불렀다.
 "어서 오시오, 녹두장군, 여기는 부자도 가난한 사람들도 없고 귀하고 천한 사람도 없고 병든 사람도 없고 악하고 선한 사람도 없는 화평하기만 세상이오……"

눈벌판

 하얗게 눈 쌓인 벌판 위로 맵찬 눈보라가 몰아쳤다. 그 눈보라를 뚫고, 상처받은 짐승 같은 남자가 비치적거리며 걷고 있었다. 철동이었다. 수원에서 일본군에게 놓여난 철동이는 남쪽이다 싶은 방향을 잡고 하얀 눈벌판을 걸었다. 손과 발은 동상에 걸렸다. 살갗이 흐물흐물 짓물러 터지고 손발의 관절이 곪았다.

 "돈 백 냥 주고, 포졸들이 나오더라도, 자네가 동학군에 나갔다가 온 것을 물시하게 해주께 내 말만 듣소. 돈이 백 냥이면 적은 돈이 아니네. 문전옥답 두 마지기는 살 수 있는 돈 아닌가."

 철동이는 김경천의 이 한 마디 말에 홀려, 전봉준을 때려잡기 위해 몽둥이를 꼬나쥐고 나섰던 것이다. 그는 자기의 운수가 대단하다 생각했다. 동학군에 나갈 때부터 똑같이 행동한 뒷방이와 바우와 을식이는 전봉준을 태운 가마를 메고 가다 죽었다. 그들은 그야말로 개죽음을 당한 것이다. 그렇지만 그는 가마를 메고 줄달음질을 쳐야 하는 힘든 천 리 길의 여정 속에서 끝까지 살아남았고, 이토의 신임을 받으며 전봉준 장군의 뒷바라지를 해주곤 했었다. 전봉준 장군과는 참으로 묘한 인연이었다. 포승을 차고 재갈을 문 전봉준 장군의 허리띠를 풀어주고 소피 보는 것을 도와주고…… 그래서 전봉준 장군도 몽둥이로 내려친 그를 용서해주었을 터였다.

이제는 고향으로 돌아가기만 하면 된다. 돈 백 냥이 나를 기다리고 있다. 그것으로 기름진 논밭을 사서, 아내와 더불어 농사를 지으며 남부럽지 않게 살아야 한다. 이 눈벌판에서 얼어 죽지만 않고 가면 된다. 한데 눈보라가 눈앞을 가린다. 추위 때문에 온몸이 떨리고 허리와 다리와 손이 모두 오그라지고 있다. 철동이는 이를 악물고 걸었다. 눈보라 치는 들판의 저편 끝에 마을이 보였다. 발가락과 발목은 이미 감각이 없었다. 발은 그의 의지대로 옮겨 디뎌지지 않았다. 그는 비틀거리면서 걷다가 넘어져 뒹굴었다. 그러다가 길을 잃었다. 눈보라 저편에 아물아물 마을이 보였다. 그 마을을 찾아야 한다. 거기까지만 가면 살 수 있다. 따뜻한 사랑방에서 밥을 한술 얻어먹고 자고 나면 몸이 회복될 것이다.

살아 돌아가면 젖가슴 풍성하고 속살 뜨거운 아내가 반갑게 맞아줄 것이다. 그 아내의 가슴에 돈 백 냥을 안겨주어야 한다. 이대로 죽을 수는 없다. 황룡천변에서 떨어진 포탄 속에서도 살아났고, 우금치 전투 때 빗발같이 쏟아지는 일본군들의 기관총탄 속에서도 살아난 나였다. 아, 그 주문만 열심히 외면 내 한울님이 나를 지켜줄 것이다. 지기금지 원위대강, 시천주조화정 영세불망만사지…… 궁궁을을, 궁궁을을…… 반드시 살아서 고향집으로 돌아가야 한다. 내가 돌아가면 김경천이가 백 냥을 줄 것이다. 그 돈 가지면 사철 물 마르지 않는 논을 살 수 있다. 아, 내 논이 생긴다. 이제는 지주한테 아쉬운 소리를 하지 않아도 된다. 이제 아내하고, 주워 담아놓은 알밤 같은 자식들 셋하고 알콩달콩 잘 살 수 있다. 가자, 어서 집으로 가자. 백 냥이 기다리고 있다. 그는 눈 덮인 들판을 병든 짐승처럼 비틀거리며 걸었다. 몰아쳐 온 눈보라가 그의 눈앞을 휘돌았다. 발을 헛디디고 쓰러졌다. 몸을 일으키려는데 손과 발이 말을 듣지 않았다. 철동아, 너, 이렇게 여기서 쓰러지면 안 된다, 아내와 자식들이 기다리는 고향 집으로 가야 한다. 그는 눈 속을 허우적거리며 불불 기었다. 눈은 내리고, 자꾸 내리고, 또 내려서 버리적거리는 그의 몸뚱이 위에 쌓여갔다.

엽전 서른 냥

 피로리에도 눈이 내렸다. 쌓이고 있었다. 김경천은 엽전 서른 냥을 꿴 꾸러미 하나를 들고 집을 나섰다. 철동이의 각시에게 가져다주려는 것이었다. 철동이와 약속한 백 냥이 아니고 서른 냥을 주려는 데에는 까닭이 있었다. 그가 관아로 천 냥을 받으러 가자 이방이 흰 종이 한 장을 내놓고 퉁명스럽게 말했다.

 "여그다가, 언문으로, 천 냥 받아 간다는 말을 쓰고 수결을 하소. 아무 날 아무 시에 본인이 직접 동헌에 나와 사또에게서 돈 천 냥을 받아 갑니다, 하고 쓰란 말이여. 피로리 김경천…… 이렇게 써, 그냥 언문으로 써…… 그리고 수결을 해!"

 이방의 요구대로 쓰고 수결을 하고 나니, 이방이 꾸러미 하나를 내놓았다. 얼핏 세어보니 삼백 냥뿐이었다.

 "아니, 어째서 삼백 냥이오?"

 이방이 오른손의 가리키는 손가락으로 책상 위에다가 알 수 없는 글씨들을 무수히 그렸다.

"이 일이 아주 말도 못 하게 복잡하네. 감사 밑에 있는 떨거지들한테 백 냥 떼어주고 왔지, 우리 사또한테 백 냥 바쳤지, 형방 공방 병방 예방 호방한테 각기 오십 냥씩 주었지, 한신현이 밑에 붙어 있는 김영철이 정창욱이한테 오십 냥씩 주었지…… 이 일 주관하는 나, 이방한테 오십 냥쯤은 떨어져야 하지, 거기 출동한 포교들한테 코 싹 씻어버릴 수 없지…… 좋은 것일수록 나누어 먹어야 혀. 혼자 다 먹으면 배탈이 나는 법이여. 알겄어? 알겄으면은 암말 말고 가지고 가. 두말하지 말고 퍼떡 가."

관아를 등지고 나서면서, 김경천은 생각했다. 을식이, 뒷방이, 바우, 철동이에게 백 냥씩을 다 줄 수 없다. 스무 냥씩만 주기로 했다. 이장한테 스무 냥을 주고, 주막집 주모하고 중노미한테 각각 열 냥씩을 주어야 하는 것이다. 그렇지만 철동이의 각시한테는 열 냥을 더 보태 서른 냥을 주기로 했다. 을식이 각시, 뒷방이 각시, 바우 각시보다는 철동이 각시의 미색이 더 출중한 것이었다. 체구가 작달막하기는 하지만 강단지고, 엉덩이가 실팍하고, 얼굴이 갸름하고 눈이 초롱초롱하고, 여느 때 옷을 단정하고 깨끗하게 입고 살림살이를 알뜰하게 한다고 소문이 나 있었다.

그는 을식이 각시, 바우 각시, 뒷방이 각시한테는 미리 밤도와 스무 냥씩을 나누어 주었다. 그들은 모두 그 돈을 받아쥐고 울먹거렸다.

철동이 집은 피로리 동편 옆구리의 한갓진 언덕 밑에 있었다.

언덕에 대붙여 기둥들을 세우고, 모리를 얹은 다음 서까래를 걸치고 지붕을 인 움막집이었다. 부엌을 가운데 두고 방을 두 간이나 만들었다. 방 하나는 거처로 쓰고 또 한 방은 광으로 썼다. 김경천은 흘러내리는 눈을 맞으면서 철동이의 집 문앞에 이르러 후두두 몸을 흔들면서 눈을 떨었다. 철동이 아내가 자기 남편이 오는 줄 알고, "어따어메! 당신이오?" 하며 반가움을 이기지 못하고 방문을 열었다.

김경천은 그녀에게서 날아오는 물씬한 온기와 유향(乳香) 어린 체취를 맡으며, "나 이것을 남 안 보는 자리에서 줄라고 왔소." 하고 말했다. 그는 엽전 꾸러미를 그녀의 손에 잡혀주면서 방 안으로 들어섰다. 그녀가 어떻게 손을 쓸 사이도 없이 문을 닫고 문고리를 잠가버렸다. 아랫목에서는 철동이의 그만그만한 어린아이들 셋이 새근새근 자고 있었다. 김경천은 이불 속으로 두 손을 넣으면서 "아이고 춥소이." 하고 말했다.

그녀는 그의 엉큼한 마음을 읽고 떨리는 목소리로 말했다.

"눈 밟고 온 발자국이 다 남아 있을 것인디, 얼른 가시오."

그가 말했다.

"계속해서 내리는 눈이 다 덮어버릴 것인께 걱정 마시오."

"이 밤에 시숙님이 여기 다녀갔다는 말 나면 나는 죽소."

그는 그녀를 쓰러뜨렸다.

"나 여기 들어온 것은 하늘이 알고 땅이 알고 제수씨하고 내가 알고 있을 뿐이오."

그녀가 저항했다.

"아이고 어짜꼬! 점잖은 시숙님이 이러시면 안 돼라우."

그렇지만 그녀의 말 속에는 자포자기가 들어 있었다.

"이러다가 먼 일 생기면 어쌀라요?"

"철동이 떠난 지 겨우 두 달밖엔 안 되었고, 또 내일이나 모레면 곧 돌아올 텐디, 철동이 새끼라고 혀."

그녀는 발버둥을 치고 나서 그에게 몸을 맡긴 채 말했다.

"눈 그치기 전에 얼른 가시오."

그를 수용한 그녀는 안간힘을 쓰면서 몸을 떨었다. 그녀의 젖꼭지에서 흐른 젖으로 인해 가슴팍이 젖은 김경천이 말했다.

"아따 제수씨, 애기 젖이 무지하게 많은 모양이오. 젖이 꾸역꾸역 나와서 내 가슴팍 다 젖었소."

잠시의 환혹에서 깨어난 그녀가 "그런디 어쩐 일로 그 사람은 이렇게 안 오고 있다요?" 하고 잠긴 목소리로 물었다. 그가 윗목에 있는 사발의 물을 벌컥벌컥 들이켜고 나서 그녀를 다시 끌어안은 채 말했다.

"아마 모두들 한양까지 갔는 모양이오. 거기 간 사람들 다 횡재한 것이여. 한양까지 가마 메고 간 삯에다 돌아올 때 노자까지 톡톡히 받아가지고 올 것이구만이라우."

젖먹이가 사지를 버둥거리면서 으앙 하고 잠투정을 했다. 철동이의 아내는 아기를 끌어안고 젖꼭지를 물리면서, 흘러내린 이불자락을 끌어다가 다른 두 아이의 가슴을 덮어주었다. 그는 돌아가면서 그녀에게 말했다.

"을식이 각시, 바우 각시, 뒷방이 각시한테는 서른 냥 받았다고 하지 말어. 나 속정을 두고 살아온 철동이 각시한테만 특별하게 열 냥을 더 준 것이여."

그녀는 아기를 재워놓고, 그가 놓고 간 엽전 꾸러미를 눈빛에 비쳐보며, 만지고 또 만지다가 베갯잇을 뜯고 그 속에 넣어두었다. 희부연 빛살 속에서 새근새근 자고 있는 세 아이를 내려다보다가 젖먹이 옆에 누우면서 남편 철동이의 새까만 눈썹, 두툼한 입술, 번번한 콧잔등, 작달막하지만 튼실한 몸통을 떠올렸다. 그가 어디쯤 오고 있을까. 가마 메고 간 삯하고 노자는 얼마나 받아올까. 고이 자는 듯싶던 아기가 갑자기,

"응아!" 하고 발버둥을 치며 자지러지게 울어댔다. 철동이의 아내는 아기를 끌어안고 젖을 물렸다. 창밖에는 함박꽃송이 같은 눈이 계속 흘러내리고 있었다. 들에도 산에도 눈이 퍼붓고 있었다.

작가의 말

개 같은 세상 속에서의 참사람 하나

이 소설은, 1894년의 겨울, 일본군 기관총의 청야(淸野) 싹쓸이 작전에 의해 십만 대군을 잃고 패주한 동학군의 지도자 전봉준이, 밤을 도와 잠행을 하다가 전라도 순창의 피로리에서 민보군에게 붙잡혀 한양으로 끌려가는 천 리 길의 기나긴 참담한 여정을 중심으로 서술한 것이다. 그 여정에서 전봉준이 만난 개 같은 세상을 보면서 나는 진저리치며 구역질을 하기도 하고 울기도 했다.

전봉준이 붙잡혔을 당시, 일본인들 가운데는 전봉준을 살려 일본으로 데려가려고 한 사람들이 있었다는 기록이 있다.

조선 정부를 확실하게 장악하고 있던 일본군은 동학군 지도자 전봉준을 살려 일본으로 빼내 가서, 그에게 근대화된 옷을 입히고 영혼에 일본의 물을 들여, 조선 식민화 작업에 이용하려 했던 것이다.

전봉준에게 손을 뻗친 것은, 명치천황을 등에 업은 채 네 차례나 총리대신을 지낸 이토 히로부미(伊藤博文)를 중심으로 한 일본 제국의 조선 정벌 세력이었다. 전봉준에 대한 그들의 집요한 회유와 유혹을 중심으로 나는 이 소설을 썼다. 요즘 독자들의 단조로운 호흡을 생각하며, 나는 처음부터 끝까지, 한 커트 한 커트의 짧은 영상들을 노둣돌처럼 점점이 놓아갔다.
　이 소설을 쓰도록 밑받침해준 도서출판 비채의 여러분과 이 책을 읽어준 독자에게 감사한다.

2013년, 완연한 봄 속에서
해산토굴 주인 한승원

겨울잠, 봄꿈

"장군은 사진기 렌즈를 세상에서 가장 증오하는 탐관오리라고 생각하고 똑바로 노려봐주시오. 눈 깜빡이지 말고, 자, 찍습니다. 이치 니 산!"